U0517871

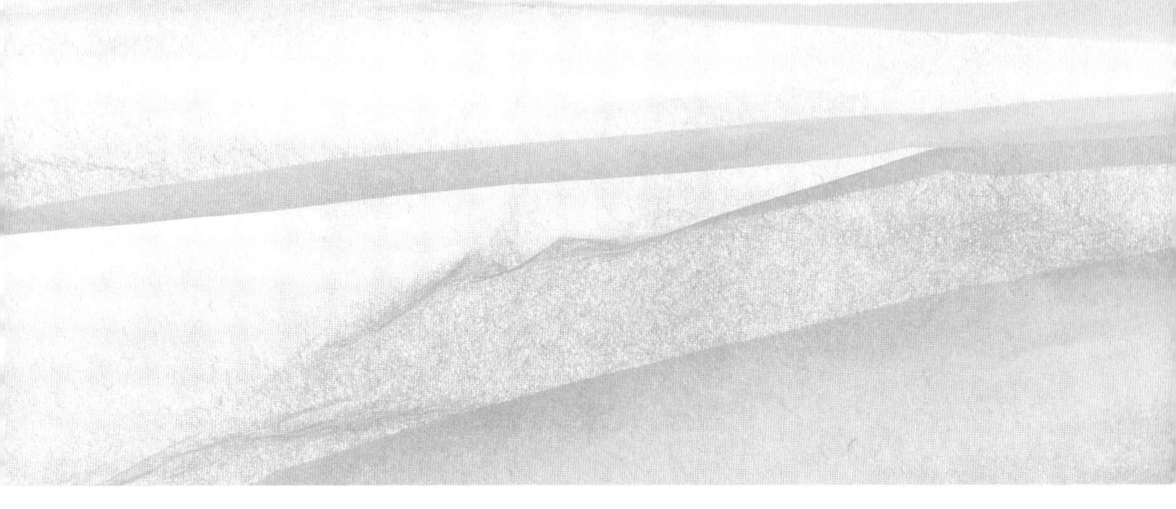

本书为国家社会科学基金规划项目“新时期蒙古族小说民族认同与文化思想研究(批准号11XZW039)”成果。

游牧美学与现代品格：社会转型期的蒙古族小说

丁琪◎著

中国社会科学出版社

图书在版编目（CIP）数据

游牧美学与现代品格：社会转型期的蒙古族小说/丁琪著．
—北京：中国社会科学出版社，2016.9
ISBN 978-7-5161-8807-1

Ⅰ.①游… Ⅱ.①丁… Ⅲ.①蒙古族—小说研究—
中国—当代 Ⅳ.①I207.4

中国版本图书馆CIP数据核字（2016）第205142号

出 版 人　赵剑英
责任编辑　郭晓鸿
特约编辑　席建海
责任校对　朱妍洁
责任印制　戴　宽

出　　版　中国社会科学出版社
社　　址　北京鼓楼西大街甲158号
邮　　编　100720
网　　址　http://www.csspw.cn
发 行 部　010-84083685
门 市 部　010-84029450
经　　销　新华书店及其他书店

印　　刷　北京君升印刷有限公司
装　　订　廊坊市广阳区广增装订厂
版　　次　2016年9月第1版
印　　次　2016年9月第1次印刷

开　　本　710×1000　1/16
印　　张　17.25
插　　页　2
字　　数　223千字
定　　价　65.00元

前　言

新时期是改革开放的大时代，也是中国文化现代化和民族化意识同时觉醒的重要阶段。中国主流文学的华夏边缘叙事为身处地理与文化双重边缘的少数族裔作家自我中心化提供了启示和契机，激发了他们的族别身份意识以及自主的文化表达诉求。此时崛起于文坛的蒙古族中青年作家阿云嘎、白雪林、甫澜涛、佳峻、郭雪波、满都麦、察森敖拉、哈斯乌拉等，以文学创作为民族文化精神的载体，创造了中国文坛别具游牧民族风情的文学版图，将迁徙族群的生存经验上升到哲学思辨和审美层次，从而对草原游牧民族稳定的文化结构和族性心理进行深入省思和审美表现，彰显了民族认同的文化思想特质。

社会转型期的蒙古族作家是在“以民族特色走向世界”的时代文化诉求中获得民族文化自觉，又是在现代化进程不断加剧引发的民族文化传承危机中体验到挫折的。这使得他们的民族认同不可能是简单的对本民族文化的情感依附和精神回归，而总是在对现代性的卷入、反思、批判中逐渐形成和不断深化。针对社会转型期传统与现代化的激烈碰撞，民族认同的文化立场也有依附传统与主张民族自我现代化的多元化倾向，多样化小说类型由此产生。

蒙古族文化寻根小说以民族辉煌的历史记忆和族源神话传说等文学文化资源重构诗意的北方游牧民族，以抵御现代发展主义的工

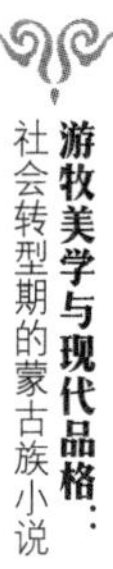

业神话。古老的游牧文明特别开阔的想象空间，让作家可以尽情追踪展现蒙古族的传统美德和深厚文化积淀。但是这种艰难的文化寻根行动注定在遭遇挫折体验后才能完成华丽转身，引导小说由一般的诗意想象走向民族心理和情感层面的深描。草原、戈壁、沙漠中那些传统牧民、跟不上时代的“落伍者”及“没有商品意识”的悲剧人物为作品注入了深沉的悲剧内涵。这类小说的民族认同意识最为强烈，从某种角度建构了典型性游牧美学，在从民族视角反思现代性的道路上走得很远。

草原生态小说是文化寻根小说在新时代的变体，蒙古族地处华夏边缘的恶劣生存环境及“逐水草而居”的游牧生活方式，决定了其文化中亲近自然、保护自然、与自然相互依赖、和谐共生的天然文化因子。蒙古族社会在现代化进程中遭遇的自然环境恶化及精神世界的污染，促使这种古老的生态文明在文学中复活。生态小说对自然的诗意化和神力描写充满文化隐喻，《大漠狼孩》《银狐》等动物题材小说突出动物的“荒野精神”和“通灵者”的角色特征，传达了作者对现代文明的批判立场。这些生态小说以游牧之地寄寓了人类诗意栖居的理想，对古老民族的生态思想进行了现代诠释和文学转化。

面对现代化浪潮中民族性与地方性衰微的现实，有些作家表达了开放的文化态度和不同思路，认为排斥“异端”和感叹遗失都是非理性选择，与其被现代化覆盖，不如主动搭上现代化列车寻求未来的进路。这就包括吸收现代文明的种种新因素将之凝聚为一种现代民族独特性。这类小说对专业知识和科技文明充满美好期冀和想象，并塑造了一批混合着商人身份和民族英雄人格特征的商业精英，尤为重要的是清理了传统封建思想和落后宗教信仰在蒙古高原的凝滞，表达了一种开拓进取精神和拥抱新生事物的积极态度。现代性与世界性作为民族文化发展的一种愿望和期许，在这类文学想象中仍是一种未完成形态，民族文化的现代品格由于种种原因并没有真正建立起来。其积极意义是以开放的文化意识对民族现代化问题最早给予了正面回应，为蒙古族小说打开了一个可能的叙事空间。跨族叙事是对族际交流的文学再现，在中华多民族间及中华民族与世界其他民族交往想象中交织着民族、国家、身份、文化等多重内涵，它对少数族裔文学摆脱单边思维、最大程度与他民族有效交往沟通、实现文学价值最大化有重要意义。蒙古族跨族叙事最擅长以“拟血缘”方式模拟同胞手足之情或父母子女之爱来建构蒙汉互动的情境与跨族成长故事，以隐喻中华多民族之间血浓于水的亲情和文化亲缘关系。作者特别强调汉人在草原的成长，蒙古族往往被想象成养育者、施恩者、影响者的角色，而汉族是成长者、回报者、受影响者，尤其是“草原——母亲”的隐喻被不断重复和强化以突出蒙古族文化的博大精深和海纳百川的气派。族际通婚这种基于身体与情感结合进而实现民族混血与文化交流的行为进入文学表现领域，从而形成了独特的跨族婚恋叙事。它往往以爱情、婚姻为表层故事结构，内在诉诸民族文化碰撞与融合的主题。蒙古族小说继承了历史上及文学传统中的“婚姻—民族”的隐喻象征意义，同时又融入了民族文化认同主题，现实族群差异往往被处理成跨族婚恋的阻力，隐含着作者对族际互动的文化主体性和平等地位的思考。总体来看，这些创作是对中华多民族间“分而不裂、融而未合”的文化亲缘关系的一种情感化、性别化重构，承载着“差异探索”与“文化融合”的双重话语规约，并结构在“凸显民族性”与“去民族性”的张力关系之中，显示出社会转型期多民族频繁交流引发的民族认同与文化融合的双重思想驱动。

跨国族叙事不仅表现不同族群的跨地域行走、跨种族交往，还想象了族群成员的跨国境遭遇和跨文化体验，是跨族与跨国的双重文体表意实践。新时期蒙古族小说的跨国族叙事具有明显族性特质，对跨国族的东洋人、西洋人、经济侵略和文化殖民等表现出明确的道德情感评价，在传统国家认同主题之上又建构了族群文化叙事，由捍卫国家民族尊严过渡到弘扬民族文化，从而使族群认同与国家认同得到双重强化。创作者尝试以超种族、跨国界的生命价值观及文化共性的文学建构来化解族际文化冲突，具有一定的思想启示意义和文学示范性。

蒙古族作家的民族认同突出了北方游牧民族的独特魅力，成为打开民族文化思想的一个重要通道，北方游牧民族应对恶劣自然环境和动荡社会所沉淀下来的族性、永恒性、稳定性得到了高扬和强化。这是特定时期蒙古族文学的总体思想倾向，而常态往往是认同伴随着识别，一个作家或作品往往处在矛盾交织状态中，表现为民族认同的文化焦虑。阿云嘎既有《大漠歌》那样充满悲剧内涵的歌咏传统之作，也有《吉尔嘎勒和他的叔叔》那样称赞民族追求科技进步的作品。郭雪波的《大漠狼孩》一方面是对现代工业主义破坏环境和生态平衡的大加挞伐，另一方面是对科技改变现状的美好遐想；一方面是对蒙古族原始宗教萨满精神的追寻与仪式化书写，另一方面又把宗教世俗化，定义为“迷信”并揶揄嘲讽。这可以理解为民族创作主体性自身的矛盾，既不能认同以西方为主导的全球一体化进程，又担心民族保守文化立场与守旧心态会使他们错失全球化语境中改造传统文化的历史机遇，是陷在文化现代性与民族性、去族性与强化族性中的挣扎与徘徊。构建或重建少数民族文学主体性已经成为一个重大而迫切的文学乃至文化课题。

民族认同的文化立场具有双面性，它使民族文化得以在文学实践中保存和发扬，但也有可能使原来富有弹性的民族关系变得过分清晰乃至变得僵硬，制约民族文化发展并阻塞民族文学的新鲜血液流通，生成蒙古族小说自身生存发展的危机。蒙古族小说的民族认同需要文化大视野和对民族文化的开放姿态，汉族、周边其他少数民族及世界其他民族已经积累的丰厚文学文化资源都可资借鉴，应该融合一切优秀的文化因子在动态中完成民族化过程。另外要排除狭隘的文化等级意识和中心与边缘的成见，尤其对全球化与民族性关系方面要有前瞻性和辩证性认识，在一种互动思维模式中借助全球化手段推动民族性的全球传播，很多蒙古族作家在这方面已经探索并积累了一些经验、方法，成为民族文学创作的典范。

该书最后一部分探讨了蒙古族社会转型期的游牧美学变迁问题。在蒙古族社会步入国家性现代化进程的重要历史时刻，蒙古族小说聚焦当代游牧民族的社会生活与文化心理，展现它“移动性”魅力与发展困扰相交织的文化特征。它不再简单沿袭把迁徙族群生存经验审美化的传统美学套路，而是表现出后游牧文化时代在多重维度、大文化视野和并不乐观的现实处境中思考民族文化复杂深沉的思想特征和审美内向化转变。在当代边缘和地方兴起的文化思潮中，复苏的民族生态伦理与文化哲学反思凝聚为一种新的游牧美学独特性，主导了新时期蒙古族小说创作。例如阿云嘎的《满巴扎仓》是聚焦民族医学进而探索民族哲学和审美思想的一部长篇力作，它溯源而上寻找民族文化的源头性价值观念和审美经验，强化蒙古族知识精英的智慧特征、戒贪念的道德伦理思想和草原民族崇尚力量的审美取向，表现出典型的传统游牧美学特征，但是又彰显出游牧美学的现代化转变，它所唤醒和表现的价值元素和现代文明建设形成了有机地对接和转化，在语言、地域、族群和文化体系方面具有明显的现代跨界意识。另外，尽管游牧这种生产生活方式在全球性城市化进程中日渐衰微，但游牧美学却在城市中顽强生长并大放异彩，它

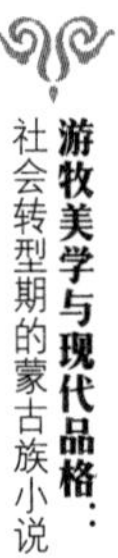

的生成折射了城市与游牧在空间范畴的矛盾性共生关系，并决定了镶嵌性、商业性和混杂性成为其存在的形态特征；它在本质上是全球化背景下游牧社会民族认同不断强化所形成的文化再生产，但它并非被动地臣服于工业经济法则，而是拥有内在的审美主体性和能动性，并在城市规划、日常生活和文学艺术领域发挥着独特的调适性作用。当代城市文化中的游牧元素反映了游牧美学的变迁轨迹和现代品格的生成。

本书力图综合以上思考，对新时期以来三十多年的蒙古族小说创作中民族认同、文化思想及其游牧美学变迁等相关问题做一番梳理，以钩沉多元文化频繁交流、越界背景下，民族认同的多重蕴含与复杂状态，以及在文本中它与文化想象、文学审美之间的互动关系及符号化过程。以期对新时期以来居于不同阶段、关注不同主题、坚持不同思想立场的蒙古族小说获得一个更加全面、丰富、深刻的认识，为振兴蒙古族文学创作及光大蒙古族文化提供一个研究框架和思想启示。

目 录

绪 论

第一节 中国多民族文学影响下的蒙古族文学

一 时代文化诉求：现代化与民族化

新时期是中国改革开放的大时代，也是中国知识分子接续一度中断的启蒙传统，再次启动文化现代化的起步阶段。“现代化是整体性的社会变革，包括经济、政治、文化等方面的现代化……文化现代化则是其核心和灵魂。”[①] 现代化概念虽然从 20 世纪 60 年代才开始在西方社会科学研究领域传播，但其所指涉的进程早在 18 世纪英国工业革命后就已经向世界扩展。中国现代化进程在近代外国列强以坚船利炮打开国门时开始，“五四”新文化运动时期的报刊经常谈论的“西化”与“欧化”指的就是“现代化”。新时期现代化问题再次进入知识分子的视野并成为焦点问题，是因为此前的二三十年

---

① 周三胜：《中国现代化进程中的文化选择》，广西人民出版社 2010 年版，第 1 页。

“中国大陆在文化上处于‘逆水行舟’的状态”[①]，知识分子迫切感到“再启蒙”的必要。“文革”十年毁灭性的灾难使知识分子对集权主义和文化专制制度心有余悸，为防止悲剧重演，有必要对“文化政治同构”的政治伦理型传统文化进行清算，因为它强化了对皇权政治秩序的认同，但却严重阻碍现代性的生长。同时，改革开放之初经济改革的单方面推进，也使人们看到了经济迅猛增长背后的文化症结，“受传统自然主义和经验主义文化模式支配的中国民众在基本素质、价值观念和行为方式上还不能适应现代化的要求，经验式和人情化的行为方式和交往模式常常阻碍社会经济和政治的现代化”[②]。因而在20世纪80年代的“文化”大讨论中，尽管在传统与现代、中国与西方等诸多范畴还存在争议，但“文化现代化”却成为最强烈的时代诉求。

中国人文知识分子以昂扬激进的姿态表达了他们对新中国文化现代化的设想。与“五四”如出一辙的是，知识分子依然是从译介西方学术著作和学术思想入手，如萨特、弗洛伊德、尼采的哲学观点，托勒夫、莱斯比特的未来主义，汤因比的历史学观念，韦伯的社会学观点，亨廷顿的政治学。引领思想潮流的有《走向未来》和《文化：中国与世界》丛书，这两套丛书引发了全国翻译出版西方学术著作的热潮，标志着思想文化界已从“文革”的文化封闭状态中走出来。此外，当时最有影响的思想启蒙杂志之一《读书》曾发表一系列文章，积极倡导文化现代化的大讨论。1980年第11期刊出了《与传统的封建文化告别》的文章，作者态度激烈地喊道：“负着传统文化的沉重枷锁，中华民族将永无振兴之时。”[③] 1986年《读书》第2期发表甘阳非常有影响力的文章《传统、时间性与未来》，甘阳

---

① 余英时：《文史传统与文化重建》，生活·读书·新知三联书店2004年版，第437页。

② 同上书，第201页。

③ 林春、李银河：《与传统的封建文化告别》，《读书》1980年第11期。

对“传统”做出了新的解释，“把‘传统’等同于‘过去’，就必然会以牺牲‘现在’为代价”，“‘传统’是流动于过去、现在、未来这整个时间性中的一种‘过程’，而不是在过去就已经凝结成型的一种‘实体’，因此，传统的真正落脚点恰是在‘未来’而不是在‘过去’，这就是说，传统乃是‘尚未被规定的东西’，它永远处在制作之中，创造之中，永远向‘未来’敞开着无穷的可能性或说‘可能世界’”。因而，“‘继承发扬传统’就绝不仅仅只是复制‘过去已经存在的东西’，而恰恰是要发前人所未发，想前人所未想，创造出‘过去从未存在过的东西’，从我们今日来说，就是要创造出过去的中国人不曾有过的新的现代的‘民族文化心理结构’；而所谓‘批判地继承’，也就并不只是在‘过去已经存在’的东西中挑挑拣拣，而是要对它们的整体进行根本的改造，彻底的重建”①。最后作者还富有煽动性地发出召唤：“中国的现代化今日已经真正迈开了它的步伐，有幸生活于这样一个能够亲手参与创建中国现代文化系统的历史年代，难道我们还要倒退回去乞灵于五四以前的儒家文化吗?！天不负我辈，我辈安负天?!”② 作者面向现代、未来的彻底反传统的文化姿态和飞扬凌厉的气势堪比“五四”新文化运动时的闯将。激情飞扬的年轻人是如此，即使是满腹经纶、国学功底深厚的老一辈知识分子也都肯定“五四”的文化方向，鼎力支持新时期的文化现代化，余英时曾说：“今天重新肯定‘五四’在文化方向上的正确性是十分必要和适时的。”“五四时代的人对中国传统文化，特别是儒家文化的冲击诚然失之过激，这是不必讳言的，这种激烈的态度也是近代西方启蒙运动的一个基本特色。”③ 他说一方面应该肯定“五四”，一方面还要超越“五四”，这超越就体现在对中国文化真正了解基础上的现代转

① 甘阳：《传统、时间性与未来》，《读书》1986年第2期。

② 同上。

③ 余英时：《文史传统与文化重建》，生活·读书·新知三联书店2004年版，第436页。

化。“文化现代化”已经成为时代深处袭来的最强烈呼声。

这种文化现代化诉求是中国百年以来现代化进程向纵深发展的表现，不但越过近代以来现代化进程中经常遭遇的困扰，而且对现代化本身的认识也渐趋理性和辩证。“五四”时期一度出现的粗暴和偏颇为新时期知识分子所警惕，现代化不是斩断传统的彻底“西化”，而是具有更复杂的多重含义。它一方面意味着睁开眼睛看世界，与西方先发现代国家看齐；另一方面，意味着对本土民族文化的现代革新，破茧而出、化蛹成蝶。后者的意义尤其被强调，“今天世界上最坚强的精神力量既不来自某种共同的阶级意识，也不出于某一特殊的政治理想。唯有民族文化才是最经得起时间考验的精神力量。共产世界的分裂，如中俄冲突、中越冲突，分析到最后断然有民族文化的力量在暗中推动。伊朗对西方文化特别是美国文化的强烈反抗，虽已跃出理性的轨道，但其所表现的乃是民族文化意识的觉醒，则至为明显……基于今天我们对文化的认识，中国文化重建的问题事实上可以归结为中国传统的基本价值与中心观念在现代化的要求之下如何调整与转化的问题”①。余英时从民族文化力量对世界政治格局的强有力影响说明了现代化归根结底是民族文化的现代转化。韩少功对中西、新旧的辩证关系有自己的独到看法，“万端变化中，中国还是中国，尤其是在文学艺术方面，在民族的深层精神和文化物质方面，我们有民族的自我。我们的责任是释放现代观念的热能，来重铸和镀亮这种自我”②。本土文化认同与反传统的启蒙表述纠结在一起，既要与世界接轨又要保持自身独立性，既要文化现代化又不失民族气派，现代化意识与民族化自觉同时产生，这成为新时期人文知识分子的思想共识。

① 余英时：《文史传统与文化重建》，生活·读书·新知三联书店 2004 年版，第 430 页。

② 韩少功：《文学的“根”》，《读书》1985 年第 4 期。

二　新时期文学中的华夏边缘叙事

这种时代诉求文学化的体现是20世纪80年代寻根文学思潮的兴起，寻根文学的内在动力是中国文学的世界视野，作家们受到拉美魔幻现实主义文学的启发，试图在“全球化”语境中“走出独特的中国文学发展之路”[①]，是对中国传统文化的一次具有现代意义的整合。寻根文学不但引导文学触角越过生活表层向历史文化纵深领域突入，以探寻文学之根本，还把寻根的目光由底层/民间向地理和族群意义上的边缘/少数族裔转移，把区域文化和民族文化纳入了现代建构，拓展了中华文明的边界和内涵。

向从前被蔑称的“蛮夷”追溯中国文化的“根源”，化缘为源，这种文化大国崛起时刻的边缘族群叙述，确实是中国当代文学实践中的一个重要转变，韩少功、李杭育等人亲身实践并在理论上积极倡导。韩少功的那篇《文学的“根”》曾经对寻根文学产生重要影响，他感慨绚丽的楚文化不在汨罗江边，也不在革命名城长沙，而是深藏在“湘西那苗、侗、瑶、土家族所分布的崇山峻岭里”[②]，即真正的民族文化精华不在城市和中心，而是散落在偏僻封闭的少数族裔和华夏边缘。他盛赞那些以地域文化和民族风情出奇制胜的小说家，认为他们抓到了文化/文学之根本，“贾平凹的‘商州’系列小说，带上了浓郁的秦汉文化色彩，体现了他对商州细心的地理、历史及民性的考察，自成格局，拓展新境；李杭育的‘葛川江’系列小说，则颇得吴越文化的气韵。杭育曾对我说，他正在研究南方的幽默与南方的孤独。这都是极有兴趣的新题目。与此同时，远居大草原的乌热尔图，也用他的作品连接了鄂温克族文化源流的过去

① 韩少功：《文学的“根”》，《读书》1985年第4期。

② 同上。

和未来，以不同凡响的篝火、马嘶与暴风雪，与关内的文学探索遥相呼应。他们都在寻‘根’，都开始找到了‘根’。这大概不是出于一种廉价的恋旧情绪和地方观念，不是对方言歇后语之类浅薄地爱好；而是一种对民族的重新认识、一种审美意识中潜在历史因素的苏醒，一种追求和把握人世无限感和永恒感的对象化表现”①。李杭育也非常肯定地说，“我们民族文化之精华，更多地保留在中原规范之外。规范的、传统的‘根’，大都枯死了。‘五四’以来我们不断地在清除着这些枯根，决不让它复活。规范之外的，才是我们需要的‘根’，因为它们分布在广阔的大地，深植于民间的沃土”②。李杭育所说的“民间”不是一般意义上的“底层”，而是强调地理和族群意义上的边缘，他所说的“规范文化”意指“中原文化”或“汉民族文化”，而“规范之外的文化”则首先指称“自成系统”的“各少数民族文化”，这明显区别于传统“民间文学”从阶层的角度被加以界定。本来是抱着为文学/文化输入新鲜血液的宗旨寻根到了民间、底层，因为自“五四”以来就有“一切新文学的来源都在民间”③ 的观念，但无奈民间的东西都被正统儒家文化所侵染，所以发现了边缘和少数民族。寻根文学带动了文学视点由“底层”向“边缘”的转移，构建了新时期文学的民族化叙事维度，为文学现代化实践增添了新的叙述资源。在这种努力下，乌热尔图的鄂温克族故事、张承志的草原风情小说和伊斯兰叙述都曾风靡一时。

寻根文学向边缘族群的跨界有其历史背景和文化根源，自 20 世纪 80 年代初期开始建构的多民族文化史观和中华文化多源性对其形成发展有重要影响。20 世纪 80 年代初期中华文明起源“多源”说初露端倪，著名考古学家苏秉琦和殷玮璋合作的《关于考古学文化的

① 韩少功：《文学的“根”》，《读书》1985 年第 4 期。
② 李杭育：《理一理我们的“根”》，《作家》1985 年第 9 期。
③ 胡适：《白话文学史》，东方出版社 1996 年版，第 12 页。

区系类型问题》一文以考古修国史，直接将考古学材料用作国族历史叙述的手段，作者指出："过去有一种看法，认为黄河流域是中华民族的摇篮，我国的民族文化先从这里发展起来，然后向四处扩展；其他地区的文化比较落后，只是在它的影响下才得以发展。这种看法是不全面的……影响总是相互的，中原给各地以影响；各地也给中原以影响。"① 此后关于中华文明"一体多源"的讨论开始大量见诸专业考古学和历史学刊物之外的公共媒体，比如与韩少功的"楚文化寻根"主题直接相关的文章《长江流域也是中国古代文明的摇篮（略谈楚文化）》也在1985年4月刊载于《北京日报》。

20世纪八九十年代一直到21世纪，整个文化界人文学科的各个领域一直存在着打破中原文化大一统格局、重建中华文明多样性与多源性的冲动，叶舒宪所提出的高远目标是很多致力于此研究的知识分子的共同理想。"根据中国文化内部多样性与多源性的构成特征，根据中原汉民族的建构过程离不开周边少数民族的文化迁移、传播与融合运动这一事实，要求改变那种以汉族汉字为中心叙事的历史观和文学史观，突破那种划分多数与少数、主流和支流、正统和附属、主导和补充的二元对立窠臼。提出重建文学人类学意义上的中国文学观及少数民族文学观，倡导从族群关系与互动，相互作用的建构过程入手，学会尊重和欣赏文化内部多样性的现实，进而在中原王朝叙事的历史观之外，寻找重新进入历史和文学史的新途径和新材料。"② 多民族文化史观赋予了中国文化多元性含义，这种多元之"源"又反过来为"现代化"中国主体的建构者提供启示，使他们在批判中国"规范性"传统的同时，保留了本土文化认同的空间和可能性，为并不单一的现代化实践寻找到更丰富的资源。

---

① 苏秉琦、殷玮璋：《关于考古学文化的区系类型问题》，《文物》1981年第5期。

② 叶舒宪：《中国文化的构成与"少数民族文学"：人类学视角的后现代观照》，《民族文学研究》2009年第2期。

新时期中国文学的华夏边缘叙述，为身处地理与文化双重边缘的少数族裔作家自我中心化的努力提供了启示和契机。主流文学叙述向边缘族群的转移，唤醒了少数民族作家的族别身份意识及自主的文化表达欲求，与其认同“他者”的想象，不如自己发出声音，通过对本民族文化的激烈张扬参与现代民族国家话语建构，进而跻身文学主流核心圈层，成为少数民族作家的强烈冲动。

20 世纪 80 年代初期两位少数民族作家李陀、乌热尔图的通信显示出民族作家对这种时代潮流的积极回应。李陀有感于乌热尔图取得的成绩，称赞他为“鄂温克族的第一位作家”，创作出了“地地道道的鄂温克族文学”，并表达了自己的“寻根”愿望：

> 从我的民族来说，我也应该算作是一个少数民族的作家。然而由于多年来远离故乡，远离达斡尔族的民族生活，我却未能为自己生身的民族，为少数民族文学的事业做出一点点实际的事。这常常使我不安。我近来常常思念故乡，你的小说尤其增加了我这种思念。我很想有机会回老家去看看，去“寻根”。我渴望有一天能够用我的已经忘掉了许多的达斡尔语结结巴巴地和乡亲们谈天，去体验达斡尔文化给我的激动。[①]

李陀是一位达斡尔族作家，在中国文联组织编辑的《中国新文艺大系·1976—1982 少数民族文学集》中收录了李陀的作品，但被编选的作品《愿你听到这支歌》其实和少数民族毫无关系。当然这和一直以来对“少数民族文学”的定义有关，其一，凡拥有少数民族身份的作家所创作的文学作品，都视为少数民族文学。此为作家族别身份决定论；其二，只要反映了民族地区生活的文学创作，不管其作者是否拥有该民族身份，都视为少数民族文学。此为作品题

① 李陀、乌热尔图：《创作通信》，《人民文学》1984 年第 3 期。

材决定论；其三，用少数民族语言文字创作的文学被认为少数民族文学，此为表达工具决定论。在具体的文学研究实践中，作家族别身份的标准可操作性更强，因而成为更为权威的界定。李陀的作品就是依据这个标准而入选。但是乌热尔图在 20 世纪 80 年代以来所取得的傲人成绩使他开始反思自己的民族身份与文学创作之间的关系。作家一直被压抑的民族身份意识借着边缘族群的典范书写被激发出来，他有了强烈的寻根冲动。

乌热尔图对李陀的想法做出了回应，并显示了一个少数族裔作家可贵的世界文学视野：

> 从苏联文学的发展来看，西伯利亚边远而神奇的森林地带，为苏联的文学界一批一批输送了多少有影响的作家；美国的“南方文学”，不光冲击了美国文坛，而且，产生了具有世界影响的作家；从世界角度看，拉丁美洲可以被称为边缘地带，她的“爆炸文学”，震惊了世界。对比起来，我国的边疆文学虽然使人感到有些遗憾，但已具备了多方面的条件，显示出雄厚的潜力，需要文学界给予更多的注目和关切。①

乌热尔图出生成长在人口只有三万多人的鄂温克族，20 世纪 70 年代末期他开始书写自己的民族，记录了这个保留着原始狩猎文化特色的部族的神话和鲜为人知的日常生活。其中《一个猎人的恳求》《七叉犄角的公鹿》《琥珀色的篝火》分别获得 1981 年、1982 年、1983 年全国优秀短篇小说奖。这骄人的成绩足以使他坚信民族身份对自己创作的意义，同时也成为唤醒其他作家民族身份意识的一个榜样，对动员新时期少数民族作家的民族书写发出强大的召唤性力量。乌热尔图的小说在本质上是介于文人创作和民族民间口头创作的过渡

① 李陀、乌热尔图：《创作通信》，《人民文学》1984 年第 3 期。

形态。与其说是小说，不如说是鄂温克人文化的当代形态。他描写的是一个异常狭小封闭的生活区域，即以狩猎和驯鹿生活为背景的鄂温克人的生产、生活和他们的心理世界。作者充分调动鄂温克族的神话资源和宗教叙事，融入大量森林狩猎民族特有的民族风情及与动物之间的温情故事，这使得他的文本具备了文学和文化双重认识价值。这往往也是读者进入一个少数民族作家文本世界的一个最直接原因——走进另一个部族的独特文化。同时乌热尔图的文学想象逻辑可以理解为，越是真实地描绘自己民族的生活和生产方式，越是尊重和赞美自己的民族，就越会将其作为多民族国家中的一个边缘民族镶嵌在国家的总体格局中，从而达到民族认同与国家认同的同步过程。这对他的创作能够获得最广泛的认同并最终走向世界至关重要。少数民族作家带着自己族别身份赋予的使命感崛起于文坛，成为新时期文学中一道亮丽的风景线，如回族的霍达、张承志，藏族的阿来、扎西达娃，满族的赵玫、关仁山、石舒清，蒙古族的阿云嘎、郭雪波、满都麦等，这个颇有声势的领军团队的出现，标志着族裔文学在新时期的崛起。20 世纪五六十年代民族文学一贯附和国家主流意识形态的色彩消失了，代之而起的是强烈的民族文化认同倾向。借助新的文学理念与方法，新时期崛起的这些民族作家写出了一批有深度的民族文学经典，提供了不同角度的一种生活体验，成为中华民族文学版块不可或缺的图谱。

三　蒙古族文学与主流文学的关系

在当代文坛很多人是借助玛拉沁夫、敖德斯尔、扎拉嘎胡、李凖等人的汉文创作认识现代蒙古族文学的，但实际上蒙古族文学传统源远流长、历史悠久。蒙古民族素有“马背民族”“草原雄鹰”的美誉，马和诗歌是蒙古人的两只翅膀，载着这个浪漫的民族飞翔在辽阔的蒙古高原上，创造了世界上独一无二的民族文化瑰宝。

在远古时期，神奇优美、瑰丽动人的祭词、祝词、赞词、神歌、英雄史诗、民间故事等作为蒙古族生活的一部分，在民间代代相传。英雄史诗《江格尔》是中国少数民族三大英雄史诗之一，民间叙事诗《成吉思汗的两匹马》《嘎达梅林》等在草原上广为传唱，抒情歌谣《母子歌》《阿莱钦柏之歌》等展现了生机勃勃的社会生活画面。成书于1240年的《蒙古秘史》是蒙古族第一部书面文学巨著，它的出现标志着作家文学的兴起，这与元朝蒙汉文化互动对蒙古族文学的大力推动有关。13世纪在蒙古统治者入主中原建立统一强大的元朝以后，大批蒙古族人因做官、屯兵或求学而迁居内地，学习汉文汉语，也学习汉族的历史和文学。蒙汉文化的交融互动从内容到形式推动了蒙古族文学跨越性的发展。在元、明、清三代，蒙古族作家不仅用母语，也用汉文创作了很多小说、诗歌、散曲、杂剧，等等，有作品传世的蒙古族作家数以百计，极大地丰富了中国文学版图。晚清及至近代，以尹湛纳希、哈斯宝为代表的作家把蒙古族文学创作和理论批评推向一个历史的高峰。尹湛纳希用蒙文独立完成的长篇小说《一层楼》《泣红亭》《红云泪》《青史演义》及他翻译的汉族文化典籍，还有哈斯宝的《新译〈红楼梦〉回批》等，都是蒙古族文学的经典之作。进入当代文学，伴随着中国民族民主革命成长起来的一批作家在文坛上极其活跃，并以自己民族的解放斗争经历表达了对新生政权和国家意识形态的拥护，涌现出了一批蜚声中国文坛的作家作品。纳·赛音朝克图的长篇抒情诗《狂欢之歌》，玛拉沁夫的长篇小说《茫茫的草原》，阿·敖德斯尔的长篇小说《阿力玛斯之歌》，扎拉嘎胡的长篇小说《红路》，巴·布林贝赫的长诗《生命的礼花》，阿·敖德斯尔的中篇小说《草原之子》，葛尔乐朝克图的中篇小说《路》，朋斯克的中篇小说《金色的兴安岭》，还有生活在北京的蒙古族作家萧乾的散文《草原即景》《万里赶羊》，生活

在河南的蒙古族作家李准的短篇小说《夜走骆驼岭》《车轮的辙印》及蒙古族诗人牛汉的诗歌，都为中国主流文坛增添了奇异色彩和民族风情，引起文坛对蒙古族作家的关注。

无论活态的口传诗学，还是精打细磨的作家文学，在漫长的历史过程中都形成了鲜明的民族风格，“天苍苍，野茫茫，风吹草低见牛羊”的自然景色，“逐水草而居”的游牧经济，“毛毡帐裙”“食唯肉酪”的生活方式，都使蒙古族文学散发出浓郁的草原生活气息，别具一种雄浑刚健之美，它不仅反映了蒙古族文学思想艺术的独特品位，也体现了蒙汉文化的交流、互动与融合。

新时期蒙古族文学正是依托历史悠久、资源丰厚的民族文化与文学底蕴，在改革开放与经济快速发展的助力中崛起，阿云嘎、郭雪波、满都麦、哈斯乌拉、白雪林、孙书林、巴根、伊德尔夫等青年作家，犹如草原上的骏马奔腾在内蒙古大草原。阿云嘎以《大漠歌》《燃烧的水》《有声的戈壁》《黑马奔向狼山》等一系列描绘西部沙漠戈壁风情的小说创造了自己的独特风格，显示出新一代蒙古族作家的文学叙事能力。充满激情而又勤奋的蒙古族作家郭雪波，则以对东蒙沙原蔓延的生态问题的持续关注，以及对蒙古族原始宗教文化的热忱书写，确立了自己在当代文学中不可替代的位置，并借助对全球性生态问题的积极参与进入世界文学视野，他的一些中、短篇小说被译成英、法、日等语言，在世界多国出版。他的短篇小说《沙狐》，入选联合国教科文组织出版的《国际优秀小说选》。此外，白雪林的《蓝幽幽的峡谷》、哈斯乌拉的《乌珠穆沁人的故事》、孙书林的《穹庐惊梦》等，都各具特色，在民族精神密码和心理结构的把握上颇见成就。

与此前的蒙古族文学相对独立性的发展形态相比，新时期蒙古族文学与中国主流文学的关系更为密切，相互激荡、相互融合。改革开放以后的新时期，蒙古族社会脱离原有的发展轨道进入国家性的现代化进程中，因而它与汉族及周边少数民族在不同的空间中面临着相同的社会问题，不同族裔的文学在表达社会转型期的文化思考、心理和情感困惑方面获得了共同的话题。不可否认的是，主流文学并不是铁板一块，其内部差异性亦很大，以地理空间划分的都市文学与乡土文学就有不同的关注点和范式，在这方面乡土文学与蒙古族文学因为共同的历史文化背景而产生了更多的共鸣与互动。现代化连带的城市化进程侵占了中国广大的农村，也在逐渐侵蚀着草原，背后都是对一种自然状态生活方式的覆盖，这激起了相同的抵抗情绪。蒙古族的寻根小说、草原生态小说在这方面与主流乡土小说有相似的心理情感反应，甚至作家的文化立场与文学想象方式都有很多相同之处。从这个角度讲，蒙古族小说是以北方游牧民族独特的生活形态在现代化冲击下所发生的震荡呼应了中国主流文学提出的传统与现代碰撞的时代话题，是以民族性想象方式参与了当代文学话语的表述，他们在很多方面可以相互指涉，相互借鉴，在差异性与互补性中构成了中华民族文学整体的一部分。在这个多民族文学构成的整体中，汉民族文学的质素自然会渗入到蒙古族文学的土壤与生命里，而蒙古族文学的特质也必然地汇入到中国文学的历史长河中。虽然由于历史、地域、经济、政治等因素的存在与影响，各民族文学的发展依然有不平衡的一面，但我们不能因此武断地割裂中国文学与蒙古族文学的相互依存的关系。

蒙古族小说对时代话题的积极参与使得它能够平等地与主流文学对话、并引起文坛的广泛关注，从而构成中国文学的一个重要组成部分。但是这并不意味着对主流文学的皈依，相反它是以独特性在中心的边缘进行着一种创造。这突出地表现在觉醒了的主体意识在价值选择与文化判断上的民族性倾向。就当前世界文明进程而言，全球化是以西方为主导的全球一体化进程，强势的西方文化正对世界弱势文化族群施加强大的影响，以摧枯拉朽之势在吸纳、改造、同化、扼杀着民族与地方文化。因而对现代性的全面反思与批判是民族文学表现的一个整体趋势，但是在与现代性的相互凝望中突出民族文化的独特性及历史意义与时代价值才是蒙古族文学的创作宗旨，这在蒙古族作家群中似乎形成了默契与共识。不同的小说形态交相更替、色彩斑斓，但是突出民族文化的族性精神往往是不变的追求，蒙古族文化的历史记忆与当代形态在文学文本中被重新建构起来。原始的萨满教在郭雪波等人的小说中被反复渲染，敬畏自然、天人合一的民族信仰成为支撑草原生态小说的核心思想，男性阳刚勇猛、女性温柔善良的传统美学是大量蒙古族小说永不厌倦的主题。这些新的民族、民间叙述资源为中国文学增加了游牧文化中粗犷威武、阳刚健勇的宝贵元素，推动了新时期文学北雄南秀、气象万千的格局的形成。杨义先生在《重绘中国文学地图——杨义学术讲演集》一书的《前言》中曾经指出："农业文明与游牧文明的碰撞融合，是解释中华文明的生命力，它的生存形态和发展动力的一个关键。"[①] 从这个角度而言，蒙古族小说对游牧文明的重建亦是对中国文学及中华文明的一种创造。

第二节　现代化背景下蒙古族小说的民族认同

一　民族认同与现代化的悖论性相互依存关系

在改革开放的背景下，新时期蒙古族作家群体回应着 20 世纪 80 年代文化现代化和民族化的时代诉求崛起，阿云嘎、白雪林、甫澜

① 杨义：《重绘中国文学地图——杨义学术讲演集（前言）》，中国社会科学出版社 2003 年版，第 8 页。

涛、佳峻、郭雪波、满都麦、察森敖拉、哈斯乌拉等作家，以带有强烈草原文化特质的小说，书写了民族的文化传统和族性特征，反映了北疆草原游牧民族移动、迁徙的历史经验和集体记忆，以及在社会转型时期面对文化变迁的困惑与期冀。以这批青年作家为创作中坚的蒙古族小说与新中国成立后的第一代作家创作有很大差别。20世纪五六十年代的作家如玛拉沁夫、扎拉嘎胡、敖德斯尔等人，他们很多人也都接受过汉族文化教育，有的还接受过西方文化的熏染，但是在革命实践中接受最多影响最大的是带有意识形态色彩的政治文化，因而这一代作家在新中国成立后有一种强烈的共和国公民意识，他们的书写往往从族际交融角度出发，对国家地理加以塑造，使原来散在的地方性知识和族群观念上升为国家的宏大叙事，从而与主流作家一起完成国族共同体的认知与凝聚，而本民族文化意识是缺失的。但新时期蒙古族作家却具有强烈的民族文化自觉，表现出明显的民族认同倾向。

"民族认同"是民族心理研究中的重要内容，也是近年来在民族学、社会学、人类学、历史学、文学等领域被广泛关注的一个话题。作为一个概念，认同一词源于心理学，由弗洛伊德最早使用，是指"个人与他人、群体或被模仿人物在感情上、心理上趋同的过程"①。按照弗洛伊德的提法，认同是个体与他人产生情感联系的最初表现形式。从这个意义上看，弗洛伊德更看重认同的心理防御和进化作用，但后来的大多数心理学家和人类学家在解释认同时更看重认同的情感功能和由此衍生的行为后果。比如，菲尼（Phinney）认为认同是一个复杂的结构，它不但包括个体对群体的归属感，而且还包括个体对自己所属群体的积极评价，以及个体对群体活动的卷入情况等；卡拉（Carla J）则认为，民族认同是指个体对本民族的信念、

① 陈国强主编：《简明文化人类学词典》，浙江人民出版社1990年版，第68页。

态度及对其民族身份的承认。[①] 当然，这都是指一种狭义上的民族认同，“广义的民族认同不仅包括个体对本民族的信念、态度和行为的卷入，还包括个体对其他民族的信念、态度和行为卷入情况”[②]。在民族学领域，民族认同是指“民族身份的确认”，“是社会成员对自己民族归属的认知和感情依附”[③]。文学批评领域更强调文化归属感，“‘民族认同’是指个体对自己所拥有的民族身份的主观承认，具体表现为对本民族价值观念、行为规范、文化传统的归属感，有强烈的文化色彩”[④]。

这种文化归属感表现在蒙古族小说中民族性和地域特征的凸显，作家借助文学想象表达对本民族文化、价值观念和宗教信仰的认同感，对民族根基的归属感和民族身份意识，由此产生了以族属为中心的文学凝聚力。评论家扎拉嘎胡先生把蒙古族小说的这种民族认同称为“三原意识”。即蒙古族作家对世代生息的独特自然环境——高原、草原和沙原的文化自觉。并说这种三原意识早就存在于文学中，但直到新时期才增强了文化内涵，“蒙古族作家的三原意识，始于四十年代中期，成熟于七十年代末八十年代初。过去，蒙古族作家的作品中虽然也描绘过三原的景观、三原的民族特色和地域特色，但总体上缺乏三原文化的特殊内涵，缺乏三原人民的特殊生存方式，也缺乏三原人的深层心灵世界”[⑤]。这种民族文化内涵的增强除了与时代潮流影响有关，也是民族地区内部积极倡导的结果。20 世纪五六十年代，内蒙古文学界曾两度在内蒙古的主要报刊上展开了文学作品的民族特点与地区特点的讨论。这种理论冲击力不限于文学，

---

① 万明钢主编：《多元文化视野：价值观与民族认同研究》，民族出版社 2006 年版，第 3 页。

② 同上。

③ 王希恩：《民族认同与民族意识》，《民族研究》1995 年第 6 期。

④ 张永刚、唐桃：《少数民族文学：民族认同与创作价值问题》，《文艺理论与批评》2010 年第 1 期。

⑤ 扎拉嘎胡：《五十年来的蒙古族文学》，《民族文学》1999 年第 4 期。

波及整个艺术界，民族绘画、民族摄影跟着异军突起。但直到新时期，蒙古族文学追随着当代文学主潮经历了“伤痕”“反思”之后，在寻根小说中开始向更高层次突进。由浅及深触及各个层面，“一是深入到三原写三原，写三原的天然风貌、人情世态、民俗民情；二是写三原历史与现实，展示三原人的生存状态和灵魂的驱动；三是写三原人独特的感悟、思维、行为的方式，开掘三原文化的深层内涵，展现三原的精神，发现三原文化与中国各民族文化、人类文化之间的联系，揭示出时代意义。使三原意识在蒙古族作家作品中越来越突出”①。总之，新时期蒙古族小说的民族文化意识格外强烈，富有民族特色的景观呈现已经成为众多文本自觉的书写，奔腾的马群，悠扬的长调，冰天雪地的极地风光，人与自然的和谐关系，成为众多作品族属的标志性符号。同时作家还力图将现实、历史与部族神话、传说、宗教相连通，寻根溯源，借各种隐喻来阐释整个部族的精神世界，展现民族文化的传统特征和当今形态，字里行间渗透着文化自豪感和归属感。

另外，蒙古族作家作为民族文学的代表，也承受了全球化进程所带来的对弱势族群的文化压力。即少数民族虽然在新时期获得了更多参与中国现代化叙述的契机，但其实作家只是获得了一个平等表达的机会，而在现实中，少数依然意味着文化和地理意义上的边缘、文化形态上的前现代，这是让少数族裔作家在昂扬之后感到最困惑不解的事情。他们不知道该如何对待自己的民族，这种现实的困惑也纠缠在文学想象之中，他们一方面痴迷于本民族的部落神话、传说、宗教、民风民俗和传统的生活方式；另一方面，发现在席卷世界的现代化进程中，那是即将要翻过去的一页，他们就是这样一边唱着忧伤的挽歌一边步入现代化的入口。歌咏逐渐消失的东西，这多少带有诗性的悲壮意味。

---

① 扎拉嘎胡：《五十年来的蒙古族文学》，《民族文学》1999 年第 4 期。

现代化进程使得蒙古族感受到了国家政策的成果，获得前所未有的经济发展和思想解放，但也是现代化进程让他们感觉到自我民族性的渐趋遗失；是现代化进程激发了创作主体的民族文化意识和自我表达诉求，获得了在中国乃至世界文学格局中平等对话交流的机会，但也同样是现代化进程让这种交流的内容和主题充满了痛苦和失落感。无论是现实中还是文本想象世界里，崛起的蒙古族作家都处在荣光与失落的夹缝中，体验着对现代化百感交集的复杂心情。他们的民族认同倾向无法摆脱现代性的纠结，是在对现代性的卷入、反思、批判中逐渐形成和不断深化的。

二　未完成的现代性与民族性的凸显

改革开放以后的新时期既是思想领域普遍的民族文化的觉醒期，又是现实中民族文化的一个断裂期。蒙古族作家在“以民族特色走向世界”的时代文化诉求中获得对民族文化的自觉，又在现代化进程不断加剧引发的民族文化传承危机中得到强化。在这个民族性与现代性的相互依存、带有悖论性的发展过程中，民族作家作为本民族文化的代言人，他们在文本中一直创造性地思考和建构着两者的关系。

民族的现代化转型问题一直是伴随蒙古族生存发展始终的一个问题，蒙古族的现代化是一个未竟之业，一个任重道远的长久工程，民族作家对此有强烈的责任感和担当意识，民族文化现代品格的塑造是贯穿很多文本的一个主题，如何在改革开放和全球化进程中让古老的民族搭上现代化列车步入一个更加开阔宏伟的境地，如何不要错失历史的契机对民族传统的劣质性进行革新，这是一个常讲常新的话题，也时刻牵动着作家的思考。蒙古族作家兴安的思想波动说明了这一点，“我们这些在城市里的作家，一写到草原，就是蒙古包、蒙古袍、骑马、射箭，等等，似乎文学只能在这些古老的事物上才能获取灵感。而实际上大多数牧民也喜欢温暖的砖瓦房，喜欢汽车摩托车，喜欢电视和手机，甚至电脑上网。而我们一看到这些变化，便开始抱怨和叹息民族特征、甚至民族精神的遗失。其实我们不怎么了解牧民的现代生活和他们的真实愿望。他们与我们在对草原和民族的定义上已然存在着一条裂隙，这使得我们对现实中的民族人物无法近距离地观察，以至于对他们进行了不够真实的描述”①。显然作家对知识分子一厢情愿的回归传统的文化立场进行了批判，认为是无视民族现代转型愿望的表现，尽管作家主要谈的是文学表现真实性的问题，但也间接批评了一种狭隘的文化保守倾向，表达了重建民族现代文化品格的设想。这种文化反应有其现实原因，伴随改革开放的深入，传统的游牧生活正在终结，草原游牧民族也正依据“由简而繁、由混而分”的社会进化趋势大踏步迈向现代化。在这个进程中，“社会对现代化、知识、科学、文化、技术、教育的渴望急剧升温，人们普遍相信发展科学技术、文化教育是民族繁荣昌盛的必由之路。经济现代性、文化现代性和精神现代性成为整个社会追求的目标”②。面对这种现实，一味排斥异端和歌哭自我都是非理性的选择，与其被现代化覆盖，不如自我主动现代化，这就包括吸收现代文明的种种新因素对传统民族文化进行创新，凝聚多元为一种新的民族独特性，提升民族文化魅力以求在竞争中生存发展而不是在封闭性的保护中慢慢被淘汰。美国学者艾凯对此曾有过精辟的论述，“现代化一旦在某一国家或地区出现，其他国家或地区为了生存和自保，必然采用现代化之道……换言之，现代化本身具有一种侵略能力，而针对这一侵略力量能做的最有效的自卫，则是以

① 兴安：《蒙古包：真实与想象》，《民族文学》2010 年第 2 期。

② 丁玉龙：《用文学见证时代——解读蒙古族作家布仁巴雅尔的报告文学作品》，《民族文学研究》2011 年第 5 期。

其矛攻其盾，即尽快地实现现代化”①。而这首先意味着对传统的扬弃，融化新知对自我创新。对处于地理和文化边缘的少数民族来讲首先意味着更新观念、移风易俗，发展现代经济以摆脱贫穷落后的面貌。

这种对民族现代化道路的想象始终没有在文学创作中停歇，20世纪80年代就开始的倡导民族现代化的小说在时代主潮的推动下启动了这种文学理想。在这些作品中，作者满怀信心表达对现代知识、科技文明的认同，现代与传统的碰撞被想象成新老两代人的矛盾冲突，故事中年轻人往往能跟进时代，掌握现代知识文明，及时更新观念，老一辈往往被想象成老顽固、死脑筋，作者最擅长以谐谑的手法描摹老一辈人在现代文化冲击下表现出的窘态，最后在年轻人的引导下改变老旧观念、与时俱进，以皆大欢喜收场。朝气蓬勃的年轻人必胜，老年人再顽固终是不合时宜的小打小闹，不过为作品整体喜剧氛围增添点笑料，这种乐观主义的精神和喜剧氛围是作品的基调，它以青年必胜老年的情节模式表达后必胜今、传统让位于现代的现代进化论观点，期冀民族通过自我现代化迎接明天辉煌灿烂的曙色。对现代经济、工商业的发展前景大加歌颂也是20世纪80年代蒙古族小说的一个趋向，这是对民族经济现代转型的渴望。作家哈斯乌拉在深圳、广东的现代化成果激发下也想象了锡林郭勒盟的现代化宏伟蓝图，“在我鲜丽的向往中，国内外颇负盛名的锡林郭勒盟的畜产品，正结束‘低来低去’的劣等循环，经过合资经营的现代化流水线，东渡渤海，西销欧美；我们唾手可得的天然碱，原盐、芒硝、钨砂，正与内地几十家上百家工厂商店挂钩成交；我们的白酒已变成低度黄芪、鹿茸、牛鞭各类药酒发往沿海城镇和南洋；我们的大理石、孔雀石正源源运往京津。地底的石油、煤炭涌着热

① ［美］艾凯：《世界范围内的反现代化思潮——论文化守成主义》，贵州人民出版社1991年版，第3页。

能，涌着财富，地上的黄花、发菜散着诱人的光彩……”[①] 从这段士气昂扬的描写中可以看出作家对现代化的单纯想象，现代化就意味着知识、科技、文明、进步和财富，而它的负面效应极少被考虑到，这也是现代化还没有在现实中深入展开因而弊端还没有短时间内显现出来的结果。

尽管有非常多的呼吁现代化的作品涌现，但非常遗憾的是，这种思考和文学实践在新时期蒙古族小说中始终是一种理想，民族文化的现代性始终是一种未完成的形态。这些面向民族未来的小说大多充斥着浅显的欢快和乐观，对现代性的认识也是粗浅片面的，现代化只限于科学、技术、知识层面的探讨，而对深层文化理念及伦理道德层面的波动极少涉及。对民族传统蜕变过程可能遭遇的障碍、困难估计得过于乐观，以轻松的喜剧遮蔽了文化变迁应有的艰难和痛苦挣扎，对现代化的负面后果更是不在考虑之列。同时，作者对人物的想象力还显得单薄，尤其对新人的描写多为笼统的对科技人才的图解，缺乏丰厚的生活材料的支撑和个性化塑造，生动性和感染力欠缺。因而这部分创作虽然不断涌现，但艺术性与影响力都稍嫌欠缺。其积极意义是提出民族文化生存和发展的开放性问题，并且以诗性方式表达了蒙古族文化现代转型的诉求。

对现代性的反思一直伴随着现代化过程，20 世纪 80 年代的乡土寻根小说以中国历史悠久的农业文明为根基表达现代与传统的较量，而蒙古族小说是借助游牧文明的独特性参与这种话语建构。蒙古族文化寻根小说正是伴随着主流文坛的这股思潮崛起，并对新的历史条件下民族文化的重塑做出了重要贡献。这些作家面对庞博多元的现实有一个更加理性的文化选择和价值判断，作家阿云嘎曾沉痛地说：“在如日中天的工业文明和商业文明面前，我们民族的传统文化

① 哈斯乌拉：《我心目中的锡林郭勒》，《民族文学》1985 年第 2 期。

就是那轮正在下沉的落日和那面逐渐暗淡着的晚霞。但别以为凡是过时和行将消失的都是不好的东西。不是的！我倒是认为，我们正在不得已地丢弃着很多美好的东西……但我们又为什么不得不丢弃这些？因为不丢弃这些就进入不了工业文明和商业文明。而工业文明和商业文明是整个人类发展的走向。为了未来的美好，我们不得不丢弃传统的美好，为了社会的进步，我们不得不丢弃本来进步的东西，这就是最大的悲剧。”① 为了一个所谓进步的方向不得不放弃民族传统中那些美好的东西，在作家眼里这是最大的悲哀，但除此之外又别无选择，因为现代工商业文明是人类前进的方向。民族认同倾向在这类文本中是显而易见的，尽管作者是如实反映现实中新旧两种文化的碰撞，但却意在揭示社会变迁所造成的文化失调问题，给即将消失的游牧文明一个最后的挽留。费孝通曾解释什么是文化失调，“任何文化都有它特殊的结构模式，新的文化特质引入之后，不能配合于原有的模式中，于是发生失调的现象。文化本是人类的生活方法，所以文化失调就在社会中各个人的生活上引起了相似的裂痕，反映于各个人心理上的就是相似的烦闷和不安，这种内心的不安逼着大家要求解脱，于是就有所谓社会问题”②。在微观层面揭示社会问题引发的心理和情感波动是这类小说的一个聚焦点。古老的草原游牧文明特别开阔的想象空间，让作家可以尽情展开文化失调带动的心理和情感激荡，借以表达对现代性的反思，民族传统文化的价值和意义在与现代性的相互凝望中被重新建构起来。

文化寻根小说的叙事方式与20世纪80年代的乡土小说有诸多相似之处，在情节模式上，作者总是怀着无限忧虑感叹昔日人情淳朴和谐的草原不见踪影，现代机械文明器物如电视、冰箱、洗衣机、

① 阿云嘎：《有关落日与晚霞的话题》，《民族文学》1997年第7期。

② 费孝通：《文化与文化自觉》，群言出版社2010年版，第1页。

摩托车、大卡车等渐渐进入普通农牧民的日常生活，牧民们在体验着方便、快捷、舒适的机械化、工业化时，也接受了功利主义、效率至上、物质利益等商品经济观念，传统的生活方式、伦理道德、文化习俗的集体认同出现松动迹象。作者表达了强势文化对弱势文化的吞噬和挤压，民族传统美好的东西在这个过程中渐渐退出历史舞台，尽管大多数人为利益蛊惑接受了这个结果，但作者作为民族文化代言人对此忧心忡忡。所以这部分作品总是充满了伤感的挽歌气息，笼罩着悲剧美感和情调。这部分小说的文化思想值得认真研究，它不是提倡一个民族要逆潮而动走回头路，而是以民族文化认同方式说明现在的"进步"和发展方向有问题，在现代化席卷世界的潮流中，每个民族和地区应根据自身历史特点做出相应调适，而不是盲目进入它的模式。费孝通先生说："若不把这种'进化'的趋势视作是上帝的主义，或不可追问的自然铁则，我们不妨在此探究一下何以有这趋势产生？何以有时候，有地方，这种趋势非但不存在，而且有相反的趋势发生？"[①] 这类作品质疑的就是发展主义的现代工业神话，它以地方性、多样性、民族性反思现代化的同质性、普适性和霸权性，提供了比较成熟深刻的反思现代性的民族文本。

三　民族认同焦虑与自我化解

新时期蒙古族小说在反思现代性中凸显了民族文化的独特性，表现了民族身份意识与价值认同。这是在现代化与全球化进程中一种非常清醒的理性选择，"文学全球化的到来不是要弱化个体民族特征和对本民族身份与文化价值观念的认同，恰恰相反，少数民族文学作家应对此持清醒的立场"[②]。在这方面蒙古族作家表现出的民族

① 费孝通：《文化与文化自觉》，群言出版社 2010 年版，第 8 页。
② 罗义华：《文化的乖离与重构》，《民族文学研究》2004 年第 3 期。

文化立场和文学想象方式提供了宝贵的经验，也使得新时期蒙古族文学获取了新的文学创作经验与方法，突破传统文学格局中的弱势、边缘、不发达状态，获得与汉族文学及世界先进文学平等对话交流与共同发展繁荣的机会，最终获取了来自中国文学界乃至世界文学界的广泛认可，这是蒙古族文学走向世界文学的一个良好契机。

但当代蒙古族文学也正面临了前所未有的一些挑战，在主流与强势文化的挤压下，民族与地方文化仍难以摆脱边缘与弱势地位，甚至因为没有生存与发展的空间而正趋于消逝。坚守一种即将消逝的文化与生活状态，就意味着向新生的东西关闭了大门。在这种现实情形下，民族作家的民族认同其实充满了种种内心的挣扎和困惑：一元与多元、现代与传统、东方与西方、边缘与中心、自我与他者、全球与本土、汉语写作与母语写作等多重复杂问题冲突碰撞在一起，形成一种民族认同焦虑，这纠缠在他们的作品之中，使其创作呈现出一种新旧混杂的矛盾状态。倡导现代化的小说在某种程度上也是摆脱这种焦虑情绪的一种努力，他们力图通过文学想象方式构建民族文化的现代性与世界性之维，以彰显民族文化的开放气派。作家借助改革开放的春风清理了传统封建思想和宗教信仰在蒙古高原的凝滞，习惯性生活和生产方式对蒙古人思想的禁锢，如《别了，古道牛车》《飞枣红啊，你在哪里》等作品都传达出一种民族现代性向往。尤其是一批伴随改革开放和商品经济兴起出现的新型商业人才的塑造，如《温柔的草地》中的成功商人奥日格勒、《指腹婚》中年轻的土特产公司老板策木丽格、《你也是蒙古人》中泼辣能干的女商人蒙根花等，作者意欲通过这些新人传达出新的财富价值观念和商业意识在农牧民生活中的崛起。但是由于对现代性的思而不深及缺乏创作经验等原因，造成了作者捕捉到了一种新现象，但只限于浮光掠影式的展示，真正的民族文化的现代性难以通过这些文学作品建构起来，但可以看成是缓解作家民族身份认同焦虑、化解内心矛盾的一种形式。

这种内心的矛盾挣扎在文化寻根小说及草原生态小说中也存在，作者虽然是在挖掘民族文化，但民族文化不是一条冻僵的河流，而是一个历史的动态形成与建构过程，从这个意义上讲，新时期蒙古族小说中的民族认同是在现代文化视野中对民族性的重构，它已经不可能再回到任何一个历史原点，必然是现代文化视野下糅合种种异质性的一种复合体，除了对本民族文化的重新阐释，还包括把种种时代新因素、中国各民族文化、西方现代文明“民族化”。文化寻根小说中现代人性意识已经取代了古老落后的民族观念，草原生态小说中的生态意识也是传统在现代生态伦理烛照下的表现，在文学想象世界里，它经常体现为种种矛盾因素的纠缠。郭雪波的小说《狼孩》《沙狐》中，作者为主人公都安排了厌倦现代文明、回归自然荒野的结局，暗合了游牧民族敬畏自然、信奉万物有灵的原始宗教信仰与生态文化观念，但是作品中经常混合着对现代科技力量的渲染和“科技人才”的神化，作者以“孛精神＋现代科技”的中和方式掩盖了这种自然与治理的内在思想冲突，避免了单一性文化价值观的偏颇，但也削减了文本的思想冲击力，并且文本叙述上也留下了瑕疵，这表现在作品始终是两种视角下的观照：一是对“孛”及原始宗教的挖掘，一是现代文明与现代科技发展下的生态伦理思考。两条线索交织叙述，但思想很少交锋，因为作者无法处理这种传统与现代的矛盾而把二者和谐地统摄在一起，矛盾性的中和方式暴露了作者思想的困惑。作家阿云嘎也是个典型的案例，他的创作显示出新时期蒙古族文学的思想深度和艺术魅力，但这很大程度上也是作家内在的思想张力的折射。他的作品大都面对文化碰撞表现出对传统文化的依恋和回归，但相反的力量在同样涌动，如果不是这种力量，那些坚守传统的主人公就失去了原有的悲剧内涵和沉重感，吉格吉德（《大漠歌》）失去了其其格玛姑娘又失去了巴达玛日格寡妇，当还要坚持做个牵驼人再次上路之后他的步履已经变得非

常沉重了，因为爱情的失意使他深深感受到传统被现代淘汰是无法改变的事实，正是现代力量的强大突出了坚守传统的悲剧美感。这还体现在赫穆楚克在新一代年轻人的竞争意识下失业的沮丧，现代化带来了犹如这类回归传统的小说中的反作用力，如果对现代化没有一个全面的认识是难以明了传统的价值与意义的，《天边，那蔚蓝色的高地》中追随现代文明的年轻人在特定时刻的表现也同样被作者赞许认可，到底是追求现代还是不计代价地保留传统，这是困扰创作主体的社会问题，也是作品能产生多重意蕴和丰富性的一个内在因素。

民族认同的焦虑或许也可以理解为民族创作主体性自身的矛盾，既不能认同以西方为主导的全球一体化进程，又担心民族保守文化立场与守旧心态会使他们错失全球化语境中改造传统文化的历史机遇，是陷在文化现代性与民族性中的挣扎徘徊。在这种情形下，构建或重建少数民族文学主体性已经成为一个重大而迫切的文学甚至文化课题，它既关系到少数民族作家创作理念与方法革新求变的问题，也关系到少数民族作家对民族身份、民族文化的认同与反思的问题，更深远地说，它关系到中国少数民族文学乃至整体中国文学何去何从的问题。这也可以看作是少数民族文化界对汉文化界“重建中国文化主体意识”思想的一个呼应。

第三节　新时期蒙古族小说的类型化

一　社会多元思想的映现

新时期是蒙古族小说在群力性建设下逐渐进入类型化创作的一个新阶段，或者也可以理解为文学多样化类型的出现是蒙古族文学进入群力性建设后的一个重要表现。与20世纪五六十年代主流意识形态禁锢下的文化启蒙小说独领风骚不同，新时期蒙古族小说的发展可谓千姿百态。李晓峰的《从诗意启蒙到草原生态的人文关怀》一文曾经总结新时期蒙古族小说从文化寻根小说到草原生态小说的嬗变轨迹，当然文化寻根和草原生态小说是新时期蒙古族小说创作最成熟、影响力最大的两个类型，但实际上蒙古族小说的类型远非此两种可以概括，从实际创作数量和成熟度来看，至少还有专事民族风情习俗、历史宗教等主题的民族风情小说，以及有意识地表现族际交往和文化融合的跨族小说，这两类小说在新时期也颇成气候，均有不俗表现。

同时如果从地域文化差异标准来区分，蒙古族小说的丰富性更非其他少数民族可比，分布地域横跨中国北方广袤土地的蒙古族，其赖以生存的东北、华北、西北地区均有不同文化类型小说出现。出生并成长在东北或有东北生活体验的蒙古族作家，对东北森林狩猎文化情有独钟，云晓璎的《财宝的诱惑》、格日勒图的《森林哨兵》、肖龙的《黑太阳》等作品，擅长营造高山密林中人与动物的相互依存关系，神秘的黑森林储藏着丰富的山珍野味，也藏匿着野兽和凶险的自然灾害，以及猎犬、猎枪和生存能力极强的猎人，这些共同讲述着一个有关野外生存的惊险故事。强烈的地域文化意识使得这些出自不同作者之手的作品形成了东北山林地带的狩猎文化风格特征。《乌珠穆沁的故事》《乌珠穆沁神鸟》《乌珠穆沁情话》《摔跤手之歌》等作品讲述了北方游牧民族心目中的诗意草原，天高野阔、风吹草低、牛羊成群的画面是作者刻意营造的背景，再加上那达慕大会上赤膊流汗的摔跤手，让人热血沸腾的赛马场面，共同完成北方马背民族精神性格的刻画。这一部分往往是新时期小说中最典型的蒙古族草原小说，符合大众对蒙古族的文化期待。西北高原上粗犷的戈壁沙漠刺激着作家的想象，为新时期蒙古族小说提供了源源不断的题材和叙述资源。浩瀚无际的沙漠中驼队如线前行，夕阳伴着驼铃声声，沙漠中的那份孤独壮美无与伦比，但他们随时也会受到生死考验。阿云嘎就是讲述沙漠、戈壁、鄂尔多斯高原、无水区故事的能手，《大漠歌》《天边，那蔚蓝色的高地》《野马滩》《黑马奔向狼山》《驼队通过无水区》《有声的戈壁》《燃烧的水》等作品，糅合沙漠地理、民族风情和人性欲望等多种元素，风格鲜明，叙事技巧纯熟，人物形象呼之欲出，已经形成了沙漠戈壁故事系列，把西部高原、戈壁地理形态的文化元素发挥到一个极致。

多样化类型的出现往往是作家个性化意识觉醒和社会思想多元相结合的产物，蒙古族小说类型化过程也不例外。新时期中国社会的大转型和思想大解放引发了很多社会问题，小说提供了一种诗性表达和参与讨论的方式。文化寻根小说显然是对20世纪80年代文化热潮的一个呼应，也是对各民族由传统游牧社会向现代工业文明过渡的一个思索。20世纪80年代末90年代初，现代工业文明招致的一系列负面效应显露出来引发人们对环境的关注，生态小说一时繁荣起来，草原生态小说就是其中一支重要的力量。北方冬寒夏暑、一年四季变幻莫测的自然气候条件，使蒙古族与生俱来就有对大自然的敬畏心态，他们在精神世界里信奉万物有灵的萨满教，在现实生活中遵循着天人合一、相互给予的法则，这种天然的生态资源是蒙古族珍贵的文化思想。但现实经济利益诱惑下的矿产开发、捕杀野生动物的行为与之发生了冲撞，由此推动了蒙古族生态小说的繁荣。其实它接续的依然是文化寻根小说的传统与现代碰撞的主题，只不过它是对蒙古族的生态文化和绿色思想的寻根溯源。生态小说的繁荣从20世纪90年代一直持续到21世纪，推举出蒙古族非常有影响的作家如郭雪波、满都麦等，产生了一批既有文化内涵又有市场的畅销书，如《狼孩》《银狐》《狼与狐》等。

21世纪以来伴随着精英文化的衰落，文学中的民间、底层一度成为社会文化的热点，少数民族在社会视点整体下移的调整中具有优势，相比城市与中心，处于边缘的少数民族更多地保留着一些主流和官方之外的东西。所以21世纪前十年蒙古族小说大有卷“土”重来的气势，它力图通过对民族的民间、民俗、宗教、神话等资源的挖掘抵御全球化带来的文化同质化，在这些即将进入历史档案和民俗博物馆的标本上精工细化，有一种步入现代化大门回过头重拾历史的感觉，虽然是自己但已经觉得不真实。从作家来讲，景观化和展览意识也是应当警惕的缺陷。21世纪前十年蒙古族小说创作总体上讲显得有些疲弱，与民族文学批评的浩大声势和多民族文学史观重建的呼声相比有些名不副实，这与图像、影视等视觉艺术传媒冲击下文学整体创作不景气有关。

从文化寻根小说、草原生态小说到21世纪的民族风情小说，都贯穿着一个反思现代性的主题，他们的相互交替推动着蒙古族小说走过了新时期三十年的发展历程。这个交替发展过程也是蒙古族小说由一般性的抵抗、情绪性的书写，逐渐到有策略的、理性化的应对和重建的过渡。这些是新时期作家们在回应共同的社会问题时发展的主要类型，除此之外的跨族小说、东北山林狩猎文化小说、西北高原沙漠小说、乌珠穆沁草原小说等，虽然表现的主题五花八门，但也都具有一些内在的叙事共性，可以看作广义上的类型小说。

需要说明的是不同小说类型之间没有水火不容的绝对界限，相反很多时候它们是有交集的，甚至一个作品可以分属几个类型，如阿云嘎的《大漠歌》既是典型的文化寻根小说，又属于西北高原沙漠小说；郭雪波的《狼孩》既是沙原小说，又是生态小说。因为类型划分不是依据单一标准，作品的丰富性决定了它可以从

多种角度被解析，类型划分仅仅是我们分析作品的一个工具或路径。

二　文化隐喻与结构性主题

蒙古族小说类型的多样性标志着其内部的差异和特殊性，那么不同的类型间有没有共性和普遍性元素呢？即使考虑到作家集体的民族文化认同倾向，要总结一整套蒙古族小说的叙事成规和表现符码也是很困难的，但是蒙古族小说在特定时期中所表现出的文化隐喻叙事特征和聚焦文化冲突的结构性主题却是不争的事实。解析这二者之间的关系有利于我们获得对不同类型蒙古族小说更全面、更深入的认识。

与20世纪五六十年代蒙古族小说擅长宏大历史叙事相比，新时期蒙古族小说倒更像是新文学刚刚摆脱旧文学时的状态，立意不在讲故事，而更注重思想和文化上的启蒙；叙事视点由外而内，由历史风云再现向民族精神情感世界深入开掘转变，历史的剪影让位于民族日常生活经验和心灵世界；减少了实写和直抒胸臆的手法，更青睐隐喻、象征等隐晦性表达。尤其是民族文化与现代化的悖论性依存关系造成了叙事、抒情的委曲性和悲喜交织的情感特征。

蒙古族的现代转型是个未竟之业，蒙古族作家对此的态度尤其矛盾。因为在现代化席卷而来的时刻，蒙古族的社会、历史、文化是脱离自身既有发展运行模式和速度，被裹挟着进入国家现代性的。当然，“整个中华民族在现代历史发展中其实都面临的是这种由分立的单个发展史被强行拉入统一的世界史的情况，而少数民族尤甚”①。这种均质化时间的出现，空间的无限延展，对于少数民族文化情感

① 刘大先：《当代少数民族文学批评：反思与重建》，《文艺理论研究》2005年第2期。

来说，可能存在着顺应历史潮流的正面价值，同时未尝不是一种挫伤，实际的政治、经济、文化等各方面的变革与民族心理沉淀下来的文化传统不可能同步，他们由此产生了推拒式接受心理，一步三回头的眷恋不舍、迎拒两难的焦虑困惑使他们的作品摆脱了单一和清浅，获得了文学该有的沉重感和文化承担。这同时也决定了他们文本所使用的修辞叙事语法，20 世纪五六十年代小说中斩钉截铁、非此即彼的果断干脆不见了，而一唱三叹、委曲回环的缠绵悱恻又不是一贯清新刚健的蒙古族文学的传统，倒是叙事抒情的文化隐喻能够中和这种感伤的时代情绪和清新刚健的蒙古族文学传统，富有民族特色的骏马、驼队、蓝天、草原、猎人、歌手，以隐晦的象征手法传达着一个民族的失落与感伤，骄傲和辉煌，带出他们的历史、文化和经验记忆，这被认为是表里完美结合的表现，达到了一种健康和谐的审美效果。

新时期蒙古族小说经常出现“马”的意象及围绕马的主题小说就说明了这个问题。阿云嘎的《野马滩》《黑马奔向狼山》、敖德斯尔的《云青马》、满都麦的《骏马·苍狼·故乡》、海勒根那的《小黄马驹》等作品，都围绕着“马”做文章。但它绝不仅是具有实用价值的骑乘或劳动生产资料，而是具有民族文化符号的意义，具有很强的文化隐喻功能，它打开了一个广阔的想象空间，通向一个深层主题的探讨。“马”在这些文本中继承了蒙古史诗叙事“骏马”的固定表达式，但又植入了新的时代文化内涵，是两者相结合的产物。蒙古族被称为“马背民族”，日常生活中马不可或缺，在世界舞台上最辉煌的表演也是在马背上完成的，因而马在这个民族心目中有特殊的地位和作用。在蒙古族史诗叙事中，它就是被反复无休止歌咏的对象，它总是和英雄的行为相关，“那些战无不胜、所向披靡的英雄人物，都是好汉骑好马，神驹扶英雄”[①]。并且马具有超自然的属

① 满都麦:《远去的马嘶声》，哈达奇·刚译，《民族文学》2002 年第 11 期。

性，“它通常是兽性、人性和神性的统一体，具有畜生的外形、人的语言和智慧，以及神灵的法力和预见力”①，关于马的审美体验已经形成程式化的表述。新时期文学继承了文学传统中骏马的固定文化隐喻，即“它们终其一生都是自由的魂灵”②。但是又借助马表达了时代的失落情绪和对此的深深忧虑。现在是唯技术的时代，对效率和速度的要求使马逐渐退出了农牧民的生活。农区的耕地和其他繁重活越来越多地使用机械，马的用处变得越来越有限，卖不出去的东西，谁还会花力气放养呢？对牧区的青年来讲，骑马哪有骑摩托车那么威风和时髦呢？另外，牧区实行了包草场到户政策后，草原被铁丝网仔细地切割成无数片，那纵横交错的围栏，让在草地上信马由缰的浪漫也变得十分困难了。《黑马奔向狼山》表现的就是这种苦恼，现实已没有让马奔跑驰骋的空间，黑马只能奔向那荒无人烟的狼山了。不在马背上驰骋的民族，他们的心胸也变得狭窄了，成天为草场闹矛盾。这种放养传统的衰落引起的是作者对民族文化遗失、商品经济带来的功利性文化的焦虑。“不知什么时候起，马背上的民族纷纷跳下马，不分男女老少，都被现代化交通工具所吸引，乃至牧民们也开始骑着摩托车放养。这究竟是异化，还是进步的象征呢？”③“看到草原上曾经为人骑乘代步的马却越来越少，我心里有种难言的沉重。”④ 在所有关于马的主题中几乎都渗透了两种文化的冲撞引起的忧思，那昂首长嘶、鬃尾飞腾的骏马形象背后总是隐藏着一个辉煌民族的失落和感伤及对当下的深深忧虑。在满都麦的《骏马·苍狼·故乡》和孛·额勒斯的《察森查干》等作品中，骏马的神性被极力渲染，骏马的描绘总是引向一个宗教化的、天人合一、

① 朝戈金：《千年绝唱英雄歌：卫拉特蒙古史诗传统田野散记》，广西人民出版社2004年版，第35页。

② 同上书，第32页。

③ 满都麦：《远去的马嘶声》，哈达奇·刚译，《民族文学》2002年第11期。

④ 同上。

充满神性的世界，那被认为是蒙古族的原乡。

“马”只不过是一个最典型的意象，其他与草原游牧民族生活密切相关的如骆驼、狼、雄鹰、奶茶、毡房、帐篷等物象，也都充满了文化隐喻色彩，他们象征着古老蒙古族的一种文化传统和精神性格，并且也负载着时代的内涵形成一种约定性的描述，往往最终抵达的也是一个文化冲突的结构性主题。在这个隐喻的结构里，作者恰恰是借助那些清新、粗犷、阳刚、壮丽的物象隐喻文化上的伤感、失落和迷惘，创造了刚柔相济、互为表里的叙事美学特征。

三 族裔文学的生命力

典型的蒙古族小说中总是少不了骏马、羊群、雄鹰、骆驼，景观也总离不开沙漠、草原、戈壁、荒滩等地理空间，典型的生活形态是骑马放牧、吃肉喝茶，蒙古包上炊烟缭绕，整个草原上空飘着奶香和牧歌，那些比较成熟的小说类型已经形成了稳定的叙事模式和抒情表达习惯，这是小说发展繁荣的表现。但这也形成了新的制约因素，产生了蒙古族小说的自身危机。当在这些风景、物象上形成固定的联想和表达式时，新的东西就难得一见，小说能否继续发展有赖于突破这些固定成规和表达习惯，创造新的审美空间。正是出于对这些固定叙事模式的疲倦，人们把目光投向另外一些小说类型，它们看上去不是那种典型蒙古族小说，但却能提供一些颇具实验性质的新元素，为面临困境的蒙古族小说提供了新的发展契机和灵感源泉。其中城市蒙古人小说就是这样的一个类型。这类小说从创作数量上来讲并不多，主要有黄薇的《演出到此结束》（《民族文学》，1989.7）、《冬天的风》（《民族文学》，1990.2）、《血缘》（《民族文学》，1990.11），肖龙的《蚁群》（《民族文学》，2006.12）等。它可以说是族裔文学的一种，主要书写离开草原漂泊在城市的蒙古族后裔的体验和心理情感。与那些跨国的族裔文学表达“离散”经验和国家民族记忆不同，新时期蒙古族裔小说往往把这种矛盾设置成城市文明与传统草原的冲突，以表达在异度空间中漂泊无根的复杂心理感受和人生悲剧。

长期处于中华帝国历史外围为争夺领土与中原王朝展开厮杀的蒙古族，向来对历史——时间观念淡漠，但疆域、领土、界限、内外等空间意识格外强烈，体现在文学叙事中就是空间话语成为蒙古族作家最擅长使用的统摄文本结构、表达文化立场的一种手段。在典型的蒙古族小说中作家借助草原、沙漠、戈壁、山林等自然地理创造具有特定文化指向的空间，草原寓意游牧民族的诗意栖居之地，沙漠、沙原代表这种生态遭到工业文明破坏的后果，而山林、极地湖泊传达的是渔猎文化那种自由自在的生活。在这些地理空间几乎被挖掘殆尽的时候，与之相对的高度异质性空间——城市具有了文学更新和补偿性意义。

城市虽然不是蒙古族世代生息的原住地，却是越来越多的蒙古族后裔驻足生活的地方，它承载了生活本身的沉重，还纠结着族裔、血缘带给他们的感伤。由城市凝望草原那族裔的原乡，别有一种滋味在心头。所以在城市蒙古族人的故事里，地理空间统摄了关于族裔、血缘、寻根、人性、文明冲突等多重话题，是一个牵一发动全身的叙事元素。这些小说的作者可能未必是地理环境决定论者，但在叙事中都特别强调空间的文化塑造意义。作者对空间不厌其烦地详细描写，以揭示空间联系着特定的文化与精神性格。

肖龙的《蚁群》其中一条叙事线索就围绕一个彻底离开大山的“城市蒙古人”达奔那的生活展开。和生活在山林里的祖辈丰富多彩的狩猎生活相比，达奔那更像是住在钢筋水泥格子里的豢养动物，神秘的大山锻炼了猎人家族的毅力和生存能力，父辈们在多姿多彩又神秘莫测的环境中锻炼了强健的体魄、坚韧的生存毅力，他们是自己一方世界的主人，生活得自由自在。但是住在北京亚运商圈豪华住宅小区里的达奔那，穿西装、用名牌，却是淹没在工作、金钱、物质、网络和无聊的消遣之中，身体和精神渐渐被腐化。作品的故事情节断断续续，但作者对主人公达奔那的居室、社区、消费场所都给予了清晰立体的呈现，以说明市井空间如何消解了猎人家族后代的“豪爽、坚毅、耐性和牺牲精神”[①]：

> 这时天将近傍晚。西沉的太阳已经失去了白日的奥热，像个在外面风骚够了，回到家里装敛起来的女人，扭扭捏捏地躲到高楼大厦后面去了。这时候怕晒在屋里憋了一天的人们像老鼠出洞似的从楼里钻出来，伸伸懒腰，打个哈欠，左顾右盼一会，便走到城市狭仄的空间，融入沸沸扬扬的人流中来；街道上顿时成了霓虹闪烁、艳歌飞舞、人头攒动、熙熙攘攘的巨大蚁群涌动的潮流。安静祥和的白天即将过去，肮脏龌龊的、多姿多彩、人欲横流的城市夜生活开始了。

从这段描写可以看出达奔那生活在狭窄逼仄、拥挤杂沓，又充斥着性感、慵懒和低俗欲望的空间中，他对此感到疲惫和疑虑，“但最终还是摆脱不了对物质的依赖和妥协”[②]。只能躺在沙发上暴殄天物，透过电视看动物世界里的狂野和厮杀，而自己已经渐渐失去激情和性欲能力。最后他也正是在虚拟的民族文化空间得到拯救，完成了他精神和身体的重生。他经常会去在元大都护城河遗址上建起来的“昭君酒吧”，就表明他潜意识中一直对祖先创造的辉煌朝代有一种自豪和凭吊，借以缓解自己的身份危机。但其实那里不过是打着民族风情招牌以博取金钱利益的一个商业场所，到处都是虚假的模仿品和人造物，“奶食品都是用郊区养殖场生产的奶粉制成的；服务生

① 肖龙：《我心目中的大山》，《民族文学》2006年第12期。

② 肖龙：《蚁群》，《民族文学》1996年第12期。

也是从劳务市场或是从职业学校招来的实习生，没有一个是从草原来的，只是打扮成蒙古姑娘的模样而已”[①]。但就是在这样一个虚拟的空间里他也不能容忍别人侮辱他的民族和文化，在看到一个酒后乱性的有钱书商无礼调戏蒙古族侍者小姐的时候，他不知哪里来的勇气冲上去狠狠朝塌鼻子商人打过去，这是他人生中第二次打架，从酒吧出来之后他有一种轻松和惬意，这实际上也是压抑已久的蒙古族血缘意识得到了释放和宣泄，即使那微笑着的服务生可能不是真正的蒙古族姑娘，但是她穿着的民族服饰就是民族的象征和符号，对达奔那来讲他已经捍卫了民族形象和男人的尊严。并且这种释放激荡了那流淌在身体里的蒙古族血液，唤起了男人的激情和力量，当深夜回到家之后看到蜷曲在沙发里的妻子，他顿时产生了怜香惜玉的铁汉柔情，他抱着妻子冲进了卧室。这个颇有意味的情节，似乎说明是蒙古族的血缘意识和民族记忆拯救了城市蒙古人，恢复了他们的自尊和力量，也可以说是草原拯救了城市，民族文化救赎了糟糕的现代工业文明。

另外，在城市里寻根以挽回漂泊的失落和惶惑依然是这类小说的贯穿性的心理情感主线。马背上的蒙古族曾创造了典型的游牧文明，那种驰骋在蓝天白云下唱着四季牧歌“逐水草而居”的自由天性融入蒙古人的血液之中，成为他们永恒的歌唱和梦想。但如今生活在钢筋水泥、市井喧嚣之中，那民族文化的痕迹到哪里寻找，自己还是个蒙古人吗？这种身份追寻成为创作者的一种强烈意识，作家黄薇就曾感叹：“尤其是我又是一个生在北京长在北京的‘城市蒙古人’。我不懂得民族的语言文字和风俗习惯，假如真让我去牧区，我甚至都难适应……常有人问你是蒙族会蒙语吗？我只能报以赧笑。我敢说，他们绝不会想到和理解我当时的感受。我绝不承认‘蒙古族’对我只意味着几个不同的字，但我又用什么去证明我是个蒙古

① 同上。

人？我无法说清这些纠缠在我心里的情绪和感觉，它们像个阴影，时不时冒出点失去旧属的不伦不类的尴尬。如果这种现象仅是我个人也就罢了，但问题在于像我这样的人很多，而且会越来越多。我不想探究造成这种现象所有的历史的、现实的原因，也没有回天之力改变它，我只能写出缠绕其中的感受和体验，也许别人不这么看，但我确实把这种心理的苦闷和失落看作今天我们这群'城市蒙古人'的民族情感和绝不同于其他民族的心理差异。"[①] 由此可见，蒙古族后裔越是远离草原，草原却显得越加清晰，民族文化越是被现代都市文明所消解，在内心深处它越是变成一种持久强大、莫可名状的皈依。黄薇的《冬天的风》和《血缘》就是讲述城市蒙古人的身份危机和陷在两种文化夹缝中的追寻。《冬天的风》中的"爸爸"和《血缘》中的女主人公"无根"，他们都是从草原里出来又都被"城市化"了的人，都受过高等教育，接受过先进的思想文化，而后都从各自不同的路途中寻找自己的"根"。"爸爸"的寻根意识是清醒而富有理性的，他认为自己是草原的儿子，他不习惯也不可能住在大城市，必须到草原上去做自由的风。只有那坐着勒勒车，唱着悠远牧歌的高颧骨姑娘才会理解自己，所以他拒绝了大学里深爱着自己的恋人，去找那个长在牧区会唱牧歌连汉话也说不流利的蒙古族姑娘去了。《血缘》中的无根生活在现代都市，外形靓丽，气质高贵，有较高的文化修养，但是在思想意识中逃离城市的喧嚣、回到遥远的童年记忆中的草原，却成为强大的不可抗拒的潜意识，这种神秘的力量就是一脉相承的"血缘"（作者曾多次暗示）。但是这种血缘的强大力量却造成人物的精神分裂，最终带给他们人生悲剧。爸爸依然蜗居城市之中，与那个会唱牧歌但讲不好汉话的妻子没有任何共同语言和志趣爱好，没有爱情也没有幸福，他就像风干已久

① 引自李晓峰《从诗意启蒙到草原生态的人文关怀：当代蒙古族草原文化小说的嬗变轨迹》，《民族文学研究》2004年第1期。

的核桃一样没有什么生命可言。而无根的爱情悲剧也恰恰源于强烈的血缘意识，她和赵烨相爱，但就在他们爱情的结晶——一个新的生命即将到来的时刻，无根斩断了他们之间的关系。因为如果生下孩子就会因为赵烨和孩子的双重因素而稀释她身上的蒙古血液。于是他希望在周围其他人身上寻找慰藉，她不爱宝玉却怀上他的孩子，这是自己的同族但没有爱情，她陷入不能自拔的两难境地。一边是历史传统和血缘，一边是现代文明，无根就是被这两种力量撕扯着感受生命之痛。

这类小说借助生活空间的跨越进入了一个更广阔的心理空间，在给蒙古族小说带来新的叙述资源的同时，也发现和释放了民族被压抑的心理和潜意识，尤其是随着时空转换而滋生的边缘、无根的心理感受。这类小说由被怀疑是否是蒙古族小说，到渐渐引起高度关注，也说明从来就没有一成不变的叙事类型，蒙古族小说一直处于一种动态的形成过程中，在这个过程中我们有理由相信那些蒙古族作家会不断丰富他们族属的内涵，创作出更多的经典，在中华民族文学的版图中镌刻上蒙古族的名字。

第一章

重塑民族文化的现代品格

呼应着20世纪80年代文化现代化的思想潮流，蒙古族小说表达了民族文化现代转型的诉求。作家重新审视民族传统文化理念，批判了历史传统中落后、不合时宜的东西，同时对现代知识、科技文明及新兴的工商业文明表现出赞许和期待，认为这是一种民族现代性的萌生。关于现代性吉登斯有一个观点，即现代性是一种变化的特征和求变的意识，“这个世界超越了自己的过去，不为传统、习俗、习惯、惯例、期望和信念所禁锢。现代性是一种具有历史意义的差异状况，它以某种方式打破了从前的一切”①。大多数蒙古族小说对这种民族现代性特征给予关注和认可，记录了古老的民族蜕变的过程，并力图传达出这种蜕变中隐含的发展动力。这体现在《夏营地，草原上的人们》《吉日嘎勒和他的叔叔》等作品中，这些作品都以传统文化受到冲击时的窘态和年轻牧民追求新生活的昂扬姿态为主要描写对象。这提示我们，少数族裔文学和文化在现实运行中，情况可能并没有那么萎靡和二元对立，传统可能就是一个变化的过程，当下

① ［英］安东尼·吉登斯、克里斯托弗·皮尔森：《现代性：吉登斯访谈录》，尹宏毅译，新华出版社2000年版，第15页。

的种种文化变迁也许正暗示了传统嬗变的新路向。

但是民族文化的现代品格并没有在这类创作中真正建立起来，这类作品对现代性的理解非常有限，对“现代化”的描写也往往是符号化、嵌入式的，传统与现代的碰撞难得一见，对民族蜕变的过程可能遭遇的障碍、困难估计得过于乐观，以轻松的喜剧形式遮蔽了应有的艰难和挣扎。其积极意义是探索了民族文化的现代性问题，为蒙古族小说打开了一个可能的叙事想象空间。在后来的21世纪文学中民族现代化一直是一个突出问题，这部分小说最早给予了正面的回应，这是面向民族未来的思考和表现方式，尽管它有诸多瑕疵，但已经开始迈出了可贵的第一步。

第一节　对现代知识与科技的认同

一　“知识分子气”与草原情结

“英雄气”和“知识分子气”是新时期蒙古族小说中两类截然不同的男性形象的特征，前者阳刚勇猛、一身正气，是比较传统的蒙古族英雄形象；后者有知识有文化，也可能是科学技术型人才，不强调身体力量而注重才干，这是伴随着新时期现代化想象而出现的新形象，借以表达对民族现代转型的认同。这符合新时期尊重“知识”、推崇“科技”的社会风气和思想潮流，“改革开放初期，随着中国从各种政治运动中摆脱出来，走上了以经济建设为中心的道路，过去的‘臭老九’上升为‘工人阶级的一部分’，政治地位得到了提高，中国社会重新形成了一股尊重知识，尊重知识分子的风气，以至于当时社会中有了‘老九上了天’的说法”[①]。因为党和国家知识分子政策的改变，也是由于“国家百废待兴亟需大量知识型人才，使得知识分子的社会地位发生了翻天覆地的变化，知识和文凭也成为全国人民的共同追求”[②]。蒙古族小说中流行一时的知识分子气是对这种时代潮流的民族化表现，和汉族小说中的充满诗性气质或批判精神的知识分子相比，农牧民中的知识分子倒是更加实际，他们全身心投入草原、生态、畜牧业研究，他们的专业和技能往往和那片热土有关，他们是用知识改变家乡面貌，而不仅仅是用力量和身体对抗天灾人祸。

这些知识分子没有传统意义上的知识分子那么文雅浪漫，但作者为了制造一波三折的叙事效果还是大多选择了爱情题材，写美丽的姑娘不再一味追求“男子汉”，而是爱上知识分子，在这两者的对比冲突中增强跌宕起伏的感觉，最后还是要借助姑娘的选择明确表达民族现代化认同倾向。

满都麦《春天的回声》写了草原上一对青年男女的爱情故事，情节充满了误会摩擦但峰回路转后有情人终成眷属，故事的整体结构还是一个俗套的爱情故事，没有什么新意。但故事里男女主人公的塑造值得玩味。女主人公其其格是个年轻貌美、勇猛无比的“草原花”，她体现了草原人对美好女性的想象，除了健美、大胆、活泼等传统优秀品质外，还被作者赋予了“文气”，“虽然成天跟在羊屁股后面，可是懂的事情不少呢？报纸杂志经常订阅和学习，头脑可不简单呢”[③]！读书阅报不算，还能背诵男主人公写的爱情诗，并分析得头头是道，“赞扬美好、揭露丑恶是你们写东西人的习惯吧”？“我喜欢这种态度。从你的作品分析，你对故乡母土、蒙古草地有着

---

① 李友梅等：《中国社会生活的变迁》，中国大百科全书出版社 2008 年版，第 227 页。

② 同上书，第 228 页。

③ 满都麦：《满都麦小说选》，作家出版社 1999 年版，第 58 页。

浓厚的感情和兴趣。我说的对吗?”[①] “干嘛那么假装正经呢?你那《套马姑娘》的诗，想来也是在按捺不住的感情冲动下写的?”[②] 其其格的这些充满文人气的日常谈吐往往让读者很吃惊，辅以她穿着艳丽的蒙古袍英姿飒爽的套马技能，使得她光彩照人，难怪草原上的很多小伙子都想追求她，但能进入她眼里的很少。男主人公的塑造也跳出了骑马射箭、英武异常的描写模式，而是刻画了他文弱的知识分子气，对放牧一窍不通，面对其其格的问题如“绵羊一日之内低头吃草多少次”“绵羊在春夏秋三季抓什么膘”“绵羊一年四季如何管理放牧”等，他的回答一律是“不知道”[③]。但是作者却用了欲扬先抑的手法，最后逐渐突出主人公原来是个科技人才，说起拖拉机头头是道，别人“几天没鼓捣好的东西”，他几分钟就给修好了，还精通蒙、汉、日、英等多国语言，翻译也是他的拿手本领。而且，经常在杂志上发表诗歌小说，写得非常不错。可以说是文理兼备，实属难得的全才。在这里，民族崇尚的“勇武”被置换成了现代社会提倡的“理工”，所以“草原花”才会从一开始奚落他、嘲笑他，到最后坚定不移地选择他，主动追求他，最后以小伙子抱得美人归的大团圆收场。整个故事的设置都体现了特定时代蒙古族的一种潜在价值观念，即对知识分子的赏识，对科技、知识的强烈追求。

雪步的《驾驭风的人》是一部新时期刚起步时痛批“文革”的伤痕小说，苏克是一个对个人生活一点要求没有、全身心扑在风力提水机研究上的青年，幸运的是他获得了达丽玛姑娘的芳心。不巧的是达丽玛的父亲陶迪在“文革”中曾经被红卫兵小将定为“内人党”“走资派”，苦心孤诣研究风能开发和太阳能利用的科学论著也被抄走了，这埋在心底的伤疤多年来一直在流血，而眼前的苏克恰

① 满都麦：《满都麦小说选》，作家出版社 1999 年版，第 62 页。

② 同上书，第 63 页。

③ 同上书，第 61 页。

恰就是当年那个红卫兵小将。一桩美好的姻缘遇到了障碍，罪魁祸首就是那个疯狂的年代，这是20世纪80年代很多伤痕小说的情节模式。但主人公的塑造颇有特点，他们都是科技人才，盟科委主任陶迪在“文革”中专心钻研写了十几万字的科学论著，他的女儿达丽玛也是刚从盟畜牧学校毕业。年轻人苏克更是一个科研专家，在陶迪眼里，“他变了，完全变了，斯文白净的脸变得黝黑粗犷显出坚韧，挺拔颀长的身材、后背微微驼起显出老成，这是一个和过去完全不同的形象，用全部的生命和热血爱科学爱草原，一心扑在‘四化’事业上的崭新形象”①。他不是在狂风暴雨中测定风速，就是在夜里趁着月光安装风力提水机，他的恋爱对象就是“疯婆子”，他没有制造什么花前月下的浪漫，也没有写过什么爱情诗，就是凭着这种钻研科学、踏实认真的干劲赢得了达丽玛的痴情。她下决心要和苏克在一起，和他一样“以后只爱金梅滩的风和草”②。

很多小说还采取了把传统男子汉与现代知识分子对比的方式来突出崇拜勇气和力量的草原游牧民族对知识分子的态度转变。云晓璎的《月照残雪》以一个爱情悲剧说明这个主题。冬日布是巴彦花草原上唯一的有大学问的读书人，但过去却是个被妻子瞧不起的可怜人，妻子喜欢的是“男子汉”，并直言不讳地说她已经和男子汉巴格那好上了。由于妻子的背叛他只能离开这个家，多年以后他收到女儿的求救信来找他们母女，小说以倒叙的方式由此开始，当他怀着无限复杂的情感回到家才发现，所谓的“男子汉”不过是个粗鲁的酒鬼，他习惯用野蛮暴力的方式统治妻女。他看到悔恨不已的妻子抱着“酒精儿”（过度饮酒所造成的大头畸形儿）眼泪涟涟，听着自己可怜的女儿向他哭诉，最终他带走了女儿。这篇小说以一个家庭悲剧的想象讽刺了那些盲目追求男子汉、鄙视知识分子的肤浅观

① 雪步：《驾驭风的人》，《民族文学》1982年第4期。

② 同上。

念，把知识分子塑造成怜爱妻子、呵护女儿、传播文明、引导进步的新角色，以反击草原上流行的传统落后观念，树立追求知识、呼吁文明的社会新风尚。

云晓璎的《最明亮的还是她的这双眼睛》，围绕草原改良站里一个放牧员与一个大学毕业的技师之间的较量展开，土生土长的放牧员台本泰高大健壮，这正是崇尚力量和勇气的草原民族所认可的，但是年轻的技师明格尔太却是又高又瘦，看起来就不结实，还被认为是“读书读坏的”①，但随着暴风雪夜寻羊事件的发展，证明了这个瘦弱的技师其实是强大的，而且责任心强、心地善良，台本泰兄妹俩由起初对知识分子的轻视、误解到最后对其刮目相看，知识分子以自己的实际行动赢得了兄妹俩的认可，并赢得了姑娘的爱情，姑娘对他的爱除了人格上的新发现，更重要的是对知识的肯定和美好想象，“不知怎么回事，她有点可怜明格尔太。一个响当当的大学生，那双细长眼竟被自己迷上了，可惜哥哥蛮不讲理，根本不把他这种有知识的人放在眼里，倒逼得她在哥哥面前讨情分……有知识的人，读那么多的书，见那么广的世面，遇上哥哥这种人也是没有办法”②。最后姑娘对技师动了情，因而姑娘的眼睛是明亮的，不仅是审美意义上的明亮，更是一种认识上的清醒。20 世纪 80 年代是一个重新认识知识、科技的过程，这与人们对现代化的单纯期待有关。

这些知识分子气的主人公不但热爱科学技术，还热爱草原，他们愿意扎根在艰苦环境改变草原的贫困落后而绝不贪恋城市的安逸、舒适和富足，这种草原情结是他们不同于主流文学中那些知识分子的一个重要特点，这也是被年轻姑娘们喜欢的一个重要原因。《驾驭风的人》中的苏克是从 X 城来插队的老知青，当年一同来的战友们

---

① 云晓璎：《最明亮的还是她的这双眼睛》，《民族文学》1984 年第 7 期。

② 同上。

大多离开草原各奔出路了，他迷惘，犹豫，有一阵也想远走高飞，但最终还是留下来，用自己的科学钻研和辛勤的工作来弥补“文革”时所犯下的错误。他为测风速昏倒在坨子上，过度劳累使他年纪轻轻就弯了腰，他遇到人们冷漠的眼光和驱逐，但是他态度很坚决，“‘你说什么？叫我离开草原？’愤怒和受辱使苏克胸口窒闷，浑身颤抖，但他控制住自己的情感，‘从今天起你不必为你的表妹担心了，我永远祝她幸福。不过，谁也别想把我这已在金梅滩上扎窝的猫头鹰赶走’”①！他发自肺腑地对心上人达丽玛表白：“我想好了，这一生只爱我的风和草，把全部的生命和情感都倾注在治理‘三化’的事业上，过去的历史，悔恨和眼泪是无法挽回了，但我能够把握未来，主动权在我自己手里。”② 他要治理草原的沙化、碱化、退化，在这里创造丰富的绿色能源，把被风沙侵蚀的金梅滩变成富饶的地方，“风，变成了他的伴侣；草，成为他的知己，广袤的金梅滩，变成了他深深爱恋的第二故乡。”③ 达丽玛姑娘爱他不仅由于他是知识分子，还爱他的这种骨气和追求，这种浓浓的草原情结。

麦丽丝《生活的小岛》中的纳森也是这样的一个知识分子，他本来是大学教授的独生子，因为一场上山下乡运动来到遥远偏僻的草原，之后在草原上劳动，并渐渐对牧草产生浓厚的兴趣。当金色的十月来临，女朋友珊丹早就对那“西方现代化的生活”羡慕不已，立刻办理了回城手续，并连同他的手续也一起办妥，但他对珊丹向往的“喇叭裤、麦克镜、邓丽君的歌曲和西方现代化的生活”却没有一点羡慕，他诚恳地说：“留在这种草比较合适……你也可以留在草原上，牧民多喜欢你的歌声。都到城市里拥挤着去摘取王冠上的宝石，那下面还有谁干牧民最迫切需要的事业呢？”④ 他不贪图生活

① 雪步：《驾驭风的人》，《民族文学》1982 年第 4 期。

② 同上。

③ 同上。

④ 麦丽丝：《生活的小岛》，《草原》1981 年第 9 期。

享受，而是甘心把青春和生命奉献给需要他的牧民和草原，最终女朋友珊丹离开他回到城市建立了所谓现代化的家庭，他留在草原上闯出了自己的一片广阔天地，“当选了人大代表，马上就要跨进大学的研究生，未来赫赫有名的畜牧专家”①。而作者为了衬托这种知识分子的魅力，特意说明女朋友珊丹的选择是短视之举，那潇洒英俊的城市记者在成为珊丹的丈夫之后暴露了本来面目，打着“收集素材”“观察社会”的名义夜夜流连舞场，每每拖着烂醉如泥的身子踉跄而归。这是个没有追求、贪婪酒色和享受的“伪知识分子”，纳森和他同是知识分子却有本质不同。另外，珊丹的“西方现代化的生活方式”最后被证明也不过是个物质的牢笼，“那冰冷的电冰箱”“死板的洗衣机”“不会走动的‘四十八条腿’”是“贫瘠的、枯燥无味、毫无意义的”②，是囚禁她的生活小岛。最终是那从遥远偏僻的草原上来的纳森给她的生活带来了感动和生机，这再次证明了知识分子扎根草原的合理性、正确性。

二　代际冲突所隐含的现代倾向

很多小说通过新旧两代牧民的对比来显示科技的力量，新牧民往往是年轻人，他们大多有知识、有文化或者喜欢钻研科技，是畜牧学校毕业的学生或者一心向往大学的高中毕业生，他们能够以幽默、智慧和理性成功解决新老两代的矛盾冲突，显示出知识与科技的力量。而老一辈大多是那些还固守老观念，只知道喂牛挤奶、骑马放牧的传统牧民，在年轻人面前他们时常表现出窘态。两类人物形象的矛盾冲突及最后在年轻人的努力下矛盾冲突被化解是故事的结构性主题，作者以年轻人胜过老一辈的故事模式说明蒙古族追求

① 麦丽丝：《生活的小岛》，《草原》1981年第9期。

② 同上。

知识、追求文明、追求进步的现代化立场，是对传统让位现代、后必胜今的大时代主流思想的民族化。

《吉日嘎勒和他的叔叔》是表现新旧冲突的作品，故事结构特点和幽默的喜剧风格颇类似赵树理的《小二黑结婚》，老一辈之间有恩怨，但年轻一代却在社会新风尚下自由结合，以喜剧方式展现新旧两代人的不同选择。不同的是赵树理主要批判的是老一辈的封建残余思想，这个作品的指向是老一辈科技观念的缺乏。纳木吉勒大叔是典型的传统牧民，“他身材魁梧，嗓门洪亮，两撇富有气派的胡子，十足男子汉大丈夫气概。他酷爱两样东西：美酒、骏马。在他家中，柜上摆的是酒瓶，墙上贴的是骏马图”[①]。作者又写了他的侄子——新牧民吉日嘎勒作对比，他是个“挎着书包的细高身材的年轻人”，“身着短衣襟”，“双眼闪烁着青春的光辉，活泼机灵，一脸顽皮相”[②]，刚刚高中毕业回到家。纳木吉勒大叔膝下无子，想让他继承家产，但小伙子的志向却是“考大学”；纳木吉勒想聊聊关于美酒和骏马的话题，但吉日嘎勒总围绕着科学，“叔叔，酒的主要成分是酒精，据说对大脑不利”，“美国去年发射的一艘宇宙飞船将土星的表层照片拍回了地球；著名的棋师赛棋敌不住日本的一个机器人；苏联的两个人上了月球后又返回了地球……”[③] 小伙子对叔叔的话题不感兴趣，叔叔也感叹他谈的那些“太遥远”，“同接羔、抗寒、打草、剪毛，以及调训每年能在那达慕大会上争第一的骏马能有多大关联?”[④] 这叔侄两代最直接的冲突是叔叔让侄子在赛马场上争得荣誉，以胜过自己的劲敌龙腾，为自己挣回面子，但侄子每天痴迷电波、半导体和村里的“学习小组”。“老少两代人的思想就像一个是

① 阿云嘎：《吉日嘎勒和他的叔叔》，《草原》1982年第10期。

② 同上。

③ 同上。

④ 同上。

高山上的猛兽，一个是海底的游鱼，怎么也拢不到一块去。”[①] 为此他们经常发生冲突：

> “嗳！马才是蒙古人的宝！为了马，我们蒙古人可以抛弃自己的一切……”
>
> 吉日嘎勒轻轻地放下挎包，用激动的眼神打量着叔叔。这眼神里包含的不仅是激动，而更多的则是怜悯。他语调缓缓地说：
>
> “叔叔，我们目前学习的目的也正在于将来！”
>
> “什么？”
>
> 吉日嘎勒突然提高了声音，激烈地说：
>
> “我尊敬我的祖先。我也钦佩他们创建的光辉业绩。但是，如果我们有时为了谁的马跑第一这种微不足道的一桩小事，不顾情谊，撕破脸皮，这多么不值得！”
>
> “什么？你说这是小事？”纳木吉勒大叔怒火攻心，声音渐渐提高了：
>
> “蒙古民族的强大是从马背上得来的。成吉思汗如果等你接好那个破线头……哼！”
>
> 纳木吉勒大叔的老伴是永远站在侄子一边的。他看到老头无端的发火，便走到侄子身旁拿过挎包说：
>
> “孩子你走吧。他们还在等你哩。”
>
> “你让孩子参加什么小组，要是学坏了，那时我再和你算账！”纳木吉勒大叔转身冲老伴瞪圆了眼珠。[②]

这两个人不仅兴趣爱好有冲突，思想观念也有区别：一个是怀念过去，一个是面向未来。而且年轻人看得十分清楚，吉日嘎勒对自己的女朋友——龙腾的小女儿说：“我们这一代年轻人如果满足于祖辈

① 阿云嘎：《吉日嘎勒和他的叔叔》，《草原》1982年第10期。

② 同上。

为我们创造的财富上，不能比上一代人有所前进，那真是犯了不可饶恕的罪过”，“致使他们落后的原因很多，在这许多原因中还有这么一个因素：我们这些人比较容易满足，生活稍有好转，便气也粗了，连学也不愿意上了”①。在年轻人吉日嘎勒看来一代更比一代强，而这超越上一代的前提是不满足于现状，不停地学习，而父辈的错误在于停止接受新东西，满足现状。龙腾的小女儿毫不犹豫地说“我父亲正是这样”，吉日嘎勒说“我叔叔也算一个”，两个年轻人就是在这种“毫不隐晦地诋毁自己长辈”② 的轻松气氛中谈情说爱，表达对人生的认识。这种矛盾冲突最终也显出老一辈的荒唐可笑，年轻人的不俗追求，纳木吉勒大叔煞费苦心，利用龙腾女儿对侄子的倾心让她牵出父亲的两匹马，纳木吉勒骑上自己的马，三匹马等于在比赛前提前预演了一番，他掌握了对手的坐骑特点，在比赛时果然得了第一名，但是年轻人们根本不在乎这个，他们此时“正进入考场，挥洒着汗水，解答着考题”③，他们的目标是参加高考上大学，老一辈的煞费苦心的赛马在他们眼里没有多大意义。与那些文化寻根小说总是写年轻人的浮躁功利，坚守者的执着坚韧不同，这些倡导民族现代化的小说把新牧民写得光彩照人，他们朝气蓬勃、机智聪明，还能主动利用聪明智慧化解矛盾危机，而老一辈在他们面前显得黯然失色，他们或者顽固不化，或者好吃懒做，或者愚昧迷信，或者是造成家庭悲剧的专制者，需要年轻人的开导才能跟上时代。

《夏营地，草原上的人们》成功地塑造了一个草原上的新牧民——乌斯罕姑娘，她利用自己所学的畜牧科技和聪明机智成功地化解了两位老人多年的积怨，避免了争夺一头花牦牛的矛盾冲突。作者在言语间对乌斯罕姑娘称赞有加，她在牧业学院学习，现在是

① 阿云嘎：《吉日嘎勒和他的叔叔》，《草原》1982 年第 10 期。

② 同上。

③ 同上。

放暑假在家，她成功地帮助父亲用人工技术给大花牦牛配种，要知道这头牛可是多年不怀胎的种牛。且看作者是怎么刻画她的："追逐知识的人到底有些不一样。乌斯罕姑娘不知怎么搞的，摆上了一些玻璃器具和试管，还弄来了个显微镜成天瞅着，抱来一大堆书来回翻着，说在搞人工配种，还说正在研究生母牛犊的办法。就这样，她整整忙活了一个暑假。"[①] 作者也没有交代夏营地的草原上怎么会有那么多齐全的实验器材，只是以"不知怎么搞的"就一笔带过，实际是作者为突出她的知识技能而凭空想象，更神奇的是"事情完全出乎却德布老汉的意料，到了去年正月，像漏斗漏豆子一样，母牛一个接一个地生下牛犊，而且全是母的，那黑白相间的毛色，那腰粗腿长的模样，个个是花牦牛的化身"[②]。这需要很多畜牧专家花费时日做的难事竟被未毕业的乌斯罕姑娘几天假期就轻松解决了，真是心想事成，难怪却德布老汉"出乎意料"，确实够让人惊讶的。这神奇的花牦牛引起了哈风嘎——外号叫"歪匙儿"的嫉妒，他提出要却德布老汉的这头牛，因为这头牛以前是他的。这个哈风嘎劣迹斑斑，爱占便宜，爱眼红，却德布老汉坚决不同意，他宁可骗了这头牛也不让恶人得逞。这节骨眼上又显示出乌斯罕的聪明伶俐，"乌斯罕姑娘一不同意骗掉花牦牛；二不同意'歪匙儿'拉走花牦牛。可怎样才算是两全其美的办法呢？能不能让这两个死对头拧成一股劲呢？想来想去，决定先征服厉害的，然后说服老实的，便奔嘎泅乌素找'歪匙儿'去了。"[③] 她和厉害的"歪匙儿"的谈判技巧可以说是聪明睿智，颇有外交技巧和风度，言语机智，思路清晰，彻底征服了哈风嘎。然后领着哈风嘎又来劝说她父亲，对父亲则是好言相劝，最终父亲不再执拗，哈风嘎不再无赖，两位老人和解，

---

① 巴图蒙和：《夏营地，草原上的人们》，《草原》1982 年第 10 期。

② 同上。

③ 同上。

两家合起伙来干，以皆大欢喜收场。整个过程突出了乌斯罕姑娘所起的作用，作者不惜以夸张的方式塑造这样一个光彩照人的现代牧民形象，以说明草原再不是过去的草原，牧民也不是传统的牧民，他们年轻向上，掌握现代科技本领，还富有团结合作精神，这就是作者对新牧民的一种重塑。

三　充满时代局限的现代化认知

知识与科技作为现代化标志在作品中被期许和赞扬，表达了蒙古族作家对民族现代化的支持态度，但实际上很多小说对现代化认识是有偏差的，不同时期强调的内容也不同，有时和时代主流价值观念纠缠在一起，存在“时代导向就是现代化”的粗放型认识，对现代化内涵和现代性等问题没有深入追究，有些作品确实存在概念性表达、内在矛盾性等认识问题。

在20世纪80年代初期重提“四个现代化”的呼声中，与之密切相关的勤劳致富奔四化的思潮在作品中鼓荡，文学中升腾着一种理想主义的现代化想象。很多蒙古族小说都打上这种时代烙印，爱情的条件首先就是对方要爱劳动，然后才能相爱，青年男女一方改造另一方的劳动观念，共同奔向农业现代化之路，已经成为很多爱情小说制造跌宕起伏叙述效果的一个情节范式。

主人公往往是劳模，他们不是担任“团支书”，就是“团委委员”，因而思想比普通群众要先进而且贴近主流，是最先觉醒的人。而反面人物往往由那些“懒汉”“逛鬼”来充当，他们不爱劳动，没有前途，是需要先进来带动引导的对象。《鹿哨响了》中男主人公玛嘎拉布就是个典型，“全公社小伙子里面没有比他再好再勤快的人了”[①]，他凭借自己的勤劳肯干获得了全公社人的认可，也赢得了美

① 包家骏：《鹿哨响了》，《民族文学》1981年第3期。

丽的索秘格姑娘（担任公社团委委员）的芳心。这是个一帆风顺的爱情故事，唯一的一点“戏剧冲突”就是索秘格姑娘起初对他有误解，以为他大白天躺在山上睡觉是个懒汉，而随着故事的逐步展开，误解渐渐消除，他不但不是懒汉，还是个经常累得“眼睛布满血丝”“嘴唇干裂”的劳模，因而小说以他被选为社长、两人开始甜蜜恋爱的皆大欢喜收场。《一篇小说发表之后》讲述“我”的一篇小说发表后，使原本没有关系的一对青年男女恋爱并结婚了，其实爱情和小说发表没什么必然联系，关键因素是小伙子乌力更在女主人公（也是团支书）陶古斯的帮助下转变了观念，由一个不求上进的懒人变成一个学雷锋的劳动能手，最终姑娘爱上了他。

在这些作品中“劳动”是一个关键词，它不再仅仅作为一种民族传统美德被渲染和提倡，而是和实现“四化”紧密相连。《鹿哨响了》中玛嘎拉布对心上人索秘格姑娘雄心勃勃地宣讲：“想搞‘四化’，想富裕起来，就得会想办法，扎扎实实地干……”[①] 显然，劳动是实现四化的途径，只要每个人肯实干，“四化”指日可待，20 世纪 80 年代初期的小说充溢着这种乐观的信念。《一篇小说发表之后》写到乌力更在劳动中偷懒，就有人批评他，于是两个人吵了起来，“‘自己的身体，我自己不爱护谁给爱护？我也不是铁打的，钢铸的！’‘要是人人都像你这样只顾自己，不关心集体和国家，四个现代化什么时候才能实现’？”[②]

在这些宣扬勤劳致富奔四化的小说中，“现代化”还停留在抽象的观念层面，它是被称颂的不需要论证的正确方向，至于现代化的具体内涵和表现是什么，作品似乎没有深入思考。甚至有些作品对日常生活中渗透的“现代化”是非常排斥的，如云晓璎的《特木勒和娜琴》，这是一个和劳动有关的爱情故事，特木勒是一个能干又痴

① 包家骏：《鹿哨响了》，《民族文学》1981 年第 3 期。
② 乌雅泰：《一篇小说发表后》，《民族文学》1982 年第 11 期。

情的小伙子，经营着一个乳品厂，是个有前途的小实业家。他深爱娜琴姑娘但遭到拒绝，原因是娜琴姑娘已经变了，由过去那个思想单纯的劳模，变成了一个牢骚满腹的“女政治家”，生活作风也跟着时代变得“现代化”了，但这种现代化不是进步，而是庸俗的别名。她的居室里充斥着“席梦思”“电影画报”“美女图片”，作者说“那感受全然不是踏入一位牧区干部的屋子，倒像进了一位风流花哨的舞蹈演员的卧室”①。从20世纪80年代对“舞蹈演员”的职业偏见来看，作者对牧区生活中出现的外来东西显然是排斥的。

然后作者又对她的穿衣打扮进行一番描摹，“再看看娜琴本人吧，上身黑白红三色紧身秋衫，下身天蓝色男式筒裤，波浪式卷发一泄而到肩上。说实在话，这一身打扮的确是风度翩翩、漂亮迷人，比起五年前的娜琴更加‘现代化’，使人不得不赞叹生活中美育的作用。只可惜她脸上的粉太多了些，非但没有盖住脸上天生的淡红色，反而失去不少本来很动人的自然美。这固然不会令人联想到东施效颦，总不免有邯郸学步之嫌”②。紧身衣、披肩卷发、涂脂抹粉，这是20世纪80年代一个时髦的现代姑娘的典型装扮，被作者斥为“东施效颦”“邯郸学步”。因而，作者往往口头上对现代化雄心勃勃、满怀信心，而实际上对日常生活层面发生的现代化变革是抵触和批判的。这种叙述中的矛盾隐匿在作品中往往难以被发现，就因为现代化的真正内涵和多层面性还没有被很多人意识到，它只是镶嵌式地进入作品以表达一种追求进步、紧跟时代的思想取向。

更多作品是对知识和科技认同的强调，如《吉日嘎勒和他的叔叔》《夏营地，草原上的人们》《月照残雪》《春天的回声》《驾驭风的人》《最明亮的还是她的这双眼睛》等作品，作者依然是把知识与科技作为现代性的标志引入文本中，借助对知识分子、科技人才的

① 云晓璎：《特木勒和娜琴》，《民族文学》1982年第12期。

② 同上。

正面塑造传达一种对现代化的向往，但非现代性的思想交织其中，是不为作者所意识到的一种隐性存在。

在《月照残雪》中，有知识有文化的冬日布是作者重新塑造的知识分子形象，但在这个代表现代新型人才的人物身上却存在一些软弱、畏葸的思想弱点，他接到信之后来看望前妻和女儿，发现她们处于水深火热之中，他本来想解救她们母女，但奈何妻子已为人妻，更主要的是前妻现在的丈夫巴格那的“无理与蛮横”吓倒了他，因而虽然“胸中燃烧着怒火，双腿却不自觉地退缩着”①，只能带走女儿，对前妻爱莫能助。在痛苦无助中竟然产生了“诅咒”的思想，“‘爸爸，他天天喝醉，会死吗?’‘会死的。’‘爸爸，你盼他死吗?’‘毕其格，你长大就明白了，咱们不该盼身边有人死掉，可是有的人如果不死，生活永远不会变得更加美好。’女儿没听懂，但她有她的道理：‘爸爸，我盼他死。因为他要不死，妈妈就不能来找咱们了。’冬日布痛苦地紧皱了眉头，他的真切的感受原来真是这样啊——此生的幸福，只能取决于她是不是能来了……”②他的情敌确实是个爱喝酒的醉鬼，但为了自己的幸福是否有权利咒他，这一方面显示了他软弱中的无奈；另一方面，也清晰地暴露了这个知识分子思想中的非现代性。

这种矛盾性也存在于《夏营地，草原上的人们》中乌斯罕姑娘身上，乌斯罕姑娘是作者要塑造的一个非常完美的科技人才形象，机智活泼、有勇有谋，不但掌握现代的畜牧科技，还能协调老一辈的人际关系，堪称完美，是作者借以表达蒙古族现代化期望的典型。但在她处理问题的过程中却有很多非常不现代的方式和手段。在她父亲却德布老汉磨刀霍霍向牦牛、宁可骟掉也不给哈风嘎这个无赖的时候，她跑到哈风嘎跟前说：“今儿早上您刚走不一会儿，我爹就

① 云晓璎：《月照残雪》，《草原》1985 年第 8 期。

② 同上。

对我说：‘互相和睦都愉快，互相拆台都懊丧。你哈风嘎叔叔连续两年没捞上牛犊，说他太寒酸了。看在同吃一个家乡水的份上，也该助他一臂之力。还让我来找您商量，咱们两家能不能合伙起来干？’”[①] 骗了哈风嘎之后又回到家里对父亲使用同样手段：“爸爸！嘎叔叔是向您赔礼道歉来的。他说不该提出拉走花牦牛。”[②] 见他父亲还是怒气冲冲不肯领情，她接着说：“爸爸，您这是怎么了？铁能炼成水，人能变过来嘛。因为这点小事还死揪住人家不放呵？”她迅速给歪匙儿使了个眼色，接着说：“今天，我一出那土岗就遇见了嘎叔叔。他因为早上的事可后悔呢，说：‘哎！好闺女，同吃一个家乡水，同踩一个家乡的土，我为啥这么没出息，这么糊涂，对你们昧着良心呢？’说着非要来家里当面向您赔礼道歉……叔叔，对吧？”“对，对。”歪匙儿正在想心事，突然听到乌斯罕姑娘的问话，赶紧答应道。[③] 作者是想借此衬托乌斯罕姑娘的聪明伶俐和周旋的本事，但这一切都是以编织谎言为前提，看来结果是最重要的，至于这个过程使用了什么手段和方法作者并没有在意，这是作者对现代化概念的认识仅仅停留在某个层面还没有深入思考的表现。

第二节　崛起的商业意识

蒙古族是非常典型的游牧民族，“居住在可移动的毡包，选择最优良的草场，在永恒的移动中生产生活，是牧人区别于农耕民族最典型的外部特征”[④]，这是草原民族在北方寒冷干旱地区所创造的生

① 巴图蒙和：《夏营地，草原上的人们》，《草原》1982 年第 10 期。
② 同上。
③ 同上。
④ 朋·乌恩：《蒙古族文化研究》，内蒙古教育出版社 2007 年版，第 89 页。

产生活方式，也是千百年来该区域人群适应环境的结果。在这种游牧生产生活方式中，畜牧业是蒙古族牧民的主营业，拥有家畜的数量和草场的质量是衡量一个家庭或个人财富的最重要标准。“在许多牧业民族中，牛羊等牲畜是财富和地位的象征，一户人家是否富裕，是否属于上等人，全在于牛羊的数目。因而他们一生竭尽心血喂养牛羊，视拥有牛羊群为最大的财富。”[①] 但是随着近现代以来草场承包到户、草原牧民定居生活方式的普及，以及改革开放后商品经济的兴起，蒙古族传统的财富价值观也在悄悄发生变化，商业意识逐渐兴起。某些作品明显表达了一些新的成才观念和创业思路，塑造了在困境中走出去的一些新型商业精英，他们比那些传统的牧人更有魅力，让他们光彩照人的不再是传统审美观中强健的体魄、高洁的人格，而是物质财富和获得这一切的商业才能，这传达出新财富价值观念和商业意识在农牧民生活中的崛起。当然，作者对商业人才的想象还存在空洞、贴标签的痕迹，对他们这个群体获得财富的过程还受到想象力的局限无法给予细致、精深的刻画，这也往往是这类小说的一个通病，作者只是捕捉到一个新现象，但只限于浮光掠影地展示。

一　空间、主业与财富

中国传统价值观念中存在着根深蒂固的安贫乐道的思想，认为名利乃身外之物，奉劝人们要以修炼内在高洁心性为首，尤其文人雅士的“名利于我如浮云”等的感叹，更是强化了这种倾向。蒙古族传统文化在这点上与汉族为主体的中国传统价值观念有同质性，也是强调即使贫穷亦不坠青云之志，保持淳朴的心性、高洁的人格最可贵。但是在新时期的蒙古族小说中出现的很多新牧民形象却冲

① 宋蜀华、陈克进主编：《中国民族概论》，中央民族大学出版社2001年版，第220页。

击了这种传统信念，他们的做法是穷则思变，不再安于贫困，发财致富已经成为他们追求的人生理想。而且他们获得财富的途径与过去相比也都发生了很大变化，搞畜牧业、繁殖牛羊不再是脱贫致富的唯一方式，而是做起了个体户、专业户，甚至走出去开公司、经商做老板。即使作者未必肯定这些新牧民的道德理想，但是在走出去就意味着富裕这点上似乎毋庸置疑。

《回归大草甸》中的玛希就是一个生动的典型，八年前他在肖兴大草甸子上混得一塌糊涂，苦追青戈姑娘没有成功，在嘎查长任上他的错误决定让牧民损失了两千只羊，他输给了情敌达瓦，在乡亲们面前颜面扫地。可以说在肖兴大草甸子上他陷入了穷途末路，但是他离开家乡后却飞黄腾达。八年后他衣锦还乡，已经是香港某珠宝店总经理。政府出面的高规格待遇显示了人们对他的敬畏：现任嘎查长桑沁宝骑着快马在肖兴嘎查提前告知牧民。更高一级的苏木政府也全副武装，“苏木政府那辆橄榄绿的敞篷吉普车很少动用，除非有紧急公务或尊贵客人，车库门是绝不开的。这天，武苏木长用这辆车亲自陪玛希回肖兴大草甸来了”①。嘎查长还特地在办公室摆了手把鲜羊肉酒宴，陪酒的都是嘎查头面人物，“会计、妇委会主任、民兵排长、小学教师”②。其实人们敬畏的是财富，他回来的一个目的就是想帮政府扶贫的，“玛希点点头，打开了一只密码手提箱。呵！所有的眼睛一下子都呆了，满满一箱子大面额的人民币啊！‘这次没多带，只给乡亲们带来三万元，算是见面礼吧！’‘啧啧！三万元呀！佛爷呦！’桑沁宝简直要双手合十了。‘你们不过二十几户人家的小小嘎查，一下子就有了三万元的资金，这真是喜从天降哪。’武苏木长斟满一杯酒说：‘玛希先生，我代表苏木政府对你的

---

① 甫澜涛：《回归大草甸》，《民族文学》1992年第12期。

② 同上。

慷慨解囊表示感谢了！'"[①] 而且作者还写到他的情敌达瓦，这是一个传统的牧人形象，他重信守义，穷且志坚，面对达瓦提出的三万元但要他跪地磕三个响头的无理要求起初坚决不从，他说，"我们嘎查是穷，可我们不稀罕这种钱！嘎查长，我们要靠自己的双手去挣钱富起来才理直气壮"[②]，但是这种说法和做法遭到了嘎查长桑沁宝的驳斥，"达瓦同志，要是在十年前这样的事儿轮到我头上，我也是两个字——不干！可是，形势不一样了，也就不能简单地直说'不干'两个字了。不能说一切向钱看，但一切都要以经济利益为出发点还是对的"[③]。达瓦的"清高"受到了坚决抵制，村民们对巨大财富的向往让他暂时抛开了个人荣辱，最后也只得屈服了，这说明财富追求已经势不可挡。

《天边，那蔚蓝色的高地》中写到以乌仁吉德为代表的几个"年轻人"，他们从一开始就与主人公阿迪雅处在"对立矛盾"状态中，这很大程度上是他们向往富裕，并一直为这个目标而寻求途径，但是阿迪雅是个传统牧人，他穷且没有"商品意识"。"走到一个宿营地，那些年轻人就聚在一起说笑。看得出来，他们从心里不愿意叫他也来参加。他们之所以看不起他，一是因为他穷，他是独生子，与年老多病的母亲相依为命，生活很困难。第二个原因是他没上过几年学，懂得的东西不多，显得土气。"[④] 知识和财富已经是评价一个人的重要标准，没文化、贫穷会被人看不起，这无论在传统的牧民阿迪雅那里还是一帮时髦现代的新牧民那里都已经是共识。乌仁吉德那帮年轻人还批判阿迪雅宁肯与牲畜共存亡也绝不卖牲畜的行为是"没有商品经济意识"，最后从无水区冒着生命危险走出来的这些年轻人还一直惦记着怎样发财，"乌仁吉德他们很顽强。他们也损

① 甫澜涛：《回归大草甸》，《民族文学》1992 年第 12 期。

② 同上。

③ 同上。

④ 阿云嘎：《天边，那蔚蓝色的高地》，《民族文学》1992 年第 3 期。

失惨重。据说他们在无水区一路走一路商量，牲畜死光了怎么办？有的说那样就去做买卖，成立什么‘戈壁联营公司’，将来当大富翁”[①]。办公司、成为“大富翁”已经成为很多年轻人的梦想，尽管作者赞同的是阿迪雅那样的传统牧人，但是也并没有否定这些年轻人的想法，这是生活发生变化的反映，是戈壁上新生活方式和新价值观念的萌芽。

非常可贵的是，有些作品还触及传统与现代财富观念碰撞的话题，当然由于作品的想象特征和作者的美好愿望，碰撞的过程总是描写得很激烈，但结果都是年轻人战胜老一辈，很多非常有价值的细节也在这种铁律中被省略掉。比如，云晓璎的《温柔的草地》写了一个被迫走出草原的青年奥日格勒，在外面经商成功，五年之后回乡探亲所遭受的冷遇。在故乡牧民的眼里，老老实实种草放牧才是正业，出走、经商一律被看作歪门邪道，“经商！做买卖！那叫什么劳动？弄点东西，从东运到西，也不生也不长，怎么就能多卖钱？靠骗人发财呀！在牧民眼里，他简直成了个叛逆……”[②]五年前他就是因为提倡“牧业兼搞商业”的主张被牧民从生产队长的位子上轰下来，如今虽然腰缠万贯衣锦还乡，但依然被当地牧民们瞧不起。“白彦花草原上的人好像都犯着一种病，见到他奥日格勒，统统是一副厌恶的表情，仿佛回来的并不是个生财有道的万元户，倒是个可耻的叫花子”[③]。过去和他相好的女人莎仁对他虽是日夜思念，盼星星盼月亮才等到他回来，但是道德隔膜让她做出完全相反的举动，对他冷言冷语，最后号啕大哭着把他赶了出来，因为她信奉的道德理念容不得这样一个背叛祖先的爱人。

一个事业有成的男人回乡受到的不是羡慕而是唾弃，这完全是

① 阿云嘎：《天边，那蔚蓝色的高地》，《民族文学》1992 年第 3 期。
② 云晓璎：《温柔的草地》，《民族文学》1987 年第 5 期。
③ 同上。

传统和现代两种价值观念的碰撞。草原上的游牧民族商品观念十分淡薄，甚至以经商为耻，财富观念和商品也并不搭界，但部分走出去的年轻人已经接受了现代的财富价值观，奥日格勒就是这样的新青年。他想以自己的创业实践颠覆草原上的传统观念，但接下来发生的事情让他更加沮丧，他碰到了以前的会计阿勒泰，这个喝得醉醺醺的酒鬼告诉他，“这两年连着遭灾，白彦花草原穷透了！冬天大雪地里，牲口都冻死饿死了”[①]。而且莎仁也经常被他照顾，一个离了婚的女人经常被一个男人照顾可不是一件好事，所以奥日格勒根本不想听下去。更让他吃惊的是阿勒泰打着他的幌子欠下集体的三万元被挥霍一空，这毁了奥日格勒的名声，而且可能还要负法律责任。这里的贫穷落后、愚昧停滞让他失望至极，因而他又一次发出疾呼：“白彦花的牧人们真该出去走走、看看、学学，不能再一味满足于在这一块小小的天地里撒缰跑马了。世界，我们这个世界是如此广大、丰富而复杂，让我们出去闯一闯吧！”[②]

小说里一直跳腾着年轻人不安于现状、改变家乡、走出去打拼的愿望，这也许是这个小说透露出来的最有价值的新因素，但是如何实现这些美好的理想又是作者想象力所不能及的，且看作者的设想，“他要用自己这几年经商所赚的钱，到内地大城市去开设一座‘蒙古包度假村’，让家乡那些贫困的子女，到那里去就业，赚钱，学本事、见世面，因为未来的白彦花草原终归要靠他们去建设。”[③]作者赋予这个人物的大多是这种雄赳赳气昂昂的计划，而具体实际的行动还不见踪影。因为这不是他凭借个人力量一朝一夕能完成的事，所以最后奥日格勒求得莎仁的理解，抱得美人归之后就离开了草原。因为作者无法想象从哪开始做起，应该做什么，只能是以被

① 云晓璎：《温柔的草地》，《民族文学》1987 年第 5 期。

② 同上。

③ 同上。

视作叛逆的奥日格勒的城市经商行为来挑战一下从来如此的传统观念，表达一种变革的期待，这也正是这篇小说的意义之所在。

二 商业与爱情的相互烘托

塑造成功商人形象的作品很多采用了“商业＋爱情”的叙事模式，作者别具匠心地为创业者、商业精英安排了浪漫的爱情插曲，事业上的打拼及累累硕果为爱情中的男女增添了魅力，浪漫的爱情又为成功的事业锦上添花，最后事业爱情双丰收，获得一个圆满的大团圆结局。这与传统的“英雄＋美女”的故事模式似乎没太大区别，只不过英雄不再是草原民族所崇尚的力量型阳刚勇猛、诚信可靠、富于牺牲精神的牧马人、摔跤手、牵驼人等，而是走出去在商海中搏击的生意人、创业者，他们或是经理，或是厂长，或是个体户，但同样具有英雄气质。因而在叙事功能上，“英雄”与“商业”是在同一个叙事极上，是作者所肯定和赞美的对象，美满的爱情是为了陪衬商业的成功，是对那些走出去在商场中打拼的草原牧民新的创业思路和能力的认可。而成功的经商之路是美好爱情的基础和前提，“商业”与“爱情”在叙事策略上是相互烘托、相辅相成的关系。

那些走上经商之路的牧民不但在商场中所向披靡，也总能毫不费力地俘获美女的芳心。《温柔的草地》中奥日格勒五年后回到白彦花草原，他回来的一个目的是要“把梗在肺叶里的一团郁闷之气”[①]倾吐出来，因为五年前他是由于推行牧业改革被牧民们轰走的。另外一个目的就是回来寻找他一直思念的女人莎仁。在前者是没有什么问题的，他经商成功回来就是对牧民们落后观念的最好反驳。但是在爱情上遇到了一些波折，不过这些波折都是为了最后证实奥日格勒是个有情有义的商人。刚一见面，莎仁对他极不友好，发了疯

① 云晓璎：《温柔的草地》，《民族文学》1987 年第 5 期。

似的骂他并把他赶了出来，但这是一个误会，等莎仁平静下来再来找她，就明白了事情的真相。原来是他视为朋友的阿勒泰暗中捣鬼，五年前牧民的三万元被阿勒泰挥霍一空，却一直栽赃在他身上让他背着黑锅。当然他最终使用计谋让阿勒泰在莎仁面前澄清了自己，最终二人有一段情意绵绵的对话，“他问莎仁：‘你愿意跟我走吗？我在外面一个人东闯西奔，很孤单，需要你，我需要你……’‘莎仁，你说得对！我一定想一个好办法制服这个坏蛋！’‘奥日格勒，你是个男子汉，我相信你！你去吧，我在家里等着你。’她像一切有主意的女人一样，只把话说到恰到好处，留下的事情让男人去想、去做；而她把那女人的绵绵柔情当作珍宝掩藏起来，等待必要的时候，再以奖赏的方式奉献出来”①。处于爱情中的奥日格勒堪称完美，他不但商业经营上有一套，出去五年就“腰缠万贯”地成功归来，而且还富有社会责任感，制服邪恶之人，把改变家乡人的落后观念视为己任。所以作者塑造商人的时候不是突出他的精明、算计，而是秉承了蒙古族传统的英雄形象，是英雄与商人的结合。这如何能不获得美人青睐，所以莎仁才夸他是个“男子汉”，并准备用女人的柔情来奖赏他。

作者还赋予那些商业精英吃苦耐劳的品质、百折不回的勇气、脚踏实地的作风，这样他们才是姑娘心目中的白马王子。佳峻的《追星赶月》里的巴达拉夫是一个充满现代感的创业者，他是皮革综合加工厂的厂长，一个锐意改革的商界精英。他凭借自己高超的赛车技术赢得阿韵姑娘的注意，然后向阿韵讲述了自己改革的挫折、生活的苦恼，在获得阿韵的好感后终于巧妙设计见到了阿韵的父亲——市委工办主任兼计委主任，畅谈了自己的工业改革思路，获得了上层主管部门的大力支持。虽然这一切都是这个雄心勃勃的改革家设计好的，但是阿韵姑娘还是非常痴情地喜欢上了他。为

① 云晓璎：《温柔的草地》，《民族文学》1987年第5期。

了衬托这个实干家才是阿韵的理想伴侣，还设计了阿韵的前男友——一个虚无缥缈的“首席小提琴手”来作对比，作者一边讽刺着在白桦林里的小提琴手的虚情假意，一边渲染这位商业巨子的魄力、真诚和实干。巴达拉夫不无玩笑地对阿韵说：“白桦林里，有人等您，已经为您调准了琴弦。您不像我，每天苦行僧般奔波。您需要的是听甜蜜蜜的语言，轻悠悠的琴声。您可以在青春岁月陶醉，而这些欢乐今生今世不会属于我。”[①] 这是以艺术的虚幻性来衬托工商业的艰辛、实干，果然阿韵来到巴达拉夫的工厂、宿舍后见识了这一点。“阿韵走在污水横流的车间里，平生第一次感到人世间的艰辛。她走得很慢，想得很多。在白桦林中首席小提琴手为她演奏《西班牙的风》时，他的同龄人在这里挣扎、奋斗、在毁誉荣辱的旋涡中折腾。工人们任劳任怨地埋头苦干着，看见厂长陪着一位漂亮姑娘在车间巡视，互相交换着只能心会的眼神。他们以信赖的目光望着巴达拉夫。”[②] 在阿韵的实地观察中，巴达拉夫踏实肯干、锐意改革、有智慧有魄力的高大形象树立起来，难怪最后计委主任对他赞不绝口，阿韵姑娘也鼎力支持，巴达拉夫确实是魅力不可抵挡的工商界精英，他最后获得了事业也收获了爱情是水到渠成的事情。

经商成功的绝不限于男性，还出现了很多商界女强人，《指腹婚》中的私营土特产公司经理策木丽格、《你也是蒙古人》中商人蒙根花，她们不但外形靓丽，性格活泼大方，在经商方面也比男人更有闯劲，凭借灵活的商业头脑和泼辣的性格赢得男性的青睐，最终收获甜美的爱情。

《指腹婚》中的策木丽格是私营土特产公司的老板，一个女人出来闯荡本来就受到非议，再加上她又是在“做买卖”，更是被传统牧民瞧不起，都荣的哥们说：“做买卖，也得由咱们这些长胡子的男子

① 佳峻：《追星赶月》，《民族文学》1986 年第 10 期。

② 同上。

汉做呀！她一个还不知道婆婆是谁的姑娘家，能搞出什么名堂？”[①]很明显女人经商比男人面临更多压力，但是接下来作者讲述的两件事情颠覆了那些人的疑虑。一件事情是策木丽格刚走上经商之路时受到的屈辱及表现出来的“骨气”，她在大街上摆摊卖东西受到几个流氓无赖的欺负，有人劝她好好复习功课考大学，但她谢绝了，坚持到最后自己办了土特产公司，雇用了几个店员，公司生意比国营商店还红火，这是在肯定策木丽格的执着精神和选择的道路。另一件事就是通过非常富有戏剧性的画面表现策木丽格经商的技巧和能力，尤其把她和国企店员做了对比以说明主题。一个老太太买了过期鸡蛋，返回店里退换，策木丽格出来迎接，“这时，从屋里走出一个姑娘来，笑容可掬，蛮有风度。她来到老人身边，亲切地说：‘老人家，您先别着急。如果商店质量有问题，我们一定给退换。’”[②] 经过她细心地辨认，发现这鸡蛋根本不是她们店里的，而是国营店里去年夏天的陈鸡蛋，“她把老人领进柜台里边。人们好奇地围了过去。策木丽格指着装有鸡蛋的木箱说：‘这个箱子里的鸡蛋，是从乡下收购来的，那个箱子里的鸡蛋，是从国营鸡场运来的，最多也不到一个月。’她又指了指老人篮子里的鸡蛋，说：‘您这鸡蛋是去年夏天的蛋，是国营商店最近从仓库里拿出来销售的。您快去，也许还能换上。’”[③] 她对自己店里鸡蛋的产地、时间如数家珍，对国营商店鸡蛋的细节也是了如指掌，这真是个不一般的老板。然后就有老太太大闹国营店，国营店员尤其是杜尔金的表现更是衬托了策木丽格的才能和信誉。难怪都荣坚决要解除与杜尔金的指腹婚，追求让他神魂颠倒的策木丽格姑娘，这样既年轻貌美又会赚钱的姑娘谁不喜欢呢？但是我们也看到作者为了表现这个人物的商业才

① 布和德力格尔：《指腹婚》，张宝锁译，《民族文学》1986年第7期。

② 同上。

③ 同上。

能不惜使用了夸张和戏剧性手法，国营商店要把鸡蛋放在仓库一年才拿出来卖就解释不通，这正说明作者对新兴行业中的女豪杰的偏爱，为了演绎她的风采不惜夸大现实。

既会赚钱又性情火辣，几乎是这种女商人的共同特征，而这种热辣辣的爱情对男人来讲别有一番滋味，《你也是蒙古人》中就塑造了这样的一个女商人蒙根花。男主人公哈斯洛一直是个单身汉，他从别人那里听到的消息是，蒙根花是这巴彦高勒草原上的一朵花，但却是“满身带刺的花，是一朵有毒的大烟花”[①]，她倔强泼辣，妖冶放荡，“她的身世像一团谜，很少有人能说清楚”[②]，她复杂的感情经历也说明她不够执着、不够检点，“后来，她嫁给了嘎尔沁，不到一年，嘎尔沁死了。又嫁给了道布登，不到一年又离婚了。现在她独身一人生活。听说做生意发了。这次去外蒙，到现在还没回来，说不准她会嫁到国外去呢。她到过哈萨克斯坦，还跟老外上过床呢。巴音说：真是一朵美丽的毒花！德力格尔说：真是一位漂亮的荡妇”[③]！这样的女性绝不是牧马人哈斯洛理想中的伴侣，“听了这段关于蒙根花的传说，心里开始发颤，就像一个小孩听了一段关于鬼怪的恐怖故事一样。他心中暗暗发誓：一辈子绝不娶媳妇”[④]。但接下来发生的事情让他见识了蒙根花不可抵挡的魅力，以至于他对这个既像男人一样勇敢豪放又有女性的缱绻温情的女子不能释怀了。“她的优美身段在他眼前晃动，她的脸面清楚地浮现在他的脑海里：两道浓黑的眉毛，两只眼梢微微上挑的大眼睛，棱角分明的嘴唇……她有那么大手劲儿把那么多酒瓶掷到河对岸，而在场的没有一个能比得上她。她投掷的动作好看极了。当扎木苏用刀逼近他时，她突然出现了，为他主持公道、打抱不平，亮出那把金光灿烂的刀子，

---

① 察森敖拉：《你也是蒙古人》，《民族文学》1999年第3期。

② 同上。

③ 同上。

④ 同上。

几句话把扎木苏镇住了……她为什么有那么大威力？哈斯洛当时又惊奇、又感激，他想世上竟有这样漂亮大方，又勇敢善良的女人。”[①] 以前的传言瞬间土崩瓦解，他们自然而然地就在一起了。

在一起之后他真正了解了蒙根花的身世，见识了她做生意的本领。生活中她周到体贴、干净麻利，让流浪汉终于有了一个温暖的家；在生意场上这个女人独当一面，生意越做越大，并且她还开导哈斯洛放弃牧马人的生活，和她一起做生意，“我们两个一块走，出去做生意去。我有钱，存在呼和浩特的一家银行里，我还在二连浩特订好要租的房子……”[②] 这个决定着实让在巴彦高勒草原上生活了二十年的哈斯洛有点担心，她赶紧安慰他，“其实，你啥也用不着担心。去了，你就是大老板，就像你那个哥哥叫你的，真正成了掌柜的，往那儿一坐就行了，有了你，我什么都不怕。你像一棵大柳树，我就是树上的小鸟……我保险能把生意搞好”[③]。这样安慰的话使哈斯洛感受到了自己的价值，而不仅仅是妻子的累赘，当然哈斯洛是越来越喜欢自己的美娇妻，思想开通又会赚钱，所以小说最后是浪漫圆满的大结局，两个人唱着情意绵绵的蒙古歌，骑着马轻盈地跑在翠绿的大草滩上。

这类“商业＋爱情”的小说已经形成了固定的叙事模式和表达程式，那些在商场打拼的人才总是具备一些英雄气，男性果断沉稳、有情有义，女性则是巾帼不让须眉，美丽又精明，而商业的成功又为他们的人格增添无限魅力，在现代创业观念中，“有事业的人是最美的”，尤其是打破蒙古族传统的工商业，更是别具一种开拓性魅力。这样的一些年轻人赢得异性的青睐是情理之中的事，所以他们在爱情道路上总是一帆风顺，中间的小插曲是避免不了的，但最后

---

① 察森敖拉：《你也是蒙古人》，《民族文学》1999 年第 3 期。

② 同上。

③ 同上。

总能携手前进，共同创业。作者一方面在塑造创业者的完美人格和浪漫爱情，一方面也是在表达新崛起的商业意识的合法性和商业的美好前景。

三　商业人才的民族性与想象性

新时期蒙古族小说塑造了大量新型商业人才，虽然是在改革开放语境下对时代经济潮流的认同，但是与主流文学中的改革文学或港台流行的财经小说却有很大区别，充满了民族性特征。首先，这些人物经商的领域大都和蒙古族传统主业畜牧业相关，比如《指腹婚》中的策木丽格经营的是一家土特产公司，“她卖的有黄花、白蘑、鸡蛋、奶干，还有奶油。这些东西，在城里可都是难得的鲜活呀。销路极好”[①]！《你也是蒙古人》中的蒙根花也是搞民族商品物流，“把这边的东西运到那边去卖，把那边的东西运到这边卖。像我现在卖的东西，都是从那边运来的。我们这边的藏毯、藏红花、虫草……还有塔尔寺的灯、净水碗、佛像……在那边很抢手。这次我出去，在二连浩特把要租的房子也订好了……”[②]《温柔的草地》中的奥日格勒成为皮毛肉类商行的经理，《追星赶月》中的巴达拉夫是皮革加工厂的厂长，《天边，那蔚蓝色的高地》中的年轻人要成立的公司是“戈壁联营公司”，等等，他们所从事的行业或理想中的创业领域依然是民族的。其次，作者所塑造的这些商业人才虽然都接受了商品观念，甚至对落后封闭的人生观大加挞伐，但骨子里都充满了民族精神气质。比如《温柔的草地》中的奥日格勒，虽然是一个非常有改革勇气的成功创业者，但他实际上具有鲜明的蒙古族传统英雄气质，个人致富后，还把改变家乡落后面貌、造福一方视为自

① 布和德力格尔：《指腹婚》，张宝锁译，《民族文学》1986 年第 7 期。

② 察森敖拉：《你也是蒙古人》，《民族文学》1999 年第 3 期。

己义不容辞的责任，从他对狠毒狡猾的会计阿勒泰的态度可以看出他的疾恶如仇、智慧勇敢，从他对情人莎仁的态度、行为可以看出他的怜香惜玉和强烈的责任心。在某种程度上，作者对他的英雄气质的强调超出了对他商业才能的表现，我们更多地感受到他的传统美德，但对他的商场才能的了解只能听从作者的介绍。这种民族特征在作品中是非常突出的，这是蒙古族作家受到生活经验局限所做的想象，也是他们在表达现代商品观念时民族文化的认同表现。

另外，作者塑造的商业精英大多带有理想主义色彩，人格完美，事业飞黄腾达，每有外出闯荡必成功，结果总是“腰缠万贯”，“衣锦还乡”，但对经商过程所遭遇的困难和心理挣扎则是轻描淡写，或者是天马行空的粗线条的勾勒。《温柔的草地》里奥日格勒就是一个典型，作者一开头就发挥他对一个返乡探亲的成功人士的想象，他坐着皇冠牌轿车疾驰在大草原上，心潮起伏澎湃，思乡之情伴着对往昔的回忆徐徐展开。至于作者是如何一脚踏出去就成为商海中的弄潮儿的呢，且看作者是如何描绘的：“他带着变卖所有家当得到的六千元钱，像一个为淘金而走进荒原的探险者，果断地干起来。哦，天下没有人不能做的事！在迅速繁华起来的都市中，他下了狠心，把大把的票子撒出去，广交朋友，结识弟兄，赚了赔，赔了再赚，吃苦受累，几番大起大落，终于混到如今这般地步：西装革履，腰缠万贯，出则轿车，入则宾馆。他学成了。做了五年大世界的学徒，今天到底成功了。当他以一个皮毛肉类商行的经理摆着架子说话的时候，人们甚至忘了他曾是个带着羊粪味儿的牧人。这个像巨轮突然滚动起来的世界，给人们创造了无数的机会。”[①] 作者只是不断重复一些励志之言，对经商过程则以粗线条的“赚了赔，赔了再赚”一笔带过，我们获得的唯一细节信息就是他在做“皮毛肉类”生意，但这是个非常宏观的概念，况且经商的人也许知道这是两个有很大

① 云晓璎：《温柔的草地》，《民族文学》1987 年第 5 期。

区别的“行当”，但作者并未细分，一个刚出去的年轻人同时做了两个行当的经理也不太现实，唯一的解释就是作者对此不甚了然。要考虑到这个作品创作时间是20世纪80年代中期，当时正值经济体制转型，下海经商成为热潮，作者只是表达在这种时代经济热潮的草原展望，但是由于现实材料的匮乏和作者对商业的隔膜，这种商界人才的描写充满了想象性和描写局限性。

《回归大草甸》中只用不多的笔墨写到玛希在外经商的苦恼，“记起他如今定居的香港，灯红酒绿，纸醉金迷，喧闹繁华，与这空旷的草原是反差太大了！可是，在香港哪里去寻一块静穆安详的方寸之地呵！他是一个北国草原人，突然跻身于香港这个你争我夺的商品世界里，是那样的格格不入，那样的不能适应，一种压抑感，排他感时时包围着他，那是一个他无法逃避的舞台——就像一个受雇于马戏团的侏儒对马戏场的恐惧一样”[①]。这似乎表现了他在外经商的心境，但其实是普遍的人在他乡的感受，似乎与商业人才苦恼、挫折的特殊性没有太大关系，终于流于一般的描写、概念化的体验，缺乏直击心灵的力量。

第三节　清理古老民族的旧观念

新的生活观念崛起在各个层面，很多作品都有涉及。比如敖德斯尔的《美的诱惑》表达草原牧民在富裕之后对“美”的追求，一个先天性“唇裂”的牧区孩子在长大后也想做个美容手术，变得更加英俊帅气找个好姑娘，这种牧民的新追求既是人的爱美天性使然，也是改革开放和民族文化融合的结果；麦丽丝的《生活的小岛》表

① 甫澜涛：《回归大草甸》，《民族文学》1992年第12期。

达了青年男女摒弃对物质化、城市化的奢靡生活的追求，渴望两情相悦、心心相印的婚姻生活；甫澜涛的《值班羊羯西》、阿云嘎的《主人》通过对现代官场的幽默讽刺，传达对清明和谐的政治生活的向往；伊德尔夫的《小说二题·悟》则讲述了北中国大草原王子镇的一个奇特故事，在外国人的影响下，王子镇的黄种人不但像白种人一样开始在广场上跳交际舞，还大胆起用女人组织舞会，领悟到“男人能办到的事，女人也一样能办到”，这种新观念说起来容易，但能在那个封闭的北中国小镇实现可是个大事情，“是一种破坏传统的行为，是一种危险的举动”①。像这样的作品不可胜数，它既是对新生活观念的倡导，也是对古老民族旧观念的一个自我诊视过程，尤其清理了那些在漫长的历史过程中形成的积习痼弊，以及封建迷信思想、世俗宗教信仰在蒙古高原的凝滞，这是另一种富有建构性的民族认同方式，在批判中认同，在认同中寻求新因素，它在某种程度上丰富了蒙古族文化的内涵，而不是把它视为一个固定不变的自足体。

一　去除迷信的魔障

蒙古族是一个信教的民族，他们的原始宗教是萨满教。在蒙元时期随着蒙古族对外交往的扩大，各种宗教开始向蒙古族渗透，像佛教、天主教、伊斯兰教及道教等都不同程度地对民众产生过影响，其中影响最大的是藏传佛教和伊斯兰教。忽必烈统治时期，藏传佛教一度成为元朝国教。佛教传入后，在客观上推动了蒙古族文化的发展，同时佛教活动还常常与世俗相结合，对普通人日常生活产生不可低估的影响。在新时期的蒙古族小说中，有很多作品关注了这个话题，尤其对宗教信仰与迷信进行区分，批判信徒们把人生的一切都寄希望于宗教反落得悲惨下场的愚昧行为，表达蒙古族在新时

① 伊德尔夫：《小说二题》，《民族文学》1992 年第 10 期。

期一种破旧立新、践行开放的气度风范。

本来大多数宗教是以出世的方式为世间众生服务，具有超越性，但宗教信徒却是现实中的人，离不开社会关系的制约，摆脱不了生老病死的困扰，正是这种理想与现实的分离造成了人生矛盾，这是很多蒙古族小说故事情节的一个内在结构。就佛教而言，“佛教自认其责任是揭示人们生命中的生老病死四种苦难，指出循八正道而获觉悟的四谛。与此同时，它不关注日常生活中的具体苦难”①。但很多信徒却一味迷信宗教万能、祈求佛教解决一切苦难，这必然会造成他们的人生悲剧。

敖德斯尔的《飞枣红啊，你在哪里》就是围绕这个主题展开。作品的题目就很吸引人，“飞枣红”是小学教员查干花家一匹骏马的名字，就因为她的婆婆受人唆使、一时糊涂，迷信喇嘛佛爷能治病，结果被弄得倾家荡产，连家里最珍贵的骏马“飞枣红”都被骗走了。所以作者对“飞枣红”的深情呼唤也是对扫除落后迷信观念的热切期盼。在这个故事中，作者不断渲染查干花的婆婆农吉玛对喇嘛的虔诚，以凸显她上当受骗的可悲性。本来他的老伴已经到了肝癌的晚期，无药可救，医生让老人家慢慢养着，但农吉玛“眼睁睁看着老头疼得豆大的汗珠直往下滚，她干着急帮不上忙，只能默默流泪，或者跪在佛龛前磕头，心里一遍遍的祈祷，请求神明的佛爷救救老头子”②。农吉玛本来就缺乏医学知识，笃信神佛是她遇到困难时的一贯行为。这时偏偏又出现了一个骗子的托儿，就是外旗人陶仍开，他推荐了一个神通广大、无所不能、尤擅治病救人的喇嘛，“人们都请他念经看病，凡是请他念过经的人都好了，怪不得人们管他叫‘佛爷喇嘛’，我可是服了”③！经过这个陶仍开的鼓动，老太太赶着

---

① 宋立道：《神圣与世俗——南传佛教国家的宗教与政治》，宗教文化出版社 2000 年版，第 43 页。

② 敖德斯尔：《飞枣红啊，你在哪里》，《民族文学》2000 年第 9 期。

③ 同上。

牛车开始了她的喇嘛治病之路。尽管儿子媳妇反对，老伴也质疑，但是这都阻止不了农吉玛的虔诚行动。没想到治病不灵验就罢了，这个喇嘛还是个贪图钱财的骗子。“喇嘛抬起稀稀拉拉的眉毛，似乎很勉强地睁开眼睛，威严地说：‘人生在世，最宝贵的有两样东西，一是生命，一是钱财。古人说，人为财死，鸟为食亡。要想活命就不能贪图钱财！’”[①] 这明摆着是要骗财的开始，但鬼迷心窍的农吉玛已经走上迷途，什么都看不清了，“‘是是是！是真的！’农吉玛老太婆双手紧紧贴在胸前，用发誓般的口吻说，‘我把我老头的生命交给佛爷喇嘛啦！您要是能让他度过这次大难，我保准把最好的牲畜和钱财都献给佛爷！’”[②] 结果这个佛爷进行了一番阴阳怪气的法事之后，专门点了农吉玛家的那匹骏马，原来“飞枣红”是全旗闻名的好马。“这马的两条前腿腋下都长着旋涡，这样的骏马不多见，在一百匹马中才能有一、两匹。”[③] 喇嘛还说只有“飞枣红”才能把老头的病带走，农吉玛赶紧应承，就这样骏马被喇嘛骑走了。人有情马有意，过两天恋家的“飞枣红”竟然又自己找回来了，儿子想留下，但迷信的农吉玛坚决不肯，“那可不行！咱们已经把它献给佛爷了，才把你阿爸的病带走。今儿又留下它，这不是骗了佛爷吗？对佛爷要真心诚意才行啊”[④]！没办法，骏马被放回去，但是此举并没能挽救农吉玛的老伴，老头很快去世了，这才知道那个喇嘛不过是个在逃犯，陶仍开是他的同伙，公安局逮捕了两个骗子，但“飞枣红”却不知在哪里。

朋·乌恩的《蒙古族文化研究》一书中曾以大量数据说明，自近现代以来蒙古族佛教信仰有淡化的倾向，“从 19 世纪下半叶开始到 20 世纪中叶，佛教却逐渐遭到绝大多数民众的摒弃，从上层贵族

① 敖德斯尔：《飞枣红啊，你在哪里》，《民族文学》2000 年第 9 期。

② 同上。

③ 同上。

④ 同上。

到广大民众，甚至是僧侣阶层，都用不同方式否定了佛教，使之在蒙古族意识形态中的地位和影响逐渐弱化”[①]。其中的因素很多，但非常重要的一点是在现代化国际国内大环境影响下蒙古高原出现的“图强自新”的维新热潮，“不同阶层、不同职业的人们不约而同地将佛教视为导致蒙古族衰落、阻碍社会发展的主要惰性因素”[②]。尤其佛教的世俗化使它成为社会变革的对象，受到知识阶层的否定，“尽管文人的世界观有明显的差异，他们对蒙古族的出路和现实问题的解决思路有着显著区别，然而在佛教问题上，却异口同声持否定态度”[③]。这种现代化变革思想倾向在这篇小说中得到反映，虽然作者是借助老太太农吉玛的悲剧遭遇批判她的迷信思想，而且最后说明这个喇嘛并非是真喇嘛而是一个“在逃犯”，但是依然可以看出作者对科学文化的宣扬态度。

宣扬科学文化的主题借助小学教员查干花得到体现。她聪明伶俐又孝敬老人，但却不是愚孝，在给公公治病的这个问题上，她始终坚持正确的科学态度，“念过高中的儿子和媳妇其实根本不信这一套，尤其是查干花，觉得婆婆的想法又可怜又可笑，可她刚劝了几句，婆婆却生了气。身为儿媳妇，她不好再说什么，小声对丈夫说：‘你还是应该好好劝劝额吉，还是相信科学，别搞迷信的那一套，小心上当受骗。’”[④] 在喇嘛来念了一次经之后，公公出现回光返照现象，大家都有些相信了，但机灵的查干花没被迷惑，“只有查干花从来就不信这些迷信活动，她觉得喇嘛念经跟公公身上的癌细胞根本没有关系。靠磕头、念经就能治好病的话，国家办医院干啥？可是今天的事却真的挺奇怪，她想，明天翻翻书或者找卫生院的巴院长

① 朋·乌恩：《蒙古族文化研究》，内蒙古教育出版社 2007 年版，第 270 页。
② 同上书，第 302 页。
③ 同上书，第 304 页。
④ 敖德斯尔：《飞枣红啊，你在哪里》，《民族文学》2000 年第 9 期。

问问，这到底是怎么回事”[①]。她不相信喇嘛、念经，她信任的是科学、书本、国家医院、知识分子巴院长。作者以这样一个光彩照人的有知识、有文化、聪明伶俐的女性形象，表达了对科学文化的光明前途的向往。

无独有偶，郭雪波的小说《舌尖上的瘫儿》也同样描述了被脑瘫儿困扰的老父亲寻医问药之后求救于“元极功大师”的荒唐举动，同样里面也出现了一个只认现代科学技术、知识文化的知识分子“我”，以父亲与“我”的鲜明对照传达破除迷信、拥抱科学文明的态度。父亲抱着被现代医学判为死刑的先天性脑瘫孙子到几百里远的通辽求“神医”，“原来，通辽市来了一位湖北莲花山的什么元极功大师张某某‘授功普法’，包治百病”[②]，尽管接受了现代文化教育的“我”听来十分荒唐可笑，但跪拜的信徒却是黑压压一片，那虔诚的场景实在让人惊讶。老父亲更是显得可怜，“在中间地带，硬邦邦的水泥地上，我终于看见父亲怀里抱着脑瘫儿直挺挺跪在那里。火辣辣的太阳头顶上晒着，脑门和脸腮上挂着豆粒大的汗珠，不时往下滴落……”[③] 关键是能进到广场上来听“说法”就要四百块钱的门票，这对于并不富裕的一个老农民来讲是个不小的数字。因而作者感叹那亵渎神圣的气功大师是“滑稽，荒唐，俗不可耐，可以说是赤裸裸地夺人财物”[④]。老父亲的虔诚和气功大师的世俗功利也形成鲜明的对比，衬托了父亲非理性行为的可悲性。这位元极功大师名气很大，当面“授功”要票价高昂的入门票，“据说该‘授功班’还真没有关系票，再大的官也要花银子，称说花钱才显出真诚才能功到病除。显然这位‘元极功’大师防范营私舞弊方面，比现当局还有一套，不是随便能糊弄的。也是，不远千里，僻壤穷乡，干吗

① 敖德斯尔：《飞枣红啊，你在哪里》，《民族文学》2000 年第 9 期。

② 郭雪波：《舌尖上的瘫儿》，《民族文学》2010 年第 1 期。

③ 同上。

④ 同上。

来了"[①]。但是可怜的老父亲还是要"我"通过关系花了钱弄到了票，当面"授功"，可惜脑瘫儿身上并没有出现奇迹。最后老父亲干脆买了录像带自己练起了"元极功"。没想到尽然练出了毛病，"胸口憋得慌，岔了气儿，趴在炕上动不了窝了。家里人赶紧请医生吃药进行紧急治疗，顺气调整，折腾了几天才缓过来，差点走火入魔变成魔怔疯老头"[②]。老父亲对生命的珍视让人敬佩感动，但他的迷信实在让人不敢恭维。

作品中的"我"是一个年轻的知识分子，在这件事情上一直是一个揭发者和批判者，老父亲让我也跪下朝拜，我坚决不肯，"我可不想向这位什么'气功大师'下跪，男儿膝下有黄金，岂能给这种下三滥下跪？眼前景象已让我吃苍蝇般恶心了"[③]。而且他还气愤地把门票撕成两半儿，这都是一个坚决不合作的叛逆者的行为。在听到这位气功大师"是从元朝内宫外传秘笈的太监或内侍后人"这样的传言时，"我"气愤地批判道："蒙元帝国从开国大帝成吉思汗到最后一位皇帝妥欢帖木儿，都尚武好勇，善骑能射，崇拜长生天信仰萨满教，什么时候把这些乱七八糟的功法当过'皇室秘笈'了？靠这些功法能横跨欧亚打过多瑙河去？能打到日本列岛让小鬼子献美女求和？何况元朝内宫根本不让养太监！"[④] 一方面批判群众的愚昧和不辨是非；另一方面，也在表达对蒙古族文化的自信，但是这辉煌的祖先历史却和那些乱七八糟的信仰无关，这正是近现代以来受到现代知识教育的知识分子的一种思想变革态度。打破迷信，实际是相信另外一套现代知识科学体系的号召，这是现代知识分子力图改变民族的贫穷落后面貌使之富裕强大而找到的一条途径。

---

① 郭雪波：《舌尖上的瘫儿》，《民族文学》2010年第1期。
② 同上。
③ 同上。
④ 同上。

二 撼动传统的婚姻家庭观

大多数小说通过婚姻家庭、日常生活题材来表达移风易俗、追求新生活的愿望。小说《指腹婚》写的是年轻人破除“指腹婚”陋俗，自由恋爱，重新择业，生活由自己主张的欢快故事。从小订了指腹婚的两个年轻人现在看起来都不错，“都荣从部队转业后，在塔利亚图市贸易局当汽车司机。杜尔金也在这个城里工作，是一家副食商店的售货员。眼下，他们俩就差结婚了”①。但是都荣现在却不喜欢传统老实而又懦弱的杜尔金姑娘了，他喜欢的是活泼大方、时髦现代的策木丽格，而且他不听两位老人的劝阻，从稳定的贸易局辞职下海，加入了策木丽格私人办的土特产公司，他不但要开始新的爱情还要开始新的事业。

但是作者没有把他处理成一个忘恩负义的高加林形象，而是塑造成一个敢想敢为、爱情事业双丰收的创业者形象。他乐观进取、破除传统、男女平等的观念让周围人望尘莫及，作品写到他和那帮哥们弟兄谈起自己的选择时说：“‘你们这些家伙，都喜欢老实的。’都荣闪动着眼睛，扫了一下大伙：‘难道你们就没听说过老实跟无能是同义词？一个人老实了，会受欺负；一个国家、一个民族老实了，会受欺辱！’‘什么？你这人，有福不知福，你说老实的不好，那你就娶那个小妖精吧！’……朋友们的戏谑，并没有使都荣不高兴，反而使他更加活跃了。他对朋友们说：‘你们这些井底之蛙，就会瞎嚷嚷。怎么，做买卖难道是一件丢人的事？你们应该知道，不会做买卖的民族，是个不健全的民族。’‘做买卖，也得由咱们这些长胡子的男子汉做的呀！她一个还不知道婆婆是谁的姑娘家，能搞出什么名堂？’‘咳，我说你们哪，对策丽木格还不了解呢。就你们这样的

---

① 布和德力格尔：《指腹婚》，《民族文学》1986 年第 7 期。

男子汉，仨也顶不了她一个！’都荣盘腿一坐，像个说书的艺人，津津有味地讲起策木丽格的故事。”① 都荣不喜欢性情老实有稳定工作的杜尔金，而移情于活泼能干、自己做买卖的策木丽格，这种审美观和性别意识绝对是现代的，为了取得认同，都荣用豪言壮语把它上升到民族大义的高度。

这个作品出现在 20 世纪 80 年代中期，而它表现出的自由思想和新的性别意识都让人刮目相看。当时大多数人的思想意识停留在都荣的那帮哥们和两位老太太的认识水平上，但作者毫不犹豫地对此给予讽刺性的描述。围在都荣身边的那帮小青年满脑子全是些庸俗的见解，认为婚姻中的性别角色就应该是男强女弱、男主外女主内，男人就应该娶个贤内助照顾自己，“喂，我说老兄，还是老实的好呀！又听话，又能像伺候老子一样伺候你，多好啊”②！而且他们也口口声声称策木丽格为“小妖精”，可见他们对那种活泼、外向、能干女性的一种成见，尤其不喜欢“做买卖”的女性，觉得那天经地义是男人应该做的事情，这些看法是对当时大多数青年的落后思想意识的概括。而两位老太太比这些小青年思想更加保守，她们是两个青年都荣和杜尔金指腹婚悲剧的制造者，还为了维持一个所谓圆满的结局而不停努力给他们上枷锁，一旦发现问题的症结是策丽木格，就对策木丽格大加挞伐，“‘听说这妖精一到晚上就在她们那个店里点起五颜六色的灯，把城里那些不三不四的小青年请来，整夜整夜的搂呀抱呀蹦呀跳呀。那样个赚钱法，可真是造孽！你别看她现在还像个姑娘，其实早就……’她没把话说完，指手画脚地做了个非常下流的动作。‘你这人，说话也太不留情了。’‘我说亲家，那种事还用得着请喇嘛念经教她？姑娘家，一靠父兄，二靠姿色。策丽木格把她爹和哥哥都克掉了，现在待在城里，靠什么？还不

① 布和德力格尔：《指腹婚》，《民族文学》1986 年第 7 期。

② 同上。

是……要是我的女儿也像那样，我早把她腿给打断了。呸！’达丽玛狠狠唾了一口”[①]。一个生活方式前卫的女青年受到传统性别文化和道德伦理的严厉攻击，这两个卫道者发挥着有关淫乱的想象对策木丽格辱骂、唾弃。在她们古老的观念中女性依然靠男人、靠姿色，但唯独不能靠自己。作者塑造都荣的年轻、勇敢、不顾一切都是为了能冲破这些道德观念障碍，没有那种强大的冲击力，这些落后的观念是难以在思想意识中根除的，年轻人也无法获得幸福。

《别了，古道牛车》也是以一个老年人的忏悔表达自由的可贵，整个故事讲述了老额吉塔姆的家庭专制给子女造成的人生悲剧。塔姆的丈夫不幸在四十多岁就去世了，她要让儿子赛因吉亚子承父业，继承丈夫生前的事业和好名望成为一名出色的蒙医，她还要让儿子断绝和比他大三岁的小寡妇波尔玛的来往，娶了她指定的姑娘阿拉坦其其格。儿子不情愿，结婚后依然常常往波尔玛那里跑，还有了孩子，但塔姆坚决不同意波尔玛入门，即使小孙子出生也不能打动她的铁石心肠。阿拉坦其其格过门后也并不幸福，她发现丈夫不忠后愿意成全他们提出了离婚，但塔姆坚决不同意，强迫儿媳妇学习邻居女人的榜样用孩子来挽救失足丈夫，但是没有奏效。遭遇同样悲剧的还有她的女儿娅茹，几年前娅茹已经变成了一个健美动人的姑娘，与一个叫宁布的小伙子恋爱结婚了，但是婚后生活并不美满，“两口子无论从性格至爱好、直到对人生的理解都格格不入，矛盾渐渐激化，直发展到非闹离婚不可的地步”[②]。按理说，塔姆应该给女儿她要的幸福，但是塔姆依然不从，原因之一是为了外孙的幸福，“一个好端端的家庭就要拆散了，小外孙特木其勒就要成为一个双亲缺一的可怜孩子了”[③]。另外也是为了自己的名声，她是个要强的女

---

① 布和德力格尔：《指腹婚》，《民族文学》1986年第7期。

② 甫澜涛：《别了，古道牛车》，《民族文学》2002年第3期。

③ 同上。

人，她不愿意背后被人说长论短，她怕“乡亲们就要指点着塔姆额吉的脊背咬耳朵了：‘看看她教养的儿女吧！唉，也难怪，毕竟是个妇道人家嘛！’”[①] 这种被指点、看不起是塔姆最不能接受的，“塔姆守寡二十几年了，为儿女、为家庭前奔后跑，就是为了不让人指着后背说长论短。一个要强的女人”[②]！她要用男子汉般的果断气质和专制手段维持这个家的圆满，因而无论婚姻如何不幸福，都坚决不能离婚。不仅儿女这一代如此，还要世代延续下去，她连刚出生的小孙子朝鲁巴特尔的婚事都选定了。

但是这种家庭专制只有一个后果，那就是事与愿违，每个人都不幸福，塔姆在古道牛车上已经意识到这一点：“二十六年间，儿子从一个好蒙医大夫变成了一个酒鬼；儿媳从一个爱说爱笑的人变成了一个沉默寡言、未老先衰的‘老太婆’；还有，女儿娅茹原本是个好媳妇，如今却在闹离婚；还有，孙子自打上大学后便提出和斯琴退婚……这一桩桩、一件件的事，哪一件不和她塔姆联系在一起呢？”[③]

作者所塑造的塔姆形象颇像《金锁记》中的曹七巧，一个自私、专断的“恶母”形象，因为自己的心理阴影要子女付出青春乃至生命的代价。但是与七巧不同的是塔姆没有坏得很彻底，在得知儿子酗酒而死的消息、看到长大成人的孙子领着自由恋爱的女朋友站在面前时，她突然醒悟，解除了孙子的包办婚姻，认了儿子与波尔玛的私生子。烧掉那辆破旧的老牛车，是与过去绝别的表现，“烧吧！把过去的一切都烧成灰吧……”[④] 因而可以看出作品的立意不在揭示人性的罪恶，而是通过家庭专制的悲剧表达对自由、民主、光明的向往，带有强烈的思想启蒙色彩。

---

① 甫澜涛：《别了，古道牛车》，《民族文学》2002 年第 3 期。
② 同上。
③ 同上。
④ 同上。

三　新旧杂糅的特征

这些清理古老民族旧观念的作品应该引起重视，但这部分创作显然还不够成熟，除了讲述技巧方面的稚拙，在思想状态上也呈现出新旧杂糅、菁芜丛生的特点。《指腹婚》中是把都荣作为一个革除包办婚姻陋俗的新人物来塑造的，但在这个“革命者”身上残存着很多不现代、不革命的思想，作者却并没有意识到。都荣在认识美丽大方、现代开放的策木丽格姑娘之后就想解除与杜尔金姑娘的指腹婚，这种追求个性解放、恋爱婚姻自由的思想不但无可厚非，还应该大力提倡。但是作者似乎没有注意到他拒婚的方式实在是太有失风度，充满了大男子主义气息，甚至是不负责任的。他不喜欢杜尔金，不是正面提出来，而总是爽约，让痴情的杜尔金伤透了心。“杜尔金生起煤油炉，烧出一桌香喷喷的饭菜。然而，等了一个多小时，却不见都荣的人影。这样，她们三个人只好闷闷不乐地吃起这顿费时又费心的饭，草草了事。”[①] 这种对杜尔金姑娘的不尊重最后发展到了极端，就连正式解除婚约这样的大事也不出现，而是由新女朋友策木丽格来代表，“时针正指十八点。这是事先约好的开宴时间。忽然，杜尔金的宿舍门前，开来一辆摩托车，停在门前。腿脚麻利的达丽玛，首先开门迎了出去。可是她像触电一样，立刻又弹了回来。正在掌勺儿的杜尔金，也撂下手里的活儿奔了出去。但是她也愣住了，支吾道：‘妹妹，你怎么有时间……’原来这来者不是别人，正是策木丽格”[②]！可等的都荣没出现，“杜尔金感到一阵阵心酸，眼泪只想往下掉”[③]，这位大方的策木丽格不但一来就风风火火

① 布和德力格尔：《指腹婚》，《民族文学》1986年第7期。

② 同上。

③ 同上。

地显示自己的厨艺，饭菜上好之后还“喧宾夺主地站起身”替都荣道歉，“请允许我这个不请自来的客人说几句话，都荣同志已经被我公司以每月二百元的工资聘用了。刚刚得到一条商品信息，急忙出车拉货去了。他委托我前来赴宴”①。都荣自己爽约也就罢了，还委托自己的“新欢”代自己来赴宴，这明显是用一种非常残忍的方式向杜尔金提出退婚，弄得杜尔金只得交出定情的信物银镯子，涕泪涟涟。这恐怕只有老实懦弱的杜尔金姑娘能做出来，换一个像她一样的现代姑娘恐怕就没有这么容易通过了。这个人物的性格缺陷很大程度上是作者思想观念的新旧杂糅、前后照顾不周造成的，作者突出了他向旧式婚姻习俗挑战的勇气，但忽略了他“革命”过程中的行为和气度。

这样的问题还反映在甫澜涛的小说《风雨黄花滩》中，作品讲述了一个受丈夫压迫、封锁、虐待的女子遇到了自己从前的恋人，从而勇敢地逃离了丈夫，扑向恋人的怀抱。反映了女子从愚昧状态中觉醒、为自己的幸福而勇敢同恶势力作斗争的主题，但作者的性别意识依然是充满了局限的。作者讲述女主人公南斯勒玛斗争的合理性首先想到的是外貌，“无论年龄，还是相貌、身材、气质，实在是一对很不般配的夫妇。南斯勒玛不但比丈夫阿格登宝年少十二岁，而且长得眉清目秀，妩媚动人，身条柔软而挺拔，就像一株红柳……”而形容她的丈夫是“五短身材的黑粗汉子。他健壮、粗鲁，宽大扁平的脸永远绷着，很少变化，像一张愚昧而蛮横的面具”②。从外貌上强调他们的差异无异于以貌取人，而且人物的外貌上就写着愚昧、蛮横，似乎也是先入为主、脸谱倾向的表现法。并且，女主人公的觉醒带有很大的偶然性，如果不是在黄花滩上碰到昔日恋人，她的表现总是那么顺从懦弱，总是“不敢开口”表达不同的意

① 布和德力格尔：《指腹婚》，《民族文学》1986 年第 7 期。

② 甫澜涛：《风雨黄花滩》，《民族文学》1986 年第 5 期。

见，说话的语气总是“轻声的”，见到昔日恋人后，所有的矛盾在瞬间爆发，不但敢大声痛骂丈夫，还大打出手，“她忽然不顾一切地向他扑去，又抓又打，还用牙齿咬他的手”[①]。在发现自己因为丈夫的暴打而流产后就不顾一切地离开了他。这个人物的转变是有点突然，而且她不过是离开了一个不爱自己的男人，但又投入另一个男人的怀抱，女人的幸福完全取决于男人的修养和品德，女人的独立性、自主性依然无法体现。因而我们看到作者在塑造人物性格和思想时是存在明显的局限性的。

还有些作品本来是要表达对旧观念的批判和清理，但整个作品的重心却是对旧观念的记录，似有本末倒置之嫌。比如都西的《家风》，作品开头结尾相互照应，都紧紧扣住改变争吵不和的家风、表达对家和万事兴的向往。开头是我带着老婆孩子回家探亲，临走时听到父母的争吵时的烦恼，“唉！二位老人新的一天竟这样开始了。可他们活到现在，哪一天不是这样呢!？多少年来，他们的吵嘴就像茶饭那样一天不断，可又从来没有到不可开交的程度。他们这样吵了整整四十个年头了。蓦地一股凄楚之感涌上心头”[②]。这已经定下了全篇的基调，就是对父辈生活方式的无奈和凄楚之感。结尾也是扣住这个主题，母亲表达对晚辈的期望，“我和你父亲都已是寿命没有一只老绵羊长的人啦，就这样吵吵嚷嚷地熬到了现在。养成的脾气就像过完的寿数，是无法改变的。听你奶奶生前说，从祖宗那传来的家风就是如此。孩子，要时刻想着和睦过日子！绝不能像装在口袋里的牛犄角，相互之间和不来。你们要改变祖宗那儿传下来的家风啊”[③]！在母亲语重心长的叮咛下，“我”也表达期望，“我们家祖传的这个家风能否在我们这一代有所改观呢”[④]？但是作品的中间

---

① 甫澜涛：《风雨黄花滩》，《民族文学》1986 年第 5 期。

② 都西：《家风》，《民族文学》1987 年第 12 期。

③ 同上。

④ 同上。

主体部分的着力点却不是父辈的婚姻情感故事和人物心理性格的分析，而是关于一头“有荫庇”的栗乳牛的命运经历，牵动的大量细节都是关于民间神秘的习俗、信仰和诡异的东西，对待这头栗乳牛的不同态度常常成为家庭矛盾斗争的导火线。

对待这头“有荫庇的畜生”，家里的女人比男人更加维护这个神话，奶奶、妈妈这些女人们是赋予这头牛神化意味的实践者：因为“我”的逃学夜游并进了为老人准备的棺材里，吓得奶奶大呼小叫，说是“鬼魂附体”，从而引出了隆重而诡异的驱鬼招魂仪式，最终污秽物倒掉的地方栗乳牛站起来了，于是它被看作是“有荫庇的畜生”。从此这头牛被赋予神话色彩和特殊意义，而家族中的女性对此深信不疑，但父亲的言行则构成了对民间习俗的最大威胁和冲击，因此两方的矛盾不断，祖孙三代和一头老牛的故事上场了。在爷爷的丧礼上，该不该杀掉老牛献祭成了最大的问题，奶奶甚至为了捍卫老牛而死；畜群的瘟疫蔓延，到底该不该杀掉老牛再次成了问题，父母为此展开了家庭内战；老牛怀了牛犊，这几乎成了我们家几年没有的喜事，但很快变成悲剧，老牛带着小牛犊泅死在河滩的淤泥里，带给我们家尤其是母亲以沉重的打击。

作品的主体讲述了一头老牛与一个家庭的心理情感的牵连，这与作品最后所要阐发的改变家风、追求团结和睦的新家庭观念有些背离。这也许是作者叙述能力所不能驾驭的，也许是这类作品主题先行与写作实际之间的先天矛盾所造成的。

第二章

在断裂中发现传统的意义

新时期蒙古族小说在高昂的民族文化认同中启动步伐，充满弘扬蒙古族文化的自信，显示了民族意识觉醒后的文学新生。20 世纪 80 年代初期有很多作品主题集中在蒙古族的传统美德和独特文化心理结构上，作品还通过纯洁化的爱情描写，表达高原民族青年男女之间那种不掺杂道德伦理、不计较利益得失的自由而又高尚的爱情观念。蒙古族独特的自然地理环境为表现这个民族的英雄人格提供了得天独厚的叙事资源，那些典型的生存小说借助“置之于死地而后生”的思维逻辑来表现蒙古人的顽强、人性和尊严，并对这些族性精神做了诗性描写和典范化处理，显示出民族觉醒期强烈的文化认同意识。

但是这种高昂的民族文化寻根行动注定在遭遇挫折后才能完成华丽的转身，引导小说由一般的文化再现走向深入成熟的文化反思和艺术创造。20 世纪 80 年代中后期至 20 世纪 90 年代末期，席卷全球的现代化浪潮凸显了民族和地方文化的传承危机，促使文化寻根小说摆脱了初期高昂的文化寻根姿态，显示出前所未有的挫折体验和失落感，思想内涵随之复杂深沉了许多。

以阿云嘎的《大漠歌》为代表的一批文化寻根小说，聚焦现代化进程冲击下当代蒙古族社会生活的变动和心理震颤，作者深入到转型时期那些坚持者的心灵世界，记录了他们的骄傲和孤独、动摇和守望的复杂感受。在现代化大潮滚滚而来、每个人渴望搭上现代化的列车进入理想国的时候，这些对传统的坚守即使被欣赏和推崇也明显有一种挽歌气息，作品弥漫着浓郁的伤感情调。这种感伤情绪是作者矛盾心态的一个信号。在游牧文明向现代文明转型的过程中，抵触异质文化是他们的第一反应，但又在抵触中不得不变，这是新旧交替的文化变迁在弱势文化群体中引起的必然心理反应。小说文本以微观视角、饱满的情感体验生动地记录了这个过程。少数族裔在告别传统时饱含忧伤的痛苦体验，使得他们对即将消逝的东西无比眷恋，对汹涌而来的现代化进行了贬斥性的想象和否定性评价，以补偿心灵的失落。

第一节　典范化的族性精神

一　苍狼与白鹿的人格隐喻

展现民族精神性格和传统美德是 20 世纪 80 年代初期小说的流行性思想主题，而地处边缘、信息闭塞的少数民族尤其具有地域与文化表现优势。蒙古族由于地处人烟稀少的北部边疆而形成的热情好客、坦诚开放的博大胸怀，高原严酷的气候环境所锻造的吃苦耐劳、顽强坚韧的生存意志，以及在“逐水草而居”的生活方式中所培育的热爱自由、豪迈刚健的民族性格，都是这个民族骄人的独特性。这集中凝聚成刚柔相济的民族精神，即阳刚与阴柔、强力与韧性、理智与情感的完美结合，成吉思汗黄金家族曾以苍狼和白鹿自喻，表达的就是这种人格理想及其所创造的天地和谐的大同世界。

这种人格追求变成根深蒂固的美学理想投射在他们的家庭组织结构和性别角色分工上。在久远的时代蒙古族就实行一夫一妻制的家庭结构模式。丈夫处于家庭主导地位，要拥有果决和强大的性格，而妻子处于从属地位，表现出耐性和勤劳的美德。“丈夫处在家长的地位，放牧、狩猎等主要生产劳动由丈夫承担，是家庭生产资料和生活资料的主要创造者和保护者，他同时还肩负着服兵役、杂役的社会责任，是家庭事务——财产分配、子女婚姻和生产、生活计划的决策者”，“妻子在家庭中处于从属地位，顺从丈夫的意志被看作是妻子的美德。妻子在家庭中的主要职责是抚育子女，在学校教育出现之前，家庭教育——家族历史、民族历史以及民间文学的传承任务主要由妇女承担，但作为游牧社会家庭主妇，其劳动是繁重的，除蒙古包内的日常家务外，户外的挤奶、制作奶食品、照料幼畜、运水、拾柴等事务也要由主妇完成，她们还要经常采集一些野菜、浆果等补充食物来源”①。

文学艺术的性别想象也是现实中这种人格理想的生动呈现。蒙古族的神话传说、叙事诗等特别强调男性的阳刚粗犷、勇气力量兼智慧的英雄化品格，但对女性的要求则不同，主要是歌咏女性的包容善良和自我牺牲的美德，以苍狼与白鹿的文化隐喻、英雄与美女的和谐构图表达一种大和谐的民族性别理想。这是他们为应付多变的气候和艰苦的生存环境而创造的一套道德伦理，也是古老的中华民族传统美德的民族化。新时期的蒙古族小说总体有一种民族文化认同倾向，民族的传统性别秩序更为大多数小说津津乐道，在人物塑造上总是延续着民族文化心理结构，继续强化着这种性别审美观念。

① 朋·乌恩：《蒙古族文化研究》，内蒙古教育出版社 2007 年版，第 108 页。

白雪林的《蓝幽幽的峡谷》被认为是20世纪80年代初期非常重要的一篇小说，它完成了一个蒙古族硬汉的英雄人格塑造。作家擅长抒情的文笔使这篇小说具备了心理小说旖旎委婉、深入人心的动人力量。扎拉嘎是一个单亲爸爸，因为得罪了大队书记只好带着儿子躲在这片水草丰美、物产富足的大峡谷，但是现在他又不得不离开这里，为了另一个女人杜吉雅的家庭幸福。因为他的存在，杜吉雅的丈夫已经开始怀疑妻子的忠诚，甚至对这个善良的弱女子施行暴力。他不愿走但又不得不走开，小说就在长长的峡谷路上展开了他复杂的心理斗争和坎坷生活经历的叙述，最后种种委屈、不甘集中在一只平时和他结怨的恶狼身上，这只狼老奸巨猾，一直想吃掉他独占这块领地，他本可一走了之，让狼吃掉自己的情敌——杜吉雅的丈夫，但是憎恶邪恶的激情促使他没有悄悄走开，而是勇敢地站在草原狼的对面，用套洛棒打死了它。然后才离开夜幕下蓝幽幽的峡谷，任杜吉雅怎样挽留，他也再没有回头。这个并不复杂的爱情故事集中刻画了蒙古族男性集阳刚勇猛、无私无畏于一身的英雄人格。月下打狼一节把他打狼过程的一招一式及心理起伏写得非常详细，犹如武松景阳冈打虎般从动作、心理、精神等多角度定格一个大英雄形象，强调他身强力壮、勇猛无比又疾恶如仇的一面。最后狼被打死，意味着勇敢和正义取得了胜利，杜吉雅的隐患也被他铲除，作者又渲染了他侠骨柔情的一面：

这时，蒙古包门打开，一个女人披头散发、踉踉跄跄地跑来。

“扎拉嘎，我送你走。”杜吉雅拉着他的手哀求地说。

“这，不行，不行。”他推开她的手，“塔拉根……”

她身子伏下去，爬在勒勒车辕子上呜咽起来。“你提他干什么？牛是他偷的，他输了钱，用你的牛还了债。刚才，你在外面拼命，我要出来，他不让，他快……快要掐死我了。”

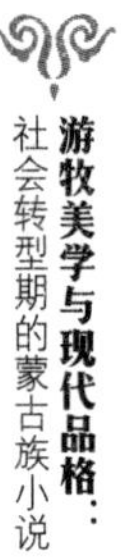

"他在干什么？你咋跑了出来了？"

"他……他在喝酒，醉得像猪似的啦。"

"这，回去吧，杜吉雅。"

她不哭了，一撩头发，爬上了勒勒车；"怕什么呢，我送你一程。"

他一时不知怎么办才好。

"呀，血，你伤了。"她急忙扳过他的脖子，为他擦拭，包扎。

扎拉嘎只觉一阵眩晕。

"驾！"杜吉雅赶起勒勒车，轻快地向前走去。

他忽然粗暴地把她推下勒勒车："这不行，你快回去！"他像发疯似的赶着车向前疾驰，他听见杜吉雅在低声呜咽。

夏天，后半夜的露水，像天上向下喷洒，整个峡谷湿漉漉，潮滋滋，留着清甜的气息，让人醒来，又让人睡去。他觉得刚才有些对不住杜吉雅，想再看看她，可是一直走出峡谷，他也没有回头。①

尽管杜吉雅主动示好，他的情敌也喝得烂醉如泥，但扎拉嘎在"眩晕"中还是保持着理性和冷静，坐怀不乱，为他心爱女人的幸福，头也不回地离开了她。这些画面都生动地烘托出蒙古族男人的铁汉柔情。他们像武松一样勇猛刚毅、不苟言笑，同时又比武松内心世界更加丰富细腻、情深义重，这才是蒙古族心目中的完美英雄形象。它的姊妹篇是《岩石上的泪》，白雪林以柔婉之笔续写扎拉嘎走后杜吉雅的一腔幽怨和思念之情，虽然最后杜吉雅不顾一切议论和嘲笑离开自私、阴险的丈夫塔拉根去找扎拉嘎，但是这勇气和反抗是有限的，她主要表现的是一个柔弱女性的忍耐、善良、勤劳和坚韧，

① 白雪林：《蓝幽幽的峡谷》，《草原》1984年第12期。

就像故事中她极力要保护的小羊一样，都是弱者的象征，她们在温顺、柔情、受保护的地位上具有相互隐喻的同构性。这两篇出自同一位作者之手的作品表现了蒙古族作家对阳刚与阴柔相结合的理想性别秩序的期待。

很多文本以民族雕塑式手法弘扬男子汉的一身正气、刚正不阿和强健勇猛等品格，除了《蓝幽幽的峡谷》，还有《乌珠穆沁人的故事》，表现的是摔跤手的刚毅和气节；《黑太阳》展示的是猎人的强健体魄和野外生存能力；察森敖拉的《山民之子》展示的是山民们与人为善、舍利取义的高贵品格，这样的作品简直不胜枚举。

同时有更多的作品赞美女性的勤劳、善良和宽容，这是对北方游牧民族妇女生活和心理的真实再现。与农耕社会汉族妇女背负几千年封建伦理道德重负相比，草原上的女性倒是较少受到封建伦理道德束缚，她们享有较高的家庭地位和社会地位，有自己的财产支配权，在社会中也享有较多的自由。但同样她们也不能像汉族妇女那样养尊处优，而必须像男人一样有结实健壮的身体，在疾风烈马中放牧牛羊，对付凶猛的野兽，回到家里还承担抚育子女、挤奶熬茶、护理畜群的繁重家务。据“九五”国家社科规划基金中国蒙古族妇女发展研究项目课题组对锡林郭勒盟镶黄旗的社会调查表明，“在牧区95％的妇女和丈夫一样放牧、剪羊毛、接羔、打草、建草库伦”①。她们较高的家庭地位和社会地位是用艰辛的付出换来的。新时期的作品中也总是晃动着她们辛勤劳作的影子，“午饭还没吃，快下午两点了。她饿得厉害，煮好茶，拌好炒米，给在炕上养神躺着的斯日古冷端去，自己也在外屋稀里糊涂地吃了一碗。她一眼也不愿看到他，来到外边，拿粪叉收拾昨夜的牛粪。活计这么多：酸奶子还没做成奶豆腐；乌日莫半盆了，还得熬成黄油。善良的女人们，

① 朋·乌恩主编：《蒙古族传统美德》，远方出版社2002年版，第251页。

心中越痛苦越能干活，她们用劳动来冲散心中的郁闷”[①]。这个女人吉诃德尔自从远嫁就终日起早贪黑地劳作，抚养六个孩子，伺候丈夫、公婆，但却遭到丈夫无情的背叛，丈夫瞒着她和另外一个女人经常在树林中幽会，被她逮个正着。这种心灵的痛苦无处诉说，更不敢向丈夫随意发泄，她只能劳动、忍耐，最后她悲戚的劝奶歌打动了乳牛，它跪下来给幼崽哺乳，也打动了背叛她的丈夫，使他懊悔，因为那劝奶歌里饱含了女人的不幸和心灵苦楚，是她们对不满和压抑的歌哭式反抗。

敖德斯尔《绣杏花的烟荷包》写的是二十多岁就守寡的草原女性桂丽森嫂的凄惨一生，她天生丽质，有着圆润动听的歌喉，但就因为死了丈夫又不忍心抛下孤苦的婆婆而留下来，用纤弱的双肩撑起一个上有老下有小的毡包，开始了难熬的寡妇生活。她首先面对的就是没有男人但又无法摆脱的繁重体力劳动，“游牧民的生活条件是很苦的，如果没有了男人，就意味着苦上加苦，就是看不到尽头的凄苦日子，渡不完的难关，干不完的繁重劳动，必须每时每刻都要付出不屈不挠的努力才行”[②]。另外她还要应付寡妇的特殊身份带给她的麻烦，很多男人喜欢她、需要她，但从来没有一个男人对她负责，因而“她门前的马桩上拴着各式各样的马，可是从来没有看见有人帮她干活儿”[③]。有了孩子就生，生下来都要自己抚养。丹毕就是这个时候喜欢上她并且也留下自己的孩子就走了，几年后他回到草原上去看桂丽森嫂的时候，她的处境极其悲凉，“我看见包门口站成一排衣衫褴褛的孩子，问：‘这么多孩子，都是你的吗?’她点点头，把一个十几岁的男孩拉到自己身边，亲昵地抚摸着他灰土土的脑袋，意味深长地一笑：‘你看，我这儿子多帅！你还记得吧？……

① 白雪林：《吉诃德尔》，《民族文学》1986 年第 1 期。

② 敖德斯尔：《绣杏花的烟荷包》，《民族文学》1992 年第 8 期。

③ 同上。

他是你走的第二年春天生的。’我怎么不记得呢?!我仔细端详着长相仍有熟悉之处的那个男孩，心里有说不出的感情在涌动。她拿出几块奶豆腐，分给每个孩子一块，孩子们一哄而去。‘这孩子多像你呀！我给他起名叫阿木古郎（平安），祝福他阿爸不管走到哪儿，遇到什么事都能平安无事。这不是你平平安安回来啦!’我愧疚地低声说：‘我……我已经成家了，还有了两个孩子。’她温和地抬起头，看着我说：‘我听说了！男人们都是这样。’她的话虽然平静，温和，却像针一样扎得我心里疼灼起来”[①]。男人们看到她凄苦的生活和失望的情绪也只是良心被刺痛一下，但抚养孩子的艰辛和繁重的劳动只能女人自己来扛。但桂丽森嫂没有抱怨，没有要求男人对她或者对他们留下的孩子负责，这些孩子是她生活的最大负担，同时也寄寓着她对男人的挂念，在“文革”中丹毕突然受到一个青年的保护，原来这就是他自己的儿子阿木古郎，他受母亲桂丽森嫂的嘱托保护丹毕，临走还给丹毕留下一小瓶黄油。几年后又收到桂丽森嫂托女儿带来的一件羊皮背心，这个长得和桂丽森嫂一样漂亮的姑娘说母亲已经去世了，“这是临死前让女儿带给我的一点心意”[②]。这就是作家在她身上寄寓的女性的美德，勤劳能干又任劳任怨，生活的重担没有压垮她，相反她心中积蓄了更多的爱和坚强。

满都麦的《瑞兆之源》写了一个淳朴善良、大公无私的蒙古族额吉（妈妈），她无微不至地照顾着一位年高体弱、双目失明的老人，而这位老人和她无亲无故，她还惦记着在北京国家地质部门工作的儿子和媳妇，而这日夜思念的儿子和她也没有血缘关系，是在施工受伤后受到她慈母般的照顾，硬是认下了这个额吉；她每天工作繁忙，就是在义务照顾那些别人丢失的牲畜。这样一个境界高尚的额吉确实体现了女性那种善良无私、虚怀若谷的美德。作者在塑

① 敖德斯尔：《绣杏花的烟荷包》，《民族文学》1992年第8期。

② 同上。

造她的时候有意突出她的那种民族意识，她认为自己的一举一动、一言一行都代表整个民族形象，“‘这么长时间没人来找，看来那牛群是命里注定要成为额吉的家产呢！’我冒冒失失地笑着说。‘那可是作孽，好心得好报，别说新社会，就是旧社会，咱们蒙古民族穷得讨吃要饭也没有贪占别人东西的习惯’。”[①] 言外之意是她的这种行为是蒙古族世代相沿的习惯，她不过是自然传承下来而已。最后作者也恰恰是在这种逻辑中借助这样一个平凡的草原额吉歌颂了蒙古族的美德，“是啊，勤劳朴实、仁爱慈祥的性格，不正是草原母亲的性格，不正是我们蒙古民族的性格吗？啊，在这明镜般的腾格里湖水边，我悟到了一个长久以来苦苦思索的道理：我们伟大的、具有希求瑞兆、追求光明、为现实理想而勇敢奋斗的蒙古民族，千百年来之所以用额吉这个崇高而尊贵的称呼，来呼唤我们亲爱的妈妈，是因为，在她的身上，包含了我们民族最优秀的性格，最崇高的品质，最无私的美德”[②]。这段提炼式的结尾总结，说明从一开始作者就是非常有意识地要让个体代表民族，要把个人性上升为民族普遍性。

在把这种刚柔相济的民族人格典范化的过程中，作者往往是采取静态的、诗性的描写，充满了画面感和雕塑意味。结构思路也极少有波澜出现，偶尔有矛盾性因素也仅限于一两个恶人不成气候的捣乱，如《蓝幽幽的峡谷》中杜吉雅的丈夫塔拉根，其结果是很明显的，他们根本无法撼动代代相传的民族传统美德和钢铁意志，在正义与邪恶、忠与奸、坚强与软弱、善良与阴险的斗争中，结果总是不容置疑，毫无悬念。但作者也从来没深入考虑过这种典范人格、性别秩序对民族自身的禁锢，任何世代相沿的东西也都有负面，但作者无意于此，平面化的颂扬和歌咏是这些小说的一个通病，多种

---

① 满都麦：《满都麦小说选》，作家出版社1996年版，第7页。

② 同上书，第8页。

矛盾因素纠结在一起产生的艺术张力难得一见。另外，作者表现的往往是一个传统的草原，对那里发生的变动、生活细节处的描写也是缺乏的。

二 浪漫纯洁的两性关系

爱情是文学的一个永恒主题，新时期蒙古族小说叙事中也不乏充满民族风情的爱情故事。一个有意思的现象是，本来文学作品中完美无瑕的爱情极少，因为悲剧更能产生直击心灵的力量。但是在蒙古族小说中，爱情往往没有那么多沉重和艰辛，也没有那么多利益算计和钩心斗角，爱情往往是自然而然两情相悦的结果，当然这最后大团圆的结局少不了戏剧性的冲突和障碍，但最后往往欢喜收场，这种爱情描写中渗透了高原民族豪爽乐观的天性。这纯洁的爱情描写首先表现在作者对处于爱情中的青年男女的类型化描摹，女性往往漂亮、健美且充满柔情，她们身着鲜艳的民族服饰，脸上挂着灿烂的笑容，眼睛里却蓄满柔情，扎着红头巾奔跑在绿草地上，是小伙子心目中的女神。黄薇的《沉重的呼唤》、兴安的《迪斯科变形记》中男主人公心目中的恋人都有这种类型化描写。同时恋爱中的小伙子往往是摔跤场上的健将，骑马比赛的冠军，或者是坚强勇敢、沉稳老练的猎人，他们往往强健、勇敢且热爱家乡，这种爱情中唯美的人物想象与蒙古族生活经验有关，男性必须是那恶劣生存环境中的主人，有最原始的力量、勇气和丰富的生活经验，而女性是美的化身。

新时期蒙古族作家对爱情中的两性关系的描写也是相当纯洁，像《蛇盘地》那样变爱情为人性、利益、伦理道德突出的战场的故事，几乎是凤毛麟角。典型的蒙古族小说中的爱情就是自然地相互爱恋，往往和伦理道德无关，显得极其简单而又健康。敖德斯尔

《绣杏花的烟荷包》中丹毕和桂丽森嫂的爱情就是自然而然的结果，桂丽森嫂二十多岁就开始难熬的寡妇生活，丹毕正处于探寻爱情的年龄，对她的不幸和辛劳怀着深深的怜悯之情，所以她们就在一起了，作品没有写两个人内心的挣扎，他们没有遇到周围人鄙视的眼光和道德压力，连桂丽森嫂的婆婆和孩子都不避讳，当桂丽森嫂发现自己怀孕了的时候也没有成为一件掀起感情波澜的大事，"'我怀孕了。''啊！那……那怎么办？''到时候就生呗，有啥别的办法。'她没有一点抱怨的语气，那么平静而坦然。'又多了一张嘴，这对你来说，是个多大的负担啊！'"[①] 这段对话说明丹毕和寡妇桂丽森嫂的爱情并不会被视为违背伦理道德的事情，孩子也不会成为道德罪证和心理负担，最大的担忧倒是生计问题。

阿云嘎的《野马滩》中男主人公被单位派到一千五百公里之外的戈壁滩的收购站工作，那里荒凉而单调，他有一种被流放的落寞和孤独，二十里之外才有一户人家，家里只有婆媳俩和一个小男孩，女主人就是二十七八岁的色布吉德玛，她的丈夫因为打了人被抓走了。他在落寞孤独中需要色布吉德玛姐姐式的安慰和鼓励，而色布吉德玛也喜欢他喝醉时可爱的样子。他第一次喝醉后，色布吉德玛就说："昨晚你喝醉后哭了。要是心里感到苦，常到我这里来。"[②] 之后他们开始在井台闲聊，躺在戈壁滩上互吐心事，色布吉德玛不但给予他温情还不停给他激励，诸如"人，应该挺起腰杆来生活"，"人活着，什么事都会遇到。要挺住"[③]。这对处在孤独失意中的他来讲是生活下去的支撑和希望。但这种爱情是不掺杂道德谴责和内心挣扎的，色布吉德玛大方地向他讲起她的丈夫，包括他们怎样相识、丈夫为什么被抓走，并表达了对丈夫的思念之情，内心的单纯和善

① 敖德斯尔：《绣杏花的烟荷包》，《民族文学》1992 年第 8 期。

② 阿云嘎：《野马滩》，《民族文学》1999 年第 1 期。

③ 同上。

良使他们不认为自己是在一边表达忠贞一边偷情，而且她的婆婆和孩子也没有这种观念，那祖孙俩在男主人公生病时还专程跑过来看望，并责怪他怎么好久不去看望他们。

新时期蒙古族作家笔下的爱情不掺杂伦理道德的纠缠，同时也不受任何物质利益所左右，青年男女的爱情选择尤其排斥金钱和权势，体现了爱情中高尚的精神性追求。阿云嘎的《浴羊路上》写了一群蒙古高原上的青年在浴羊路上感受到的青春萌动。尤其是其中的一个女孩子珊丹，她拒绝了一个在政府上班的"国家干部"，但选择了一个皮肤黝黑、爱劳动又爱助人的穷小子，得到了伙伴们的鼎力支持和帮助。这篇小说以富有民族风情的"浴羊"过程展示了鄙视权势的民族化爱情观。

和《浴羊路上》类似的还有甫澜涛的《回归大草甸》，其中写了草原姑娘不爱钱，不爱权，只爱她们心仪的小伙子。玛希为了征服肖兴大草甸上的"一号美女青戈姑娘"煞费苦心，他用十条"青城"香烟和一箱子"宁城老窖"买通了那位整天泡在酒杯里吞云吐雾的公社书记，借助书记之力当上嘎查长，然后又用嘎查长的权力和财力打动了青戈的父亲，做这一切都是为了能娶到青戈姑娘，但是他始终没有得到青戈姑娘的认可。原来青戈喜欢的是牧马青年达瓦，达瓦是个迟迟不肯回镇上去的知识青年，人高马大，虽然无钱无权，但是一身正气，他为了保护牧民的两千只羊免受暴风雪袭击与玛希发生了冲突，并且一直坚持钻研气象学。受辱而去的玛希八年后又回来了，衣锦还乡的玛希风光无限，还想以金钱挽回曾经失去的尊严，但他永远得不到青戈姑娘的垂青，青戈和达瓦结了婚，在草原上过着平凡而忙碌的生活，始终没有怨言，对从香港回来的大老板玛希更是没有一点羡慕，这样不嫌贫爱富的姑娘才称得上是真正的"一号大美人"。不仅外表漂亮，心灵也特别美。

多日娜的《情到深处》讲述了乌兰牧骑最漂亮的姑娘高娃，不喜欢高大英俊的斯尔古楞而钟情于另一个看起来散漫但有独特魅力的汉族小伙子李卫星，即使斯尔古楞马上就要把她从这个小小的乌兰牧骑调到首都北京，她也没有被外在的物质、利益迷惑。因为她觉得自己真正喜欢的是李卫星而不是斯尔古楞，这个决定让队长和周围的人都唏嘘不已。高娃的选择说明了蒙古族小说对爱情的纯洁想象，恋爱中的人更应该重视两情相悦，而绝不是钱财、权势和物质利益，这是最理想的爱情境界。

在新时期蒙古族作家的作品中，爱情的阻力往往源于青年男女之间的差距，包括性格、人品、理想及人生观等方面，而极少和金钱、地位、物质等世俗性的东西相联系。作家有时赋予反面人物这些东西来削弱他们的魅力和竞争力。比如白音达来《野艾萌生的山谷》就写到远近闻名的漂亮姑娘嘎尔格巴拉与色登两人青梅竹马。色登虽然没钱但一身正气，色登的情敌苏克尔是“一个腰缠万贯”的富有青年，但性格放荡、贪财好色，“他一直对嘎尔格巴拉垂涎三尺，但嘎尔格巴拉对他的钱财毫不动心”[①]。苏克尔使用阴谋诡计赶走了色登如愿娶到了心上人，但是他的心上人却念念不忘色登，借助与狼的斗争，色登和苏克尔正面交锋。在搏斗的过程中，色登显示出草原男子汉应有的力量、勇气、宽宏大度和牺牲精神，不但为民除害赶走了狼群，还制服了胆小奸猾的苏克尔，虽然最后他也被恶狼扑倒，但他的死和苏克尔的死意义不同，苏克尔是罪有应得，色登是为了牧民的生命财产安全而牺牲，他才是值得草原姑娘嘎尔格巴拉献出爱情的大英雄。从中可见草原上青年男女的爱情观和审美观，他们崇尚男性的力量、勇敢、阳刚之气，女性则应该健美、纯洁且充满柔情，这是青年男女奋不顾身追求结合的相互吸引之处。

这种古老的爱情观渗透在蒙古族文化里，但随着生活的不断变动，新的结合因素也在爱情中滋长，这就是所谓新时代的事业观和

① 白音达来：《野艾萌生的山谷》，曼德尔娃译，《民族文学》1991年第4期。

人生理想。《爱，在美丽遥远的维纳河》就反映了这种颇具时代特征的爱情信念，蒙古族少女奥云是个典型的蒙古族姑娘，“颧骨略高，皮肤白皙，身材苗条，体态匀称，就像一个乌兰牧骑的舞蹈演员”[①]。她在家乡 M 镇一所专科学校毕业，成绩突出，但没有留在镇上而是回到了维纳河，她已经不是没有离开过草原和马背的牧羊女，接受教育使她有了自己的思想和认识，她带着改变家乡愚昧落后面貌的使命感回到维纳河。因而尽管她深爱从北京来的蒙古族大学生青格勒，但却没有接受他的求爱，而是选择了和自己志同道合的林场工人布和朝鲁结婚。她对青格勒解释说：“你是城里人，我是乡下人。我们是不合群的马，哪怕都是蒙古人。”[②] 即他们之间有地域文化差异。但是布和朝鲁与她却是有共同的志向，“我们俩从小建立起来的感情，以及对未来的憧憬和信心，就是我们结合的牢牢的纽带”[③]。因而尽管青格勒愿意为她回到维纳河，但她还是果断地拒绝了他，姑娘已经能为自己的爱情做主，她们都是新时代有知识、有思想的新青年。

三　生死考验中的大爱与尊严

蒙古族特殊的地理环境和气候条件为他们的文学叙事提供了取之不竭、用之不尽的资源，戈壁沙漠严重的干旱，高原极地冬季的严寒，还有在荒野中经常遭受野生动物袭击的危险，都使北部边疆的蒙古人随时处于生死险境中，但危急时刻恰是演绎人间大爱和人性的最好时机，所谓“时穷节乃现”，蒙古族艰苦的生存环境恰恰为演绎民族精神提供了史诗般的背景，与日常生活叙事相比，在生死

① 兴安：《爱，在美丽遥远的维纳河》，《民族文学》1985 年第 5 期。
② 同上。
③ 同上。

险境中的大爱和人性显得更加惊心动魄，同时也更富有戏剧性和民族性。

许多蒙古族作家善于在多变的气候所制造的灾难中融入爱情、政治、民族、人性等多种元素，在危险时刻、生死面前凸显主人公顽强的生存意志和胸中有大爱的可贵人性。海泉的《南迁》就是这样一篇小说，周元是一个满怀豪情壮志来到草原的知青，就在他要离开这里返城时，一场暴雪奇寒袭击了巴尔虎草原，面对遭受政治迫害和自然灾害已经无计可施的牧民们，他没有退却，主动接受了转移牛羊到安全的目的地的任务，这是一次穿越死亡之旅，也是一个重新发现处于恶劣环境中的蒙古人高贵人格思想的过程。和他同行一起完成任务的有三个人，分别是“朝乐蒙，早年参加革命，后投敌变节。伊万，俄罗斯人，越境叛国分子。回拉克，日军高级军官，参加过侵略战争，有血债”[①]。这三个都是有政治前科之人，所以周元说：“听起来够可怕的。”[②] 但是没有他们又不行，因为他们有丰富的生活经验和应付自然灾害的能力。在南迁过程中，周元发现所谓政治前科不过是那个政治敏感年代的一个误解，他们实际上都有乐观的天性，对家乡和祖国充满深厚的感情，尤其是他们健壮的体魄、强大的抗寒能力、丰富的极地生活经验，都是他这个北大教授的儿子所不及的，他渐渐对他们产生崇敬之情。尤其是回拉克，周元起初是提防他、害怕他，但是渐渐发现他的凶狠、冷漠不过是对误解的一种防御，他实际上是一个心中充满大爱的典型蒙古人。他收留的战友的孩子，就是他现在的女儿杜勒玛，并不惜一切保护她。他在日军军营里救过许多蒙古人，那些人至今都还惦记着他。在几次危险时刻都是他的果决和正确判断救了周元，当周元迷失在雪原时，是回拉克在夜里点起篝火找到了他；在他们由无边无际的

① 海泉：《南迁》，《民族文学》1996 年第 5 期。

② 同上。

雪野往回赶时，是回拉克冒着被周元枪杀的生命危险穿越国境线躲过了双双死亡的危险；在通过最后一道关口就能到达目的地时，也是回拉克把危险留给自己，把安全留给周元和杜勒玛，否则在雪崩中送命的将是周元。一路上在种种灾难面前他都表现出一个真正的男子汉的刚毅、果决、勇敢和智慧，在最后时刻他也以大无畏的自我牺牲精神换回了周元和杜勒玛的安全，虽然他的人生结束了，但他的生命得到了更高层次的升华。在这次南迁途中，作者不断地写到呼啸的暴风雪、冰天雪地的严寒、可怕的雪崩等自然灾害，把人物置于生死极限之中，同时也在“国境线”的国家民族象征意义中展示生命与民族、身份的冲突与融合，其中还穿插着生死绝境中可歌可泣的爱情，在一部篇幅并不是很长的小说中融入这么丰富的元素实属难得，《南迁》堪称蒙古族野外生存小说的优秀代表作。

在关键时刻，为生而死显示出人间大爱的不仅是那些高大魁梧的男人，还有那些不让须眉的巾帼英雄，力格登的《防雪墙》塑造的就是这样一个蒙古族少女。巴德玛姑娘高中毕业后回到需要她的大草原，在这里她领悟着生活的真谛，邂逅了甜蜜的爱情，当严寒和暴风雪袭来时她没有怯懦，并在关键时刻牺牲自己的生命来保卫草原人的生命和牛羊。作者以富有诗意的笔触，描绘了这个美丽善良、坚强勇敢的姑娘在生命的最后时刻用自己的身体堵住了防雪墙上的一个豁口，永远地与冰雪融为一体的感人瞬间，“狂风，撕裂着皮肤，割刮着肌肉，粉碎着骨头。仿佛有一种甜蜜的睡魔，给她盖上了羊皮被子，有一种好看的危险物正搂着她，握着她的手，吻着她的嘴；仿佛有一种从未见过的彩虹般好看的颜色，出现在眼前，有一种从未听过的奇怪的声音，响在耳边；她仿佛重又钻进了妈妈温暖的怀抱中……全身仿佛失去了独立性，与大自然融为一体，漂浮溶化在无边无际的天宇中。只有心，仍以原来的形式，同一样东西死死连在一起。她感到非常舒适。她竭尽人的价值的所有剩余。

她为着永恒的意义，做出最后的努力……”[①]作者把牺牲的巴德玛姑娘描绘成了一个冰雪雕塑，雕塑上面镌刻着蒙古族女性那种不畏艰险、无私奉献、甘愿牺牲自我的完美人格。

阿云嘎最擅长讲述西部沙漠戈壁中的生存故事，他的《天边，那蔚蓝色的高地》《驼队通过无水区》《有声的戈壁》《燃烧的水》都是表现极度干旱缺水、生命面临死神威胁时的故事。但他特别强调的是即使在生死绝境之中那些戈壁人也绝不向困难低头、绝不服输的尊严。《天边，那蔚蓝色的高地》写的是戈壁遭遇大旱，牧民们必须把他们的畜群赶到那蔚蓝色的高地才能得救。但是已经走三天了，那高地依旧在天边若隐若现，阿迪雅知道，“走到那高地，至少要用十天，还必须经过那一片谈虎变色的无水区”[②]。接近无水区之前，他们的牛和马就不停地栽倒在戈壁上，人也又累又乏，但是当旗里来的干部动员他们把牲畜卖掉时，他们却坚决不做那丢弃自己牲畜的事，“牲畜死了好说，天旱嘛，哪有不死牲畜的？但天一旱就卖牲畜，那还叫牧人吗？我不干那丢人的事”[③]。冬日布大叔干脆说：“我六十多岁了。他妈的，我宁肯和我的马群死在一起。”[④] 在牧人眼里，在困难时刻丢弃牲畜就不是一个真正的牧人，是有失尊严和体面的事。所以他们不要钱，带着牧人高贵的尊严踏进了那犹如死亡之地的无水区。老天爷和他们开了个玩笑，天气预报说有小雨，这曾经让他们高兴得哭泣，甚至激动得彻夜难眠。但是那预报中的小雨没有下，干渴、饥饿、疲惫和失去牲畜的打击拖垮了那些要强的牧民，冬日布大叔在幻觉中失踪了，无私又负责的组长尼玛吐了一次血便不省人事，即使坚持到目的地也凶多吉少。但是他们就是以生命的代价捍卫着牧人的尊严，阿迪雅平时不被人重视，但在这次跋涉过

---

① 力格登：《防雪墙》，张宝锁译，《民族文学》1985 年第 6 期。

② 阿云嘎：《天边，那蔚蓝色的高地》，《民族文学》1992 年第 3 期。

③ 同上。

④ 同上。

程中他保持的气度和耐力让人刮目相看，他获得了心上人斯琴高娃的爱情。那些看起来玩世不恭的小伙子们也都很顽强。“他们在无水区一路走一路商量，牲畜死光了怎么办？有的说那样就去做买卖，成立什么‘戈壁联营公司’，将来当大富翁。有的说如果这次失败了，过几年再赶着牲畜闯一次无水区，非留下一次胜利的记录不可。”[①] 这些戈壁年轻人豪情满怀的话语里是不服输的精神，他们本来可以有别的选择，不一定要冒着生命危险进入绝境，但是那牧人的尊严让他们经历生死考验却无怨无悔，作者恰恰是借助“置之于死地而后生”的思维逻辑来表现他们的精神境界。

欲扬先抑的手法也是作者所擅长的，借助前后巨大反差来突出人物在关键时刻的精神气节。《驼队通过无水区》里，那个回乡高中毕业生和“恶棍”的前后变化增添了故事的曲折和悬念。一开始出现的时候，高中生萨楚拉图是这个驼队六个人中唯一有知识有文化的人，“是个说怪话的天才，这次出来是为了散散心”[②]。他对占楚布粗鲁无礼的行为不满，两人经常发生冲突，骂占楚布“野蛮”以显示自己的知识分子气。而占楚布刚出现时是个“四十多岁的黑矮胖子”，“在布和朝鲁心目中差不多是个恶棍。这家伙总是倒行逆施，蛮不讲理，没有一个人喜欢他”[③]。他一路上边走边喝酒，红着眼睛把喝空的酒瓶子扔出老远，他和有文化的高中生冲突不断，却和唯一的女人（一个年轻的寡妇）德力格尔玛不停地开着粗俗的玩笑，他和高中生相比简直是天差地别。但是当这支六人组成的运输驼队在遭遇沙暴、狼袭、干旱缺水，再往前走就凶吉难卜的时候，戏剧性的变化出现了，沙漠里忽然颠簸着出现了一辆破旧的北京吉普车，他们愿意用汽车把货物送到青海，运费对半分成。向导海力布老爹

① 阿云嘎：《天边，那蔚蓝色的高地》，《民族文学》1992年第3期。
② 阿云嘎：《驼队通过无水区》，《民族文学》1997年第5期。
③ 同上。

说："我们这是给别人还债。我们不能失去信用。"但是占楚布这时突然激动异常："都什么时候了，还讲什么信用，还是什么好汉！你们……不想活着，我还想活呢。""他以一种疯狂的状态从驼子上拿下自己的行李，奔向小汽车。"[①] 在关键时刻，看起来像个恶棍似的占楚布却表现得大义凛然，像个真正的男子汉。他对着那些吉普车里的人吼道："告诉你们，我们穷，我们欠了人家的债，我们打输了官司。但我们从来没有服过输，以后也不会服输。"[②] 关键时刻他没有放弃信用、忠诚、义气，也没有被困难吓倒，而是义无反顾地走进了那凶吉难料的无水区。这种前后反差更增强了人物在关键时刻的精神气节，让人难忘，不得不佩服作者的匠心独具。

第二节　民族性的坚守

20 世纪 80 年代中后期至 20 世纪 90 年代末期是蒙古族小说向民族文化心理层面拓展的深化期。商品经济的兴起及其连带的文化碰撞，凸显了民族文化生存与传承的危机，种种新生事物正在构成对传统的威胁，显示着破坏旧秩序的能量。一味固守民族传统美德和游牧生活方式已经变得不现实，但新事物中夹杂着的功利、物质欲望和功利性价值观又让古老的民族无法接受，他们就是在这种推拒式的发展中唱着忧伤的牧歌，一步一回头地步入现代化的入口。这一时期的小说摆脱了 20 世纪 80 年代初期乐观昂扬的文化寻根姿态，显示出前所未有的挫折体验和失落感，情绪基调变得悲哀忧郁，思想内涵也随之饱满深沉了许多。

① 阿云嘎：《驼队通过无水区》，《民族文学》1997 年第 5 期。
② 同上。

一　传统断裂的痛感

随着不断加剧的现代工业化、城市化进程进入草原和戈壁，游牧民族在现代化转型中与自己的民族传统发生断裂，犹如一个婴儿脱离母体的过程，伴随着新生的还有裂变的痉挛、阵痛和撕裂感，也必然充满呻吟、挣扎和泪水。有一部分蒙古族小说记录和再现了现代化冲击下传统断裂的痛感，民族传统生活方式和文化理念受到现代工商业文明的冲击，映照在那些坚守者的心灵世界，作家往往通过个体的生活和命运诉说一个民族的历史处境。作家阿云嘎把自己的创作喻为欣赏落日和晚霞的过程："我大脑里经常出现一种景象：又红又圆的太阳正在缓慢地沉落，非常壮观；接着是晚霞，草原的西地平线整个在熊熊燃烧，非常美丽。但我为什么总是想到这样的情景呢？后来我才明白，是落日和晚霞的悲剧意味打动了我。是的，落日和晚霞让我们看到了一个'消失'的过程。在如日中天的工业文明和商业文明面前，我们民族的传统文化就是那轮正在下沉的落日和那面逐渐暗淡着的晚霞。但别以为凡是'过时'和行将'消失'的都是不好的东西。不是的！我倒是认为，我们正在不得已地丢弃着很多美好的东西。"[①] 落日和晚霞虽然壮丽，但是即将消逝，传统虽然美好，但是已经被如日中天的现代文明挤压得没有余地，这其中的悲剧意味使作家们在进行写作时怀着痛感。那些深入坚守者心灵世界的作品，因为作者对人物的感同身受，往往别具打动人心的力量。

这类作品中的主人公往往是传统生活方式和价值观念的坚守者，有赶着骆驼在沙漠中送货的驼倌（《大漠歌》），有拒绝汽车坚持用马车的车倌（《杜古尔扎布之死》），有不喜欢摩托、卡车非要在马背上

① 阿云嘎：《有关落日和晚霞的话题》，《民族文学》1997 年第 7 期。

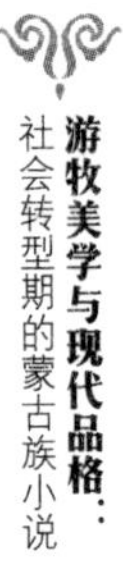

驰骋的牧人（《黑马奔向狼山》），有坚守天籁之音而拒绝城市流行歌曲的歌手（《沉重的呼唤》），还有带着驼队闯入无水区，目的就是为别人还债的嘎查党支部书记（《驼队通过无水区》）。在一个功利的机械化时代里，他们显得不合时宜，遭人讽刺嘲笑，往往是生活悲剧的承担者。

《大漠歌》中的吉格吉德是个刚满二十七岁的血气方刚的青年，有十年的牵驼经历，身体健壮，经验丰富，牵着十几峰骆驼穿越沙漠的风暴奇寒把满载的货物送到目的地是他人生中最惬意的事情。驼倌是他从小就崇拜的职业，如愿以偿后曾给他带来许多敬重和认可。但是现在他却体会到从没有过的失落，他的打扮让同龄人耻笑，他的职业也被讽刺为过时，这让喜欢他的姑娘感到没面子：

> 会议开始，讨论的题目一宣布，共青团员们就把进攻的目标，一下子集中到吉格吉德身上。
>
> “这个问题让吉格吉德讲一下倒不错。你看我们这样的服装漂亮呢，还是你那大清帝国时代的牵驼服漂亮?”
>
> “咱们的吉格吉德就缺一样东西。”
>
> “什么东西?”
>
> “辫子。背后编一条长辫子，那才算是地地道道的驼倌呢!”
>
> “哈哈哈……”
>
> 吉格吉德不以为然地坐着，他想：跟你们这些没有家教的毛孩子们争论，不值得!
>
> 虽然吉格吉德不理睬他们的嘲讽，可是其其格玛脸上却有点受不住了。他红着脸站起来，为她心爱的人进行辩护道：
>
> “你们的意见不对，要知道吉格吉德是牵驼人……”
>
> “对不起，现在是卡车运输的时代!”
>
> “在各种汽车往来奔驰的今天，还想传授牵驼那套把戏，没用!”

“嗨，你们知道吗，咱们这要开辟一个旅游点呢！在那里准备好几峰骆驼，外国人来了好让他们骑着玩玩。咱们的吉格吉德去了那里，正好有碗饭吃！”

“哈哈，别说骆驼，就是看到吉格吉德这身装扮：老羊皮袄，配着火镰燧石，那些外国人一定大饱眼福，会一把一把地扔钱给他！”

吉格吉德听着，胸膛里突然腾起一股火焰，这不是讽刺他本人，这是亵渎他心灵殿堂中那神圣的理想！他愤怒地攥紧了那个能把三岁公驼打个趔趄的大拳头，但是他没有打出去。[①]

这次会议之后，心爱的姑娘和他渐渐疏远，后来和一个物质化的小伙子结了婚。“那个小伙子家里有录音机、电视机、摩托车，还有带有指南针的镯式手表。其其格玛上门的时候，又带去了洗衣机、缝纫机、奶油分离器、腈纶地毯和在这寒冷地区纯属累赘的万宝牌电冰箱！”[②] 他们都是对电器化趋之若鹜的时代青年，而吉格吉德在他们眼里是个可笑的落伍者，做着毫无意义的事情。

不但年轻的姑娘抛弃了他，就是戈壁中那个和他交往了三年的年轻寡妇也选择了别人。巴达玛日格寡妇比他大三岁，带着好几个孩子，她是个麻利勤快的女人，她曾给黑夜中行进在沙漠里的吉格吉德带来家的温暖，就在吉格吉德深夜到了她家时，发现那里停着一辆大卡车，这是新主人的庞然大物，她的介绍也让吉格吉德伤心：“‘他也在拉脚，拿现在的话说是跑运输。’‘跟我一样？’‘不，不完全一样。你走五天的路，他一天能跑五趟……他，很能干。’”[③] 心爱的女人都因为他的驼倌身份而离开了他，但他还热爱着自己的职业，他热爱和投身的事业在现代人看来没有价值，这对他们来讲是最大

① 阿云嘎：《大漠歌》，郭永明译，《民族文学》1986年第6期。

② 同上。

③ 同上。

的人生悲剧。

同样写传统职业危机，与这个作品结构也类似但结局却完全相反的作品是甫澜涛的《杜古尔扎布之死》[①]，这部小说中老人杜古尔扎布的最大理想就是儿子能够子承父业，做一个勇敢的车倌。虽然现在汽车用起来更方便、快捷，但他喜欢那种在崎岖险道、风雪交加中赶着马车产生的自豪感，赶车人的胆略、勇气、机警和灵敏都是卡车司机所不能比的。他的儿子安敏布和从身体条件到胆略勇气都是一个天才的车倌。但可惜的是他觉得赶车没面子，他走了一天，人家开车一会儿就到了，尤其在汽车司机同学和女朋友面前，更是抬不起头。但是最后，在老人临死之前，他看到儿子终于克服这种心理障碍，成为一个出色的赶车手，他的理想变成了现实。儿子安敏布和顶住了大卡车司机的诱惑，也获得了一个城里上学的姑娘陶娅的芳心和支持，还在山路崎岖没法通车的环境中帮助了一个汽车司机。这个作品显示了对传统职业前景不多见的乐观，实际上这依然是对自身职业面临现代化冲击的焦虑，所不同的是《大漠歌》是以悲哀的基调直抒胸臆，《杜古尔扎布之死》是对现实断裂的一种想象性弥补缝合。

在这些作品中，作者力图表现出他们的行为并非悲惨而是壮烈，因为他们是坚守着美好诗意、有价值的东西在一个功利的现实中沉落。吉格吉德坚持的是驼倌的“自由、勇敢和浪漫”[②]，杜古尔扎布父子坚持的是赶车中诞生的胆略、勇气、机警和灵敏，这些都是现代机械化操作中农牧民正一点点丧失的品质。在叙事中作者有很强烈的情感道德指向，就是对那些坚守者的理解、同情和支持，对那些盲目趋时之人的批判和嘲讽，在作者看来进步是以牺牲原有的进

① 甫澜涛：《杜古尔扎布之死》，《草原》1984年第5期。

② 作品《大漠歌》中作者借一位诗人对吉格吉德的讴歌表明这层意思，那诗人写道：“啊，牵驼人，你的别名就是自由、勇敢；你的脚印，就是写在戈壁之上的浪漫诗行！”见作品第6页。

步为代价，这是进步的最大悲哀，深刻的悲剧意识贯穿始终，给作品带来了深沉的悲剧美感。

二 机械主义对诗意生活的侵蚀

非常有意味的是这些充满忧伤感的作品中几乎都出现了一个大卡车的意象，人物的悲剧多多少少都和大卡车有关。《大漠歌》中吉格吉德到了寡妇巴达玛日格家“忽然发现房东面有个黑糊糊的庞然大物，走近一看，原来是辆大卡车”[①]。他觉得巴达玛日格的变化似乎和这个庞然大物有关，后来果然是这辆大卡车的司机夺走了他心爱的女人。《杜古尔扎布之死》里老车倌的儿子安敏布和与陶娅赶车进城时，“一辆天蓝色的大卡车‘嘶’地从后面开过来，扬起的尘烟使你紧闭了双眼。你听见汽车停下了，紧接着是陶娅和安敏布和异口同声地惊呼：‘傲其尔！傲其尔！’你睁开眼，见傲其尔打开车门探出半个身子来，戴白手套的手扶着车门，商标太阳镜与那张白脸形成的对比，就如同突然变得唯唯诺诺的安敏布和与高傲自负的青年司机形成的对比一样强烈。傲其尔礼貌地和安敏布和寒暄了几句后，便热情地邀请陶娅上车，并强调指出：‘比马车早三个小时进旗镇’。”[②] 大卡车司机傲其尔也是安敏布和的情敌，若不是陶娅姑娘有主张，安敏布和的爱情也难免不是悲剧。《赫穆楚克的破烂儿》里也以一辆大卡车为主题，“赫穆楚克的破烂儿是一辆旧卡车”，“自从赫穆楚克的破烂儿出现，我的家乡就麻烦事不断。新媳妇舒仁其其格因胯骨粉碎性骨折失去了生育能力，希拉布珍惜如命的好马挣断缰绳狂奔，几户人家的围墙和牲口圈被撞塌，巴雅尔的小孙子半夜惊

① 阿云嘎：《大漠歌》，郭永明译，《民族文学》1986 年第 6 期。

② 甫澜涛：《杜古尔扎布之死》，《草原》1984 年第 5 期。

醒哭闹个不停……宁静的家乡从此失去了安生”[①]。《天边，那蔚蓝色的高地》《驼队通过无水区》里也都出现了汽车、吉普车，不过都是大卡车的别名，也正是它们的出现使得作品中的人物面临着考验，面对它的不同抉择显示出人物的不同价值取向。

这些作品中所使用的相似意象和联想方式说明作者是把“大卡车”做了隐喻化处理，它是以现代化机械主义的象征物频繁出现的，作者对它的想象方式也传达出对现代化的共同感受。它给人的感觉就是“庞然大物”，传统载重工具如骆驼、骏马在它面前都显得弱小、不堪一击，它给人强大的压抑感和恐惧感；它提高了工作效率，加快了生活节奏，“你走五天的路，他一天能跑五趟”，“比马车早三个小时进旗镇”。它正因为这种速度和效率给使用者带来巨大的经济财富，汽车司机显得更“能干”，他们在驼倌、车倌面前更“高傲自负”，更有优越感。这些描写突出了现代化的吸引力和强势特征。

作者对现代化的最大感受是它强大的侵略能力，它经由现实物质层面逐渐深入精神伦理层面，让牧民们在接受这个工具的同时也接受了那工具附带的一整套道德伦理，那就是追求效率、以利益为中心、人情冷漠和恶性竞争。作者对它的贬义性的描写显示出对现代化的恐惧心理。《赫穆楚克的破烂儿》就是写牧民们对这个现代化的庞然大物由开始的恐惧、拒绝到后来慢慢接受，利用它为自己谋得利益，再到后来因为它变得人情冷漠、邻里之间关系紧张，学会了权钱交易的法则，现代化的侵入过程和破坏性得到了淋漓尽致的展现。当赫穆楚克刚买回这个庞然大物的时候，在牧民眼里它是破烂不堪、经常给主人找麻烦的一个“破烂儿”，“青蓝色的油漆一块块掉得不成样子，一边的灯坏了，另一边的灯不该亮的时候亮，该亮的时候却不亮，喇叭半夜自己会响，车门破烂不堪”[②]。它把新媳

① 阿云嘎：《赫穆楚克的破烂儿》，哈森译，《民族文学》2010年第2期。

② 同上。

妇舒仁其其格撞成粉碎性骨折导致她丧失生育能力，它半夜冲到了巴雅尔老汉夫妇的炕上，赫穆楚克把挣来的钱都花在诸如治疗舒仁其其格的伤，修巴雅尔的房屋等事情上，而且事情还在接二连三地发生着，所以“大伙儿只要看到赫穆楚克的那个破烂儿，就不由得从心里感到厌恶，有的还拿它当笑料”[①]。并且感叹还是传统的东西好，“看来还是骑马好啊，即使没有马骑，就是步行也比它强”[②]。

但是这个破烂儿很快就证明了自己是个“代步和运输的好东西”。渐渐来找赫穆楚克帮忙的人多了，赫穆楚克也发现这个破烂儿的经济价值，他由无偿帮忙到收取费用搞起了运输。大家方便了他也得到好处，看起来这是个一举两得的事情。但很快它的弊端就出现了，首先是传统淳朴的人情社会不再，滋生了势利和功利的人情观念。求赫穆楚克的人多了，他就不能一视同仁了，他把周围人分成三等区别对待，“上等人包括嘎查书记、嘎查长以及今后有可能对自己有好处的人，在他们面前不能拿架子的，不能跟他们要任何报酬，只要他们有所求，必须尽快给办。下等人包括那些穷困的人。那些人来求助的话一点儿都不理会，因为帮了他们不会得到任何好处。上等人和下等人之间就是中等人，很多人都包括在这个等级里”[③]。一个以利益为中心的等级化社会在牧民心中出现了。因为这个工具，赫穆楚克与周围人的关系也发生了颠倒式变化，最明显的是新媳妇舒仁其其格，她开始是受害者，后来看到好处就与赫穆楚克发生暧昧关系，搞得赫穆楚克与老婆争吵，感情出现危机。后来这个女人自己也买了一辆新车，抢走了赫穆楚克的生意，并赋予它新名词叫“竞争”；赫穆楚克满足了领导的要求，但伤了曾经帮助过他的老朋友的心，也得罪了那些不服气的青年，失去了朋友，给自

① 阿云嘎：《赫穆楚克的破烂儿》，哈森译，《民族文学》2010 年第 2 期。
② 同上。
③ 同上。

已树起竞争对手，他大骂："每个人都已成畜生的年代，我一个人做人干什么?"[①] 礼尚往来、互助友爱的人情社会变成了一个以利益为中心、互相利用、互相挤压的冷漠社会，难怪身处其中的赫穆楚克要开口大骂了。这还不算，这个普通的工具还让牧民们懂得了权钱交易的道理，赫穆楚克夫妇俩富起来之后，各种权力部门开始上门来找麻烦了，税务部门说要交税费，交管部门说没有营业执照要罚款，这可愁坏了他们夫妇，多亏舒仁其其格开导他们应该更新观念，"'那些大盖帽讲法制的时候，你不必害怕，而是应该找到一个有权势的人压压他们。否则，被罚了款，还要发愁。''可是……求谁呢?'赫穆楚克挠了挠头。舒仁其其格说：'在嘎查书记、嘎查长面前你比他们亲生儿子还勤快不是吗?现在去求他们，他们能不帮你吗?''求人可是真难啊，他们不理会怎么办呢?''你看，你这就是被旧观念束缚的表现啊。你用汽车、汽油和劳动为他们提供了服务，他们也应该用权力为你提供服务，这跟做买卖一样。没听过价值交换这个说法吗?'"[②] 她的办法果然奏效，赫穆楚克求过人之后，嘎查书记出面请了那些执法者来吃饱喝好，赫穆楚克不但不用缴纳交管费还得到许多特权，他用这个卡车给那些人搬家、拉东西，那些"权贵之客们便经常出入赫穆楚克家"。权钱交易的巨大威力也让这里的牧民们长了见识。

大卡车所隐喻的现代化的巨大侵略力量并没有到此结束，它几乎摧毁了接受它的人，赫穆楚克因为被舒仁其其格和男青年照日格图的恶性竞争挤出了局，因为他没有和人家签合同，而那些年轻人是签了合同的，那些由他教会开车的徒弟现在抢走了师傅的饭碗，他心中窝火，开车回来的路上翻进了沟里，"他的两条腿粉碎性骨折，大家都说赫穆楚克今后不能再开车了，他那个破烂儿应该处理

① 阿云嘎：《赫穆楚克的破烂儿》，哈森译，《民族文学》2010年第2期。

② 同上。

了……有人去赫穆楚克家，看到那车已满是灰尘，锈迹斑斑"[①]。赫穆楚克受到摧毁性的打击，他警醒了，现代化不是个好东西，他失去了朋友，伤了老婆的心，周围人骂他的居多，最后几乎要了他的命。所以他拄着双拐爬上去长久地鸣喇叭，是对自己和周围人的一个警醒。但是周围人没有把他的鸣笛当回事，"也有人说，听见汽车喇叭声你们大惊小怪什么呀？舒仁其其格、照日格图，还有好几个年轻人都买了汽车，不是每天跑来跑去，而且经常按喇叭炫耀吗？现在听见喇叭声，连小孩子都不哭了，畜群也不受惊了，你们为什么还大惊小怪"[②]？他们对那个庞然大物已经习惯了，不会因为赫穆楚克的悲剧而停止使用它，这恰恰是大多数人对现代化的一个普遍的态度，开始害怕它，渐渐习惯它，到最后离不开它，没有几个人能够关心它对伦理道德、精神、身体的巨大破坏力而去反思它、拒绝它。

现代化的财富创造力掩盖了它的巨大破坏力，或者说经济创造能力是显性的，但对道德精神的破坏是隐性的、不易被觉察的，所以它以不可抵挡之势征服了草原和牧民，而那些不计利益得失、不在乎嘲讽鄙夷的坚守者们不知还能坚持多久呢？《大漠歌》最后写到吉格吉德在寒冷的早晨从巴达玛日格家出来又重新踏上旅途的时候，他有些茫然了，"吉格吉德坐在驼背上，眺望着前方无边无际的大漠，一阵颤栗袭上身来：这驼群的步子迈得太慢了，沉重的像麻木——叮咚，叮咚……"[③] 功利的现实使内心精神的满足、自由心灵的放飞都显得太奢侈、太沉重，接踵而来的爱情打击是他为自己内心的坚持所付出的代价，虽然他还是要出发，但是他的脚步已经显得沉重。《驼队通过无水区》里，面对"北京吉普车"有条件的援

① 阿云嘎：《赫穆楚克的破烂儿》，哈森译，《民族文学》2010 年第 2 期。
② 同上。
③ 阿云嘎：《大漠歌》，郭永明译，《民族文学》1986 年第 6 期。

助，海力布老爹说："我们这是去给人家还债。我们不能失去信用。"[①] 占楚布对着"北京吉普"大吼："告诉你们，我们穷，我们欠了人家的债，我们打输了官司。但我们从来没有服过输，以后也不会服输。"[②] 他们表现出传统牧民应有的气节，但是为此也付出了沉重的代价，出发时是六个人，回去的时候只有四个人了，高中生中途退却逃跑，年轻的嘎查书记达木丁没能走出无水区就倒下了。用生命的代价所换回的坚守毕竟太沉重，七十岁的海力布老爹还坚持，那年轻人会加入吗？他们那宣言式的话语中也表达了这种坚持的后果就是"穷"，难道他们没有富强的愿望吗？看来这种坚持的代价是巨大的，不仅需要毅力，忍受贫穷、失意、孤独，还需要有勇气，甚至有时是生命的代价。

三　对外面世界的双重想象

在这些弥漫着伤感气息的小说中，总是有一个与草原、戈壁、沙漠等"里面"不一样的"外面的世界"，"外面"有时是与嘎查相对的旗县市区，有时是指更大范畴的异国他乡，有时就是外来者带回来的一种人在他乡的感受。正是外面的世界牵动了里面的变化，搅动了原本平静的生活秩序，冲击了传统的生存方式和文化价值观念。这种由外及里的变化，既是人们所期望的，又是人们所恐惧的。来源于外面世界的感伤情绪是他们不能接受的，但又无法阻挡。

"外面的世界很精彩，外面的世界很无奈"，这句话可以概括蒙古族小说对外面世界的态度和想象。外面是个花花世界，充满了财富、机会，外面回来的人都很成功，不是老板就是经理，往往衣锦还乡，衣冠楚楚；但同时外面的世界往往又是畸形的，那里充斥着

① 阿云嘎：《驼队通过无水区》，雷鸣译，《民族文学》1997 年第 5 期。

② 同上。

腐朽的金钱气息，人与人之间尔虞我诈、钩心斗角、道德沦落，还有商品经济附带的功利、效益、物质的价值观念，这些东西被外面的人带到草原来，破坏了原有的平静与和谐。甫澜涛的《回归大草甸》中玛希的经历说明了蒙古族小说对外面世界的双重性想象。玛希在大草甸上颜面扫地，不但没有追求到心上人，还因为打赌输给情敌失去尊严，他从大草甸上消失了八年，八年后他从“外面”回来了，已经是生意成功的香港大老板，苏木长（乡长）动用自己的橄榄绿敞篷吉普车陪着他，全嘎查（村）的头面人物都出来接待他。他带回来让乡亲们惊讶的钞票，“玛希点点头，打开了一只密码手提箱。呵！所有的眼睛一下子都呆了，满满一箱子大面额的人民币啊”[①]！玛希就是成功、财富、城市文明的一种象征，至于一个逃出去的小伙子如何在一个大都市获得这些，作者则轻描淡写一笔带过，“玛希先生有个远房叔叔在香港，所以玛希先生在四年前就到香港定居了。现在是香港的大老板哪”[②]！玛希从外面带回来的不仅是这些，还有另外一种文明和价值体系，玛希已经不是以前的那个毛躁率直的小伙子，他变得虚伪矫情，他故作谦虚以衬托自己的得意，他带着邪恶的目的，想用金钱买回来一切，也包括尊严，商品经济已经让他相信一切都可以用钱来交换。他带了满满一箱子人民币捐给嘎查人民，但条件是达瓦要给他当众磕三个头。达瓦是他的情敌，同时也是八年前最有力的竞争对手。他的无理要求遭到了达瓦的坚决抵制，他对嘎查长说：“我们嘎查是穷，可我们不稀罕这种钱！嘎查长，我们要靠自己的双手去挣钱富起来才理直气壮。”[③] 一个牧马人的尊严让玛希的邪恶计划落空。

从香港回来的“玛希”就是外面世界的一个符号，它遥远、富

---

① 甫澜涛：《回归大草甸》，《民族文学》1992 年第 12 期。

② 同上。

③ 同上。

有，有强大的资本和救济能力，但是它企图以金钱征服一切，包括人的尊严，牧民们渴望它又害怕它，离不开它又不能接受它，这也是牧民们对现代化的一种想象。最后作者采取了一种幻想式的结尾抚平了这种矛盾的情绪，当玛希的情敌达瓦为了父老乡亲的利益屈服的那一刻，玛希本人也后悔了，作者采取了一种和解的态度、一种中庸的方式解决了难题。外面与里面的和解还表现在玛希回到大草原感受到了浓浓的温情，也开始反思外面的苦恼，“记起他如今定居的香港，灯红酒绿，纸醉金迷，喧闹繁华，与这空旷的草原是反差太大了！可是，在香港哪里去寻一块静穆安详的方寸之地呵！他是一个北国草原人，突然跻身于香港这个你争我夺的商品世界里，是那样的格格不入，那样的不能适应，一种压抑感，排他感时时包围着他，那是一个他无法逃避的舞台——就像一个受雇于马戏团的侏儒对马戏场的恐惧一样”①。这依然是从草原看外面世界的感受，强调的是外面的负面意义，人在他乡的孤独感、疏离感。

在《驼队通过无水区》中，外面的世界被想象成嘎查以外的“旗里”，同样是一个充满机会但让人无奈的地方。布和朝鲁就下决心说最后一次带领驼队去穿越沙漠，因为以后“他想找旗里的战友办公司，他不想在家乡待下去了”②。但也正是旗里来个了骗子，以嘎查的名义贷了三万元款，最后不讲信誉逃跑了，使嘎查背上了沉重的债务，为了还债才冒险去闯无水区。从外面回乡的高中毕业生萨楚拉图是驼队中唯一有知识有文化的人，所以他骂“无赖”占楚布时才文绉绉地说：“你怎么这么野蛮？”③ 显然他认为从外面回来的自己代表着一种文明和进步，而其实在草原人看来这只是一种表象。后来这个自视甚高的文明人竟然临阵脱逃了，倒是“野蛮”的占楚

① 甫澜涛：《回归大草甸》，《民族文学》1992 年第 12 期。

② 阿云嘎：《驼队通过无水区》，雷鸣译，《民族文学》1997 年第 5 期。

③ 同上。

布保持了气节。作者通过这个外面回来的高中毕业生讽刺了外面的世界。

“外面的世界”还提供了一个从外向里观察草原的独特视角，这也体现了蒙古族小说对“他者”眼中“自我”的一个想象。“他者”眼中的草原几乎与野蛮、愚昧、落后、艰苦这些词汇画等号。《驼队通过无水区》中外面回来的高中生萨楚拉图就义愤填膺地对驼队里其他成员说：“人家其他地方是住砖房，骑摩托，咱们却在骑骆驼，住帐篷。依我看，人家是向现代社会前进，咱们是在向原始社会倒退。”[①]“算啦！什么为了全嘎查。你们这是在倒退。搞现代化，我支持。搞倒退，我不参与。”[②]“搞倒退”就是高中生萨楚拉图对这次驼队闯入无水区的最直接认识。那辆“北京吉普车”对这支驼队不接受他们用卡车送货的建议也非常愤慨，“把我们的好心当作驴肝肺！真是太野蛮了”[③]。在他们眼里，这些牧民们只讲信用，不顾生死，就是不开化的表现。不接受有条件的援助还大吼大叫就是不通人情世故，所以干脆简化为一个词“野蛮”。《天边，那蔚蓝色的高地》里也写到“旗里来了几辆车，又来了一些干部”，那干部动员大家：“与其看着牲畜死掉，还不如卖给国家，用卖牲畜的钱来换草料，救活剩下的那一部分牲畜。”但这遭到牧民们的坚决抵制，这激怒了那干部：“什么？什么？你们别把我的好心当作驴肝肺。我们全是为你们好。要不这么热的天跑来这里干什么？你们的牲畜死光了我照样挣工资，一分钱也不少拿。”[④]“好心当作驴肝肺”也就是间接地表达草原上那些“老顽固”的看法，不开通，没有商品意识，与前面吉普车说的“野蛮”也差不了多少。

通过“外面的世界”，我们看到蒙古族小说如何想象与里面不同

① 阿云嘎：《驼队通过无水区》，雷鸣译，《民族文学》1997年第5期。

② 同上。

③ 同上。

④ 阿云嘎：《天边，那蔚蓝色的高地》，《民族文学》1992年第3期。

的外面，也看到他们如何想象他者眼中的自我，还可以窥见他们对蒙古族向现代社会转型的一个理解，即它是由外而内、被动接受的一个过程，在这个过程中它遭遇了传统文化心理结构的强大抵制，尤其是传统的信义、气节、人情价值观与现代商品经济下涌起的利益、效率、契约观念发生了激烈碰撞，这两者的博弈还一直在进行，但蒙古族小说感伤的情绪似乎暗示了前景有些黯淡。

四 草原对城市的救赎

蒙古族小说中最典型的“外面的世界”就是城市，与草原、沙漠、戈壁这些游牧地理景观相比，它是高度异质化的空间，代表另外一套价值体系。蒙古族小说对城市的书写特征传达出作家对现代城市文明的一种复杂态度，以及对民族现代转型的空间意义的强调。

大多数蒙古族小说把城市作为现代工业文明的标志和象征对其采取了道德批判、审美批判、生态批判的否定性描述。城市被想象为空间逼仄、欲望泛滥、人情冷漠、既有权力但又没有规则的畸形地方，它经常作为诗意草原的对立面出现。张承志在小说《北京草原》开篇引了一个谚语：“绿草不会燃烧，强盗不会失眠。贪官没有信仰，城市没有草原。”“城市没有草原”的谚语透露出城市与草原的空间对立性，表达了在马背上驰骋的草原民族对城市的一种恐慌。蒙古族小说中的城市想象也证实了这一点。阿云嘎的《有声的戈壁》写了一个流浪汉从草原来到城市的历险记，最终“他就这样逃脱了，再没有去那座城市。他已经明白，城内不仅有捡不完的垃圾，还有被遣送的危险。”[1] 他看到的是城市的垃圾场、火车站的杂乱不堪，还有城市人冷冰冰的面孔，对乡下人的鄙夷神气，制服、大盖帽们执法时的气势汹汹，这与人情淳朴、热情好客的草原完全相反。满都麦的

---

① 阿云嘎：《有声的戈壁》，华文出版社 2010 年版，第 178 页。

《骏马·苍狼·故乡》写到一个蒙古族老人纳木吉拉被长孙接到城市里“安度晚年”，但是对老人来讲不啻是折磨，“进城的纳木吉拉老人几经周折，好不容易才爬到居住在七层高楼第五层上的呼格吉勒图家。从未爬过这么高楼层的老人，因年迈体弱而气喘吁吁、疲惫不堪。一辈子呼吸惯了草原清新空气的老人，一下车就被令人作呕的一种污染气味刺激得心里憋闷、浑身难受”，“是夜，纳木吉拉老人走进专为他设置的卧室里，躺在柔软的席梦思床上，却怎么也睡不着，似乎那种难闻的城市气味还在围绕着他。白天爬楼时给他心中留下的不悦感，不仅没有散去，而且在他的脑海里又萌生出许多怪异的念头：‘这种楼房到底有什么好处？就和那要命鬼摩托车一样，都不是什么好东西。从这儿往下四层楼里居住的那些人，难道能够睡得着吗？我的孙子和那些人无冤无仇，却为啥要死死压在那些人的头顶上呢？从这往上两层楼里居住的那些人，又死死地压在我孙子的头上，真够可恶啊！为啥我的孙儿就不能住在他们上面呢？不好，这样你压我，我压你，对谁的流年运气都不佳，最终大家都背运倒霉……’”[①] 他还把这种城市的楼房和草原上的蒙古包对比，“咱们牧人世世代代住在蒙古包里，邻里乡亲之间，萍水相逢、和睦相处，根本不存在谁压谁的现象。为什么非得这样头上让别人压着，自己下面还压着别人居住呢”[②]？在老人眼里，蒙古包意味着平等、互助友爱，但城市里的楼房则意味着等级和欺压，而且违背他们的信仰。

城市里没有人情、没有温暖，只有无尽的欲望。“欲望的城市”也是蒙古族小说中经常会出现的模式化描写，《骏马·苍狼·故乡》中纳木吉拉老人的小孙子苏伊拉图在城里经商谋生，对财富的贪婪使他做出了背叛祖先的事，他卖光了全家的牲畜，又盯上了纳木吉拉养的狼崽儿，还背着爷爷把祖先的草场都卖掉了，让视故土为生

---

① 满都麦：《骏马·苍狼·故乡》，《民族文学》2009年第4期。

② 同上。

命的老人伤心至极，破口大骂："脑袋钻进钱眼里的狗东西，你把蒙古人的脸都丢尽了。"[①] 郭雪波在《霜天苦荞红》中，特地写了城市里充满情色欲望的一面，"听说早年那是窑子窝，现在是娱乐城。其实都是些酒馆舞厅，带套间、包厢，灯光暗暗的，唱着卡拉，欧着开，门口站着四五个妖艳的娘们儿见着你就像见着亲娘舅似的，连拉带拍地拖你进去宵夜"[②]。城市里被想象成灯红酒绿、纸醉金迷、充斥着金钱、情色欲望的地方，这恰恰衬托出草原的诗意和纯洁。

在大多数蒙古族小说中，城市人不是文明、进步、福音传播者，而往往是侵入者、掠夺者和悲剧制造者，他们或是开着轰鸣的机器来挖掘矿藏（《骏马·苍狼·故乡》），或是开着汽车来捕杀野生动物（《野马滩》），或是打着招工名义来掠走年轻的姑娘们（《霜天苦荞红》），或者非常残酷地夺走了那些牧民的幸福和情感支撑（《粗人柴德尔的短暂幸福》），总之他们来到草原和牧区是带着很强烈的物质利益目的，走的时候给这里的人们留下的是痛苦，因为这不是他们的家园。小说《南斯勒玛》讲述了由于城里人的介入导致牧民家庭家破人亡的悲惨故事。它以一个少女南斯勒玛的视角回忆了自己家庭破碎的过程。她的家庭本来温馨幸福，爸爸能干、妈妈慈爱，一家三口其乐融融。但是这平静的生活被城里来的两个人给打断了，一个是"脸色苍白""说话声音很细"的帕主任，一个是挎着精致小包、穿着细高跟鞋的少妇，他们拿着银行合同前来讨债，先是开走了家里的拖拉机和打草机，后来是赶走了牛和羊，夺走了几乎所有的家产，也夺去了她们家往日的安宁和幸福。爸爸在家庭变故中开始酗酒，还对妻子大打出手，最终南斯勒玛的妈妈变得痴痴傻傻被舅舅领走，她的爸爸酒后开车死于非命，一个本来富裕温馨的家庭被两个城市人弄得支离破碎。作者以一个童女的视角讲述家庭的悲

① 满都麦：《骏马·苍狼·故乡》，《民族文学》2009年第4期。

② 郭雪波：《霜天苦荞红》，《民族文学》1999年第8期。

惨遭遇，表达对城市及城市人的感觉，那就是可怕、可恶，他们是生活悲剧的制造者。《霜天苦荞红》也同样怀着对城市的恐惧想象了农村人被城市化的过程。本来平静的村庄忽然来了两个城市招工者，“男的像电影上黑社会老大的保镖，女的像电影上腰缠万贯的富婆儿浑身珠光宝气不管真假很是令人眼晕”[①]，年轻美貌的姑娘们被他们全部招走。但是大家只知道被带走的姑娘们去“娱乐城”里工作，没人知道具体在干啥。她们带回了白花花的票子、性病，还有那些城里人的怪癖。她们失去了先前红黑的健康肤色，一律养得白白胖胖，像“白嫩欲化的蹄子皮”[②]，她们打扮得像个魔鬼，嘴唇涂得“像吃了血耗子，眉毛涂得像乌鸡眼”[③]，说话也变得“嗲嗲的腻腻的”，“听着皮肤上不舒服，发麻”[④]。作者对从城里回来的女人进行了妖魔化的想象以暗示城市的本质，她们身体不健康、道德堕落、充满市井俗气，这恰恰是草原人对城市的一个印象和理解。

城市与草原、沙地的关系是一种救赎关系，城市及其所代表的文明是病态的、亟需拯救的，而未受现代文明污染的草原、农村是治愈城市文明病的“偏方”。黄薇《沉重的呼唤》采取双线交织的形式叙述了草原上一对青年男女的爱情故事。一条线索是叙述一个有天籁之音的蒙古族小伙子被歌舞团导演发现并被带到大城市西京去发展，但很快他就唱不出原来那种味道，成为一颗陨星；另一条线索是草原上他的恋人——一个眼睛细细、常常围着红头巾在绿草地上奔跑的姑娘深深地思念着他。故事情节不复杂，中心紧紧围绕一个问题，那就是他离开草原到城市后，经过了更加科学、专业的发声训练，有那么多人围着他包装给他指点，为什么到最后他却唱不出动听的歌曲？这个问题的答案也是作者表达的主题，是那片美丽

① 郭雪波：《霜天苦荞红》，《民族文学》1999 年第 8 期。
② 同上。
③ 同上。
④ 同上。

的草原养育了他，给了他丰富的情感，动听的歌喉，草原是渗进他血脉中的文化密码。离开家乡的怀抱，他的一切将不复存在。就在他为自己唱不出歌声所困扰时，“他猛地看见一个窗子，像轮辐似的窗子。奥，那是蒙古包的天窗。他知道自己丢掉了什么！顿时，梦里那些光点飞快地在他眼前错落有致地排列起来：一块像血一样红的头巾和绿得想让人大哭想让人发狂的草甸。那是家乡”[①]。正是对家乡和爱情的深深怀恋又让他重新获得了高亢动听的歌喉，尽管团里的人都挽留他，但他还是决定“踏上北去的列车”，去寻找故乡和包着红头巾的姑娘。是家乡拯救了他，还给了他在城市失去的东西，这个充满浪漫色彩的结尾暗示了这个主题。也同时表达了蒙古族根深蒂固的土地观念，人属于自己的土地，蒙古人不可能离开草原，这古老的观念在蒙古族小说中依然顽强地存在并被反复宣扬。

郭雪波的《霜天苦荞红》讲述了一个沙地拯救城市的主题。故事讲述了一个守在沙地的强壮丈夫和进城被迫堕落的妻子的不同遭遇，鲜明地突出城市与沙地的对比。农民希热头留在沙地，因穷思变，他改变传统的劳作方式、农业品种而喜获丰收，天旱种苞米不成就改种苦荞，没钱买化肥就捞烂泥当粪肥，为抵御提前到来的霜降他用民间祭火方式点起漫天烈火保护了庄稼，到了秋天，满地苦荞连成一片金红，一派丰收景象。而那些进城的年轻姑娘们走的却是另外一条付出青春、血汗和身体代价的堕落之途。这包括希热头年轻的妻子莲娃儿，她虽然不像芹菜那样打扮得性感妖艳勾起人们对“服务小姐”所有淫荡的想象，但她也发生了很大的变化。打扮入时，“里边耸涌的丰胸格外引人注目”[②]，不仅带回了盖新瓦房的钱，也带回了让人谈虎变色的性病。她羞愧难当，留下一封信就走了，“上边大意是我不久就回来，还你一个干净的媳妇，也给你带回

① 黄薇：《沉重的呼唤》，《民族文学》1987 年第 10 期。

② 郭雪波：《霜天苦荞红》，《民族文学》1999 年第 8 期。

有效的好药等等”[1]。一个漂亮的新媳妇带着对财富的追求进城，结果却从事了难以向别人启齿的职业，最终伤痕累累回到家乡，城市在沙地的想象中总是与女人的血泪和付出有关。在《霜天苦荞红》中，是她们的丈夫和沙地拯救了她们，希热头在沙地的烂泥滩中治好了自己的病，他也救了那个从城市里来的养蜂人的病，最后他收好荞麦，“去寻找自己的女人莲娃儿”[2]。男人／女人、丈夫／妻子、沙地／城市，这几组对应关系中存在同构性，是强大与堕落、拯救与被救赎的关系。

蒙古族小说对现代化的象征物——城市的态度是非常鲜明的，把它作为邪恶的符号进行负面塑造，城市是金钱、权利、欲望的载体，远远不像对待知识、科技、教育等现代性标志那样充满矛盾情结，这源于蒙古族强烈的空间意识及对现代化的空间认识，是对现代化引起的民族文化遗失的焦虑性表达，这造成城市书写中的单面性，即城市受到不平等的异质性审美对待，一味对其进行负面描述和道德评价，没有发现或挖掘草原和城市的异质性背后的同质性和关联性，这也是它在城市描述上没有突破乡土小说审美范式的一个重要原因，它只是以模式化的城市叙述参与了反思现代性的话语表达，但没有以民族性与城市的交流对话获得更丰富的审美拓展。

第三节　反思民族现代化的经典之作：《燃烧的水》

《燃烧的水》是蒙古族作家阿云嘎的一部长篇小说。阿云嘎是近年来活跃在内蒙古文坛的鄂尔多斯籍作家，无论长篇还是中短篇都

① 郭雪波：《霜天苦荞红》，《民族文学》1999 年第 8 期。

② 同上。

不乏优秀之作，他的创作与其籍贯有密切的联系。故事的背景多是西部那神秘广阔的大漠戈壁，思考的问题也受到“鄂尔多斯现象”的启发。鄂尔多斯市从前名为伊克昭盟，多年前还曾黄沙漫漫，我国八大沙漠中的库布其和毛乌苏两大沙漠吞没了那里大片土地，是我国最贫穷的地区之一。改革开放以后，随着经济大发展，那无边无际的大沙漠覆盖的丰富地下资源得到开发，煤炭、电力、天然气等成为支柱产业，给鄂尔多斯人带来了无尽的财富和商机，在很短时间内，从全国最贫困地区之一神话般地跃为中国经济发展速度最快的地区。极端的跨越引发了很多社会问题，作家的人文关怀情结促使他们更关注经济发展与精神世界的联系，并且他们的态度往往是悲观的，对经济热保持了冷静的态度。阿云嘎就是这样一个作家，他以高超的叙事能力揭示民族地区快速发展的潜在社会问题，对物质与精神、社会与自然、经济腾飞与人性沦落、现代化与民族化等多重关系有自己独到的思考，超越经济层面抵达更高远的全面发展诉求。《燃烧的水》集中了对这些问题的思考，所谓“燃烧的水”就是指石油，它是埋藏在那广阔大沙漠下的丰富能源，它被埋藏在地下时，戈壁人生活得简朴而宁静和谐，但当它被发现、开采和利用时，犹如一个魔鬼被从瓶子里放出，戈壁人再也不得安宁，环境被破坏、空气被污染、母羊生出怪胎，曾经的牧人无所事事、游手好闲，最终一场油田大火冲天而起，把曾经的一切成果化为灰烬，在废墟中人们看到了现代化的能源开发和利用的恶果，它不仅把地肥水美的自然界变成一个钢筋水泥的围城，还掠夺了人们曾经单纯诚恳、无私洁净的精神世界，裸露出可怕的欲望、贪婪、堕落和本能。故事的时间跨度达八十年，涉及几代戈壁人的生活和情感，还融合了爱情、成长、寻宝、悬疑等多种叙事元素。蒙古族小说中反思民族现代化进程的作品不少，但以如此宏大的叙事规模来探讨这个问题的《燃烧的水》确实是独一无二的。作者对蒙古族文化的信心跃然纸上，同时对现代性的描写深度也让人折服。并且在二者的关系上，作者没有简单地设置成对立或者冲突，而是在很多层面探讨二者是如何发生、怎样碰撞及产生交集的可能性，这些复杂的问题只有在鸿篇巨制中才能充分展开和表现。

一 侵入式与民族自发现代性

美国历史学家布莱克说，现代性是“被广泛应用于表述那些在技术、政治、经济和社会发展诸方面处于最先进水平的国家所共有的特征”①。那么这种发达国家所共有的现代性的特征如何在落后国家和地区发生呢，《燃烧的水》以20世纪落后的蒙古族戈壁地区所发生的社会变动描述了这个过程。“燃烧的水”是现代性发生的一个媒介，它是缓缓流淌在地下还是被开采出来成为熊熊燃烧的能源，这是现代性启动的标志。作者所讲述的戈壁石油被勘察、发现、开采的过程及这个过程中所遭遇的阻力和取得的成果，表面上看都和石油有关，实质上是戈壁人与外界发生联系由此带来的生活状态和人性的变迁，作家思考的深层问题是戈壁的现代性如何发生及其带来的结果。

作品的成功之处是没有简单地把这样一个封闭环境中现代性的发生归结于外来因素，即八十年前一个法国人赛西亚的侵入，而是揭示了民族自发现代性的隐匿与爆发，那就是再封闭落后的地方也有对财富和文明的强烈追求，也有渴望变迁的态度和信念，只不过是以畸形欲望的方式存在着，被人瞧不起的牧民郎和的惊人表现就是最好的例证。

小说采取双线交织的方式讲述八十年前发现石油和如今油田发

① ［美］C. E. 布莱克：《现代化的动力——一个比较史的研究》，景跃进、张静译，浙江人民出版社1989年版，第5页。

生火灾的故事，一条线索推回到八十年前提出现代性的发生，另一条线索回到现代讲述现代性的后果。在八十年前那段鲜为人知的动人传说里，欧洲人赛西亚与戈壁人郎和是两个男主角，赛西亚的身份和行为非常具有象征性，代表特定历史时期发达国家对落后地区的殖民心态，他放弃了国内优裕的生活条件，骑着小毛驴到戈壁来勘探"能燃烧的水"，他傲慢地打量着普通牧民的贫穷生活，也以救世主的论调来游说王爷开发能源，他坚信"这是科学发展的必然走向"[①]。但是只有他自己明白，那冠冕堂皇的一切理由都是托词，无法遮掩他对财富的贪婪欲望。就像他在日记中感叹的："啊，神奇的东方，神奇的内蒙古大戈壁！在一些人眼里那是一片蛮荒的土地，没有经验的人一旦走进去就分不清东南西北而迷路，还有可能遇到可怕的沙暴和狼群。但在另外一些人的心目中，戈壁的形象完全是另外一种样子。他们知道那有许多废墟和遗址，运气好的人在那里可以找得到举世罕见的壁画和古籍；有些地方玛瑙石多得就像牧场上的羊粪蛋一样遍地都是。他们还知道，那里的地壳下边可能埋藏着各种各样的矿藏，而且储藏量大得惊人。"[②]他来这里的最终目的是财富，而所有"拯救""开化""带来科学文明的曙光"等，全是他们掠夺财富的说辞和借口，这恰恰是一切发达国家侵入落后地区的行为模式，也是落后地区接受侵入式现代性的一个过程。

在这个过程中，侵入者带着殖民者的傲慢，但也遭到了原住民的激烈抵抗，上至王爷、梅林的兵力镇压，下至普通牧民的冷落和驱逐，但他忍受着这种不友好的待遇、恶劣的气候条件和在异国他乡艰苦寂寞的生活，在戈壁上待了十二年，他用十二年时间完成了勘探、定点和绘制图纸的工作，到实际要开采石油的时候他带来的

① 阿云嘎：《燃烧的水》，《有声的戈壁》，华文出版社 2010 年版，第 26 页。

② 同上书，第 18 页。

金条和元宝却所剩无几了，而巨大的开采经费等着他筹措。这时候他暴露了他的罪恶本性，他和仆人郎和联合起来策划了血腥的沙漠劫宝行动，王爷浩浩荡荡的驼队载着贵重的金银财宝迷失在他们可怕的阴谋中，他们在大漠的三眼水井中投了毒，把驼队提前埋在大漠深处的盛满水的羊肚子捅破，让无数人畜被毒死、渴死，甚至在茫茫无际的沙漠里自相残杀。当全部的金银财宝落入囊中时，他已经耗尽了生命，“这个已经六十四岁的洋老头早已没有了人样。他蓝色的眼珠深陷在眼眶里，腮帮子上的胡子像荒草一样，苍白的脸上积着厚厚的污垢”[①]。到这时曾经说得天花乱坠的“救赎、启蒙、文明、进步”等现代性托词一律被戳穿，他们拼尽生命和血汗来到异国他乡的目的就是掠夺财富，这恰恰是外来现代性侵入不发达地区的最早雏形。

最后，金发碧眼的赛西亚牵着他的叭儿狗、怀里揣着左轮枪，截获了王爷的金银财宝，但是却无法对付那些他瞧不起的戈壁普通人，驼队首领哈拉金呼十五岁的儿子轻而易举就拿走了他的手枪，为自己的父亲报了仇。而一直和他并肩战斗的仆人郎和没有与他同生共死，他比赛西亚更加阴险狠毒，在达到目的之后任可怜的赛西亚渴死在沙漠里。那些早期的殖民者为自己的傲慢、欲望和堕落付出了生命的代价，他们带给那些贫穷落后地区的除了无数家庭悲剧和惨痛的伤亡之外，还有现代性巨大的阴影，使那些善良、淳朴的戈壁人无法再相信那些长相古怪的洋人及他们所描绘的现代机械文明的蓝图。作者通过可怜又可恶的双面人赛西亚为侵入落后地区的早期殖民者做了最生动的刻画。

赛西亚实施阴谋离不开戈壁人郎和，在赛西亚的行为遭到蒙古人上下一致抵制时，郎和给予他最大的支持和帮助，但郎和做这一切的目的并不是宽容和善良，而是对财富的觊觎和占有财富的

① 阿云嘎：《燃烧的水》，《有声的戈壁》，华文出版社 2010 年版，第 109 页。

野心，如果说赛西亚是侵入现代性的一个演绎，郎和就是早期民族自发现代性的一个标本，他们的共同特点是都长着一双欲望的眼睛。

这个穷困潦倒每天被老婆呵斥怒骂的驼倌，内心藏着别人无法想象的巨大野心，他想把埋藏在戈壁下面那种会燃烧的水挖出来，“变成这个世界上最富有的人”，“到那时候，在你面前王爷都只不过是个叫花子”[①]。为了实现这个野心，他忍气吞声了很多年，不声不响甘心做赛西亚的仆人，任由赛西亚呼来唤去、指使打骂，忍受自己的老婆和赛西亚当着他的面鬼混，就为拿到赛西亚绘制的石油勘探地图。当赛西亚遇到石油开采费用难题时，他觉得机会到了，和赛西亚做了一笔交易：他凭借自己丰富的沙漠生存经验和审慎机智，帮助赛西亚劫掠王爷的财宝，交换条件是赛西亚要立下字据保证他的儿子能够出国留学去学习石油开采技术。真是小盗盗财，大盗盗天，他知道那无尽的财富在当时是不可能实现的，最终是属于将来那能够掌握先进开采技术的人，所以他想用自己的生命做赌注为子孙后代换得一个辉煌的前程。足见这个普通牧人的心机和长远眼光，只可惜这一切追求都伴随着阴谋、交易、杀戮和掠夺。这个表面上是个窝囊废、穷得心安理得的牧人，最后的举动让人瞠目结舌，这说明在那些贫穷落后的民族地区并非没有自发的现代性欲求，他们的财富欲、改变现状的梦想、对做人尊严的追求不亚于任何一个发达地区的文明人，郎和被压抑得扭曲了，最终以狰狞邪恶、阴险狠毒的面目呈现。所以那种欲求越强烈，破坏性越大。

与性情急躁又缺乏戈壁生活历练的外国人赛西亚相比，郎和这个沉默寡言的年轻人显得更加沉稳，他富有本土生存经验，心思又细，手段更狠，他的每一步行动都周密机巧、无懈可击，他隐藏多年获得赛西亚的信任，抢在王爷驼队前在井水中投毒，不费一兵一

① 阿云嘎：《燃烧的水》，《有声的戈壁》，华文出版社2010年版，第123页。

卒就截获了金银财宝，然后又靠着自己的耐力和心机战胜赛西亚，待到赛西亚奄奄一息时，拿到他苦心孤诣十二年画的勘探地图走出沙漠，杀死和老婆鬼混的召奇喇嘛，假托喇嘛之身送走儿子，找到藏匿地图的最好去处。这是一个有极强的生存能力又带着邪恶目的的戈壁人，他集善恶、美丑、强弱等多种品性于一身，既充满破坏旧事物的力量又带有邪恶性，既让人敬佩又让人畏惧，这恰恰是人们对民族自发现代性的一个感受。

作者力图以赛西亚和郎和这两个人物描绘现代性在那些落后地区的发生过程，它既是发达国家侵入后的殖民产物，也是本土力量的自生体，二者尽管有着不同的说法和表现形式，但对财富的追求是它们的共性，暗合现代性与资本主义共生的实质。它是进步、文明的符号，但也裹挟着资本原始积累的血腥和阴谋，它带给那些后发国家和地区生机和希望，同时也意味着巨大的灾难。从此之后戈壁第二代、第三代的奋斗成长史轰轰烈烈地展开了，他们不再安于那舒适悠闲的牧马放羊、牵着骆驼找水喝的生活，他们追求财富和梦想，敞开胸怀迎接挑战，他们要告别封闭、贫穷、愚昧、落后的生存状态，过有尊严的生活。但是这需要戈壁人付出惨痛的代价，在那汹涌的财富欲望旋涡中无数人跟着一起沉落，消逝的不仅是他们的青春和生命，还有戈壁人淳朴的精神和心灵世界，这是任何东西都无法弥补也无法挽回的，作者对现代性的反思态度使他的笔触更多集中于后者。

二 现代化的沉重代价

现代化是“表述人类自科学革命以来的高速变迁过程”，“在这一过程中，历史上形成的制度发生着急速的功能变迁——它伴随着科学革命而到来，反映了人类知识的空前增长，从而使人类控制环境成为可能”[1]。这一变迁过程的发源地是西欧社会，到了19世纪和20世纪，扩展到了所有其他社会，引起了影响全部人类关系的世界性变革。这被美国历史学家布莱克称为人类有史以来的“第三次历史性巨变”，它到底给人类带来了什么，它是如何改变人类的生存环境和冲击人类传统价值模式的，这是《燃烧的水》所探讨的另外一个话题。作者的想象完全是反思式的，作者没有否认现代化的工业和科技带给人类的巨大动力，但人类为此也要付出巨大的代价，而后者是作者强烈突出和描绘的。

在现代科技力量的推动下，经过几代戈壁人的苦心奋斗和经营，那“燃烧的水”终于被挖掘出来了，巨大的油田耸立在戈壁滩上，戈壁人像守着聚宝盆一样从此衣食无忧，但是他们并没有因此获得幸福。在这个充满现代感、当代性的故事线索中，涉及的人物众多，故事线索枝蔓丛生，但都紧紧围绕一个事实，那就是现代化的代价。现代化是一个正在进行的过程，但也是一个惨痛的结果，每一个结果似乎都在证实八十年前萨满大师对赛西亚的教诲：“苍天把一切有害的东西都深深埋入了地下。就好比你们的神话里边讲的，把魔鬼装进瓶子里再加上封盖一样。你说的那种‘会燃烧的水’，还有好多好多深埋在地底下的东西，都是魔鬼呀，你现在却要把魔鬼释放出来。”[2] 在蒙古族的历史传统中，萨满大师是智慧兼神性的象征，他的预言在现代化走了将近一个世纪后似乎都变成了现实。作者非常巧妙地以现代化的油田起火开篇，在处理火灾事故中把每一个油田建设“精英”推上灵魂审判台，他们的成长、创业、心理、情感故事在倒叙中伴着冲天而起的大火徐徐展开，起初都是蓬勃的青春和膨胀的欲望，在机械、工业的旅途上盲目冲撞，但最后都化为烟尘

---

① ［美］C. E. 布莱克：《现代化的动力——一个比较史的研究》，景跃进、张静译，浙江人民出版社1989年版，第6页。

② 阿云嘎：《燃烧的水》，《有声的戈壁》，华文出版社2010年版，第26页。

和灰烬。在灰飞烟灭的惨痛结局中我们看到的是现代化欲望性的一面，不仅包括财富欲望，还有自私、贪婪、虚荣和情欲，它们犹如瓶子里的魔鬼，将把它们释放出来的人引向不归路。

现代化进程可怕的一点就是它巨大的破坏能力的藏匿性，几乎所有的负面东西都打着正义、文明、进步的幌子，在所谓的开拓、改变、财富、事业、政绩、激情、浪漫的名义下，借助机械和工业的推动力满足着个人自私的欲望。现代化表面上的代价是环境遭到破坏：空气污染、工业垃圾占领牧场、母羊生出怪胎，但实际上真正的破坏是潜藏在这一切之下的精神心理危机：人们在对财富的追求中无所不为，油田开采者不顾自然的承受力，受害者不是希望停止这一切，而是觉得污染环境的油田很“可爱”，因为他们可以打着“要求赔偿”的旗号向油田管理部门索要金钱。油田管理部门也知道，他们不需要花大价钱解决环境污染问题，他们也无力改变，他们所要做的就是每次给领导三五万或者十来万堵住他的嘴，然后给这样一个会“捣乱”的领导评一个“支持油田建设的先进人物”就可以息事宁人。油田建设、环境污染等都不过是借口，制造矛盾冲突和最终解决问题的是利益。既得利益者们并不真正关心环境、生命、健康、发展，他们的眼里只有永远的利益。因而一方面是政府的“厉害角色”制造出“生态”“环境”“赔偿”等新名词，一方面是油田仍然在机器轰鸣、黑烟滚滚、马不停蹄地开采建设。二者没有真正的矛盾，他们只是在追求“现代化”的借口中相互给予对方好处，共同分享源源不断的石油所创造的物质财富。

现代化带来的精神层面的危机绝不止于此，那些普通的牧民和战斗在第一线的“精英”无不为这样一个现代化进程所困扰。那些戈壁上到处“瞎晃悠”的年轻人就是石油征地的副产品，“石油征用了大片的牧场，放牧的空间明显减少，有些年轻人就出来打工，其中也有一些不打工瞎晃悠的。广场上的这些人大概属于这一类"[①]，他们在夜晚的广场上"吃烧烤喝啤酒"，"唱卡拉 OK"或者"在雕塑前照相"，总之不需要劳动又吃穿不愁的这些年轻人在失去土地的同时也失去了精神依附，他们不知道自己该去追求什么，体验到了生命不能承受之轻。

与他们不同，那些参与油田建设的精英们充实忙碌，他们为了事业、为了理想、为了父辈的期望，参与到轰轰烈烈的石油建设中，成为厂长、经理、主席、总工程师，他们是油田建设的功臣，但他们也同样陷入一种精神情感的迷茫之中。当功成名就时他们突然发现自己亲手创造的一切并不是理想国，相反是枷锁、镣铐，是物质暴殄和道德沦落，这是创造者的苦恼。油田工会主席丹巴就是精英中的一个，他也是串起当代油田故事叙事线索的一个关键人物，是名副其实的油田开创者，就像他的司机说的"没有你当初的努力，就不会有现在的油田"[②]。他曾经是一个有前途的年轻旗长，但是由于缺乏政绩而得不到提拔和重用，这时他想到了开掘矿产，"平心而论丹巴不是官迷，对提拔的事看得并不重，但也不愿意年复一年地受人冷落。再说了，不搞矿产，旗政府一直吃紧，有时连工资也发不出……"[③] 为了个人仕途发展也为了造福一方，他把领导班子聚在一起研究"能挖的东西在哪里"，在他的不懈努力下八十年前赛西亚的故事浮出水面，他们也看到了辉煌的前途和希望。接下来"行动派"丹巴开始"马不停蹄没日没夜地行动了"，他找到了赛西亚绘制的石油勘探地图，成立了"油田筹备指挥部"，投入生产以后，旗政府收入成倍增长，效益直接体现在市政建设上。"这里陈旧的平房正在向楼房过渡，用电直接从油田发电厂输送，三合土马路已经变成柏油路，旗几大班子和一些重要部门领导过去乘坐的吉普车也陆续更

① 阿云嘎：《燃烧的水》，《有声的戈壁》，华文出版社 2010 年版，第 16 页。
② 同上书，第 13 页。
③ 同上。

换成小轿车和外国越野车。这里确实发生着巨大的变化，过去丹巴每次看到这种变化，总是产生一种成就感。这种变化里渗透着他的心血和辛苦”[①]。但是现在这种成就感消失了，因为他以一种政治家的高瞻远瞩和深刻发觉了这种现代化工业、机械对精神层面的腐蚀。虽然广场大了，楼房高了，马路宽了，人的腰包鼓了，但是牧民们广阔的蓝天碧野不见踪影，他们曾经无比丰富的精神和情感世界也在萎缩。当他出去学习两个月，乘车回到戈壁重新打量他热爱的家乡时，他的感觉完全变了，“他一边看着灯火辉煌的街道，一边却在想着出现在牲口圈里的那些怪胎，想着笼罩在戈壁上空的灰黄色的雾气，想着干涸了的水井。他突然产生了一个想法：家乡的牧人们会不会在背后骂我”[②]？但实际上他的家乡人已经变得不会骂人了，他们不会再那么直接地表达他们的喜怒哀乐，而是学会了在背地里通过物质交换来达到自己的目的。丹巴之所以在火灾中遇害恰恰是因为这样的推动力：他以为为牧民们做了好事，但实际上却是将他们推向深渊，这样一种自责心理及挽救这种局面的努力促使他来到炼油厂。他来这里是为家乡几个牧民的孩子找关系的。油田占了草场之后，一些牧人的孩子就想出来打工，“他们的目光首先盯住了油田，因为油田就在他们的身边，于是几乎每天都有人来求丹巴，让他帮助他们的孩子在油田找活干。丹巴也没有办法，成天为那些年轻人奔波”[③]。久在宦海中浮沉的丹巴当然比那些普通的牧人更知道官场规则，他去找人力资源部门的负责人，结果负责人到炼油厂的电控室里打麻将去了，他知道这是一个在麻将桌上送钱的好时机，就加入了打麻将的行列，目的很明确，就是输钱。结果油田大火恰恰就是在炼油厂的电控室开始的。这个油田开创者就这样被自己创

① 阿云嘎：《燃烧的水》，《有声的戈壁》，华文出版社 2010 年版，第 15 页。

② 同上。

③ 同上书，第 100 页。

造的辉煌业绩埋葬在地底下，此时已经难以说清那巨大的油田到底是他的丰功伟绩还是他的罪恶。

当代故事中的另一个核心人物就是油田总工程师桑嘎，他是油田火灾事故调查组的负责人，但就是在调查火灾事故原因的过程中，他渐渐发现了自己的身世之谜、爱情被背叛和成功背后的失败。火灾事故的调查过程既是对戈壁人情感和道德的审视，也是他自我身份的追寻。那些曾经追逐着水草放牧着牛羊的牧人现在很多都是油田的职工、经理、厂长、主席，随着生业的变化，逝去的是一种价值观念和生存信仰。火灾发生的关键时刻，桑嘎对此最有体会。那些经理、厂长组成的调查组人员都畏缩不前、明哲保身，而那些与事故相关的人则努力通过拉拢关系、讲情说话来推脱责任，桑嘎的调查工作已经无法开展下去，最后的结果更让人瞠目，“桑嘎被停职，据说上级有关部门收到了一份检举书，检举事故的原因是油田当初的设计者桑嘎设计不合理造成的。桑嘎没有为自己辩解，只说了一句话：‘人都死了，我无所谓。’”①

作者通过桑嘎的遭遇思考现代化到底给牧人们带来了怎样的变化，是现代化的社会进步还是人的精神道德的退化，抑或是两者的必然交织？同时，桑嘎自己的情感、身份的重新发现更让他震惊。在油田死难者中也包括他的妻子——一个年轻漂亮、活泼大方的《油田日报》记者阿拉坦苏都。他的家庭表面看上去郎才女貌，羡煞旁人，但是这次油田火灾却揭开了妻子背叛他的真相，他的妻子名义上是去油田工厂车间拍新闻照片，但实际却是借机和情人青巴图约会，这个情人青巴图也是一个欲望的化身，他继承祖父的遗志，一直在寻找八十年前赛西亚和郎和所截获的王爷的财宝，青巴图不但知道宝藏位置的一些线索，还知道这个情人阿拉坦苏都的丈夫的身世，他带着这些秘密一直在找宝藏。当被大火困在地道里时，他

① 阿云嘎：《燃烧的水》，《有声的戈壁》，华文出版社 2010 年版，第 140 页。

终于向阿拉坦苏都讲述了这一切，他们的爱情故事混杂着欲望、爱情、背叛，即使到了生命的尽头，他们留下的最后痕迹依然让找到他们尸体的人猜不透，“青巴图和阿拉坦苏都两个人紧紧拥抱在一起靠墙坐着，他们身后的墙壁上刻着一个九十度的扇面和‘母驼湖’三个字”①。那特殊的痕迹正是他们所推断的宝藏的位置图，那是一个巨大的欲望符号，而那“紧紧的拥抱”正是爱情与背叛的见证，正是这些东西把两个年轻人推向生命的尽头。丧妻之痛让桑嘎悲痛欲绝，但是发现妻子早已背叛自己使他陷入了巨大的精神空虚。

他还发现自己就是八十年前那个让人敬畏、遭人唾弃的蒙古人郎和的后代，他的祖父不惜用屈辱、背信弃义和生命为代价留给子孙后代辉煌前途，表面上看是桑嘎的父亲出国留学、他自己是总工程师的荣耀，但是这也恰恰是他们的人生悲剧，他的父亲无法承受父辈的过重期望变得歇斯底里，他设计的油田发生火灾，被停职等待惩处。生活仿佛和他开了一个巨大的玩笑，无数的人生悲剧使人信服原来那现代化的欲望不过是一个巨大的陷阱。

三 保留住不变的东西

作者在揭露现代化欲望的同时始终在发掘民族精神的闪光点，批判现代化的弊端是为了彰显传统蒙古族文化的魅力、民族精神的可贵，某种意义上说这才是作品最后的落脚点。八十年前故事中的哈拉金呼一家，还有八十年后那个表面狡猾最后在火灾营救中表现出勇敢、善良品质的额毕勒图，都是作者在揭露之余所要树立的典范。他们的人生可能没有那么大起大落、精彩纷呈，但他们表现出的人性光华却是熠熠生辉，作者所要张扬的民族精神性格通过这些人物展现了出来。

① 阿云嘎：《燃烧的水》，《有声的戈壁》，华文出版社 2010 年版，第 140 页。

哈拉金呼是与郎和完全相反的一个人物，代表了作者对一个真正戈壁牵驼人的所有美好想象。他年纪轻轻，但在牵驼人中已经拥有较高地位，他在王爷的重要远征任务中几乎每次都被选为“驼队老大”，他拥有一个优秀驼队领袖的素质，经验丰富、德高望重、身怀绝技又胆大心细，连他的妻子乌吉木对他都是又惊讶又佩服。“别看他才二十多岁，在牵驼人这一行当中早已经有独一无二的地位。但在她眼里，哈拉金呼是那么普通、善良而谦虚。她为自己嫁给了这么一个丈夫而感到庆幸。”[①] 他不但职业素质很高，而且有着善良纯洁的心地。他们一家三口是最早接触到洋人赛西亚的，但是他却没有任何自私贪婪的想法，赛西亚对他的老婆不恭，他不但不生气，还劝老婆想开点，说那是文化差异，其友好善良可见一斑；赛西亚进一步提出无理要求，要花大价钱雇用他做专职牵驼人，他坚决不为金钱所动拒绝了请求，赛西亚不停找上门来，他不是驱逐赛西亚，而是自己悄悄搬了家，这可谓那个人性淳朴的年代戈壁人高风亮节的典范。他心胸宽广，对金钱没有任何贪念，这在后来的沙漠劫宝行动中得到最好呈现。

他是驼队老大，负责押送王爷的驼队到兰州去，但是在沙漠无水区遭到了赛西亚和郎和的阴谋劫杀，由于不听他的指挥，王爷的官兵全军覆没，但是他凭借自己惊人的耐力又活过来走出沙漠，是那次沙漠惨案中唯一的幸存者，他完全有理由找到仇人郎和为那些死难者复仇，但这个普通的牵驼人却表现得如一个顶天立地的大英雄。他首先处理了那无数的金银财宝必然要引起的人间厮杀，杀死了唯一知道财宝藏处的母骆驼；然后他阻止了儿子要杀郎和的举动，带着儿子离开沙漠去找妻子，这对那个欲壑难填、无所不为的郎和来讲是一个生动的教训。作者把这个人物塑造得非常完美，是那个浴血厮杀、爱恨情仇的故事线索中的灵魂人物，

① 阿云嘎：《燃烧的水》，《有声的戈壁》，华文出版社 2010 年版，第 53 页。

某种意义上说他的光辉高大衬托了早期现代性入侵时的邪恶，而郎和、赛西亚等人的丑恶又衬托了哈拉金呼所代表的民族精神的壮美，他们是相互衬托、反向共生的关系。

苏木党委书记额毕勒图代表了作者对民族精神在利益、灾难面前表现出坚韧品性的信赖和赏识。作者对这个人物采用了欲扬先抑的写法，前后鲜明对照和作者有意使用的幽默笔法使这个人物显得可亲可敬又可爱。他刚出场的时候是个有点小奸猾的基层干部形象，“他四十多岁，中等个头，不胖也不瘦。在不了解他的人眼里他是个十分普通的人。其实他有他的过人之处，他能不断地从油田那里搞来钱”①。因为油田建成后与牧民的矛盾不断，往往是环境污染的问题，一开始牧民们不知道怎样解决矛盾，后来就有人想出了办法：要求赔偿！能想到办法的当然是苏木和嘎查领导中的一些厉害角色，额毕勒图就是其中的一个，且看他如何索要赔偿：

有一天上午，他把秘书叫来。

“油田对我们苏木造成污染的情况怎么样？你给我说说。”他说。

“污染是有，但具体情况不太清楚。”秘书说。

“怎么连这么重要的问题都不清楚？”

“我下去调查一下吧。”秘书红着脸说。

“用不着调查。你坐下，咱们两个人凑凑情况。”

“凑情况？怎么凑？”

额毕勒图拿出纸和笔递给秘书。

“油田的烟雾每年飘到咱们苏木有多少天？”

“哎呀，怎么说也有半年吧？那跟风向有关。”

“那你写十个月。”

① 阿云嘎：《燃烧的水》，《有声的戈壁》，华文出版社 2010 年版，第 8 页。

“十个月？”

“对，十个月。而且还要写上因为烟雾的影响，牧草生长降低百分之三十。咱们这个地方水位下降了没有？”

秘书一边写一边说：“是有那个情况。”

“肯定有。损失大概有好几百万吧？你先写五百万。油田的各种车辆轧了我们多少草场？”

“这个没有计算过。”

“先写四十平方公里吧。”

就这样，额毕勒图计算出五千多万元的损失，让秘书打印成报告，印了好几十份，发往中央、自治区、盟旗各有关部门，最后自己带了几份直奔油田指挥部。[①]

他到油田指挥部索要赔偿的过程也毫无一个领导干部的风范，完全是一个奸诈狡猾之人撒泼耍赖的作为，弄得油田总经理又气愤又无奈，拿他没办法只好给他五万元了事。“这样开了头，额毕勒图每个月至少要跑两次油田，而且十次有八次能弄回钱来，最多他一次弄到了十五万，最少也能弄三五万。”[②] 他虽然狡猾，但并不自私贪婪，他弄来的“污染赔偿款”没有中饱私囊，而是都用于苏木党委所在地的建设，“苏木政府盖起了漂亮的楼房，办公楼后边紧挨着是宿舍楼。两栋楼中间还有花池和喷泉，一条宽敞的马路从办公楼前面过去。这里已经没有土房了，他的破吉普车也早已换成了沙漠王”[③]。从某种角度看，他费尽心机索要赔偿的行为并非讹诈，而是为了改变贫穷落后的苏木面貌。

他小狡猾背后的大爱大善在油田火灾救援的关键时刻表现出来。火灾发生后他第一时间驾驶着沙漠王冲到救火现场，大油库周围长

---

① 阿云嘎：《燃烧的水》，《有声的戈壁》，华文出版社 2010 年版，第 9 页。

② 同上书，第 11 页。

③ 同上。

满了一种叫“萨嘎拉嘎尔”的灌木，他知道那是一种见火就燃的植物，为阻止火势向大油库蔓延，他拿起一把铁锹“像疯了一样向那片灌木冲去”[1]。最后大油库保住了，在灭火中受伤的消防队官兵中多出来一个人，他不是消防战士，伤势很重，但神志清醒，“于是在医院里一边对他进行急救一边问他叫什么名字。他蠕动着烤糊的马铃薯皮一样的嘴唇吐出了四个字：额毕勒图！消防队军官当然不知道额毕勒图是什么人，在场的油田办公室主任却知道。办公室主任流着泪说：‘你怎么变成了这个样子？’烤糊的马铃薯皮一样的脸抽搐起来，那是额毕勒图在微笑。‘这次我可不是来索赔的。’他用微弱的声音说”[2]。作者以非常感人的画面完成了对额毕勒图的形象塑造，颠覆了他前面的小奸小坏，他可爱可敬，关键时刻表现出蒙古人应有的自我牺牲和顾全大局的道义和气节，而绝非一个贪图小利、背信弃义、明哲保身之人。作者对这些人物颇具匠心的塑造是力图彰显那抵御现代化欲望冲击的民族精神道德防线，在剧烈社会变迁过程中保留住一些不变的东西，这就是在漫长的历史发展中沉淀下来的民族精神操守和美好品性。在现代化与民族化的关系上历来有两种倾向，很显然作者是质疑那无往不胜的工业发展主义的，这是现代化在后发国家和地区能够结合本土实际良性发展而不一味套用发达国家模式的保证，也是文学艺术家们在功利时代能够坚守非功利的人文情怀的表现。

① 阿云嘎：《燃烧的水》，《有声的戈壁》，华文出版社2010年版，第66页。
② 同上。

第三章

诗意栖居与游牧之地

蒙古族地处华夏边缘的恶劣生存环境及“逐水草而居”的游牧生活方式，决定了其文化中亲近自然、保护自然、与自然相互依赖、和谐共生的天然文化因子。但是现代工业化、城市化进程是以征服和改造自然为主要特征的，生态破坏和环境污染几乎是所有步入现代化征程的民族和地区必然付出的代价。当然，在这个过程中蒙古族的生存家园也不能幸免。草原沙化，森林被砍伐，湖泊干涸，大批野生动物遭屠杀，天然草原上“随处可见高耸的烟囱、被污染的河流、被工业废物侵蚀的草场”①，更可怕的是随之而来的发展主义和效益至上观念，搅动着草原自然纯朴的人际关系和自由自在的生活方式。这些自然生态和精神生态恶化的现实，促使人们反思现代化的合理性及其必要性，并追问怎样处理人与自然的关系、人类如何诗意栖居等哲学命题。新时期蒙古族草原生态小说，正是以文学方式回应了这个时代问题。郭雪波的《沙狐》《大漠狼孩》《银狐》、满都麦的《碧野深处》《四耳狼与猎人》《骏马·苍狼·故乡》、肖龙

---

① 葛根高娃：《当代蒙古民族游牧文化相关问题之新解读》，《中央民族大学学报》2010年第6期。

的《黑太阳》《蚁群》、察森敖拉的《放生》《雪埋草原路》、阿云嘎的《野马滩》《黑马奔向狼山》、甫澜涛的《疯狂的峡谷》、阿尤尔扎纳的《绝地》、孛·额勒斯的《察森查干》等作品，呈现了传统与现代的激烈碰撞，在对沉痛现实的反思中重新书写自然，表达作者欲以生态型民族文化拯救现代文化、构建游牧文化与诗意栖居的创造性想象。

第一节　游牧文明生态思想的文学表述

发源于西方的现代生态伦理思想照进幽深的历史，使作家们发现了古老游牧民族丰富的“绿色”思想资源，借助现代的思想公器，原始的宗教信仰、传统游牧生活方式等都放射出璀璨的思想光芒。在文化寻根热潮即将褪去温度时，蒙古族生态小说以边缘、民族地区的生态思想发掘为文化寻根另辟了一片广阔的天地。蒙古族生态小说一反征服自然的现代话语叙述模式，在文本中重新恢复自然的魅力及自然对人的模塑和反作用力，并赋予自然“养育”与“统治”的双重隐喻，以召唤人类对自我之外广阔世界的谦逊和敬畏情怀；灵异动物形象的塑造是对人与自然关系的一个深度书写，突出动物的“荒野品性”和自然与人类之间“通灵者”的角色特征，传达了作者反思文化和批判文明的价值立场。这些自然书写联系着作家对人类诗意栖居的哲学思考，是对游牧文明中丰富的生态思想的创造性文学表述。

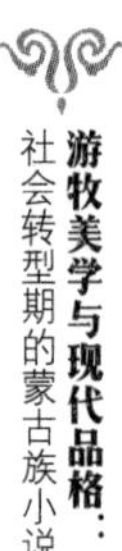

一　返魅大自然

新时期蒙古族草原生态小说的最大特征是富有创造性地重构了人与自然的关系，在文本中重新塑造了广袤无垠的“不可知自然”，恢复了大自然的魔力、威力和魅力，以及自然对人的模塑和反作用力，从而改写了此前文学史中人与自然单向度征服与被征服的现代话语叙述，重新唤醒人类对自我之外广阔世界的谦逊和敬畏情怀。这是对现代性“祛魅世界”的一种逆向书写，它传递出蒙古族作家们对传统游牧文化的沉痛缅怀和眷恋之情，也难能可贵地保持了在功利喧嚣的现代工业语境中看世界的诗性之维。质疑其真实性、可能性是无意义的，关键是作家的想象带给我们一种全新的经验和生存远景。

如果仅把作品中的自然和环境描写看作是简单的陪衬和烘托或者是可有可无的东西，那是错误的。那些对天然草原风光的细腻描绘，对浩瀚沙漠中行进驼队的歌咏，以及对高山森林灵性的顿悟，甚至对草原特有自然气象（如干旱、奇寒等）的恣意渲染，过去被认为是关乎草原风貌的一套修辞系统，现如今往往都是作品的主题。如果抽去这些描述，得到的将是一个个干瘪老套的故事。《雪埋草原路》是察森敖拉反思人与自然关系的代表作，作品没有宏观的叙事架构，就是一些片段式自然奇观的连缀组合：草原上的暴雪奇寒使一切都凝固了，一切生灵都显得渺小；人走在雪里眼睛刺痛、小腿和双脚没有任何知觉；贪婪的乌鸦把冻得奄奄一息的母羊眼睛啄去，只剩下血淋淋的黑洞；大雪埋住了两百米宽的沟壑，成为科考队员们的致命险地；包利代夫妻出去帮助别人的时候，自己的女儿差点被雪地里饥饿的黑熊吞食。作者只诉说着一个主题——大自然是力量无穷、残酷无比的，人对此无能为力。但作者的写作宗旨绝不是为了激发人类的征服欲望和斗争能力，相反是想要建立各个情节单元之间的内在逻辑关系。毫无疑问，大自然的威力是一则成功的启示录，它让人类意识到自己的渺小和有限，以及自然规则的巨大控制力和不可抗拒。包利代尽管憎恶乌鸦啄食母羊眼睛、肝脏的贪婪残忍，但每一次他的“捕兽夹”都是空的，乌鸦还是要把遭受雪灾奄奄一息的羊吃掉。这就是弱肉强食的自然界法则，人不能胜天，也许最好的办法就是去适应它，保持一颗感恩的心，去善待大自然赐予我们的一切。所以包利代夫妻冒着奇寒在被雪覆盖的沟壑旁拉上警戒线，给陌生人以生存的机会；放过差点吞噬了他女儿生命的瞎熊，避免了一场你死我活的人兽大战，给动物以生存的权利。这样作品中凌乱的情节在“放生”的伦理层面建立了因果联系，作品显得微观上饱满而整体上又相当完整。

同样令人称道的还有满都麦的中篇《骏马·苍狼·故乡》，针对现实中草场被破坏、野生动物遭屠杀、金钱至上观念的侵入，纳木吉拉老人不无伤感地回忆了曾经水草肥美、充满诗意和神性的浪漫草原，“茫茫的原野在微风中泛着绿色的波浪，像湖水的涟漪缓缓涌向天边，珍珠般的牛羊撒满其间；在边缘的僻静地带，还有成群的黄羊、以家族群聚的狍子和蒙古野驴时隐时现，整个草原弥漫着令人兴奋的花草芳香”[①]。而正当他和心爱的姑娘在草地上情意缠绵时，似有神灵来锦上添花，竟然目睹长有双翅的神马在峭壁间腾空浮现，“那匹马仿佛就是老人们歌中所赞扬的云青马复活了，蓬鬃甩尾，精神抖擞，从天际腾云驾雾飞驰而来，咴咴的嘶鸣声悦耳动听。一对恋人的两匹乘马，也被神奇的云青马所吸引，欲与其结伴为伍而不顾脚上的羁绊，频频昂首欢叫着向河边峭壁方向挪动靠近”[②]。草原如波涛涌动、牛羊成群，草地上青年男女情意缠绵，还有神秘的骏

① 满都麦：《骏马·苍狼·故乡》，《民族文学》2009 年第 4 期。

② 同上。

马腾云驾雾而来，这才是游牧民族心目中的家园，能让身体得到放松、精神上得以慰藉的栖居之地。虽然这些描写笔墨不多，与惨痛的现实相比带着感伤的挽歌色彩，但是大自然的神性、魅力足以让人慑服。

肖龙的《黑太阳》《蚁群》等作品描绘了东蒙地区山林猎人家族的故事，以独特的地域风情展现了自然对人的模塑和反作用力，表达了人与动物相互塑造的生态主题。《黑太阳》叙述了一个猎人家族的开创者“祖爷爷”与一头大黑熊长达四十多年的惨烈斗争。祖爷爷来到富足然而人迹罕至的黑山沟，准备在这里扎下根，但这侵犯了黑熊的领地，一次次遭到黑熊的驱逐、袭击，由此人与野兽的生死斗争开始了。黑熊先是吃掉祖爷爷的大青马，然后是夜夜来撼动祖爷爷的石头房子，在遭到猎人的袭击后又叼走了猎人的儿子，在这次救子大战中，猎人胜利了，大黑熊受了致命重伤。就在大家都以为它早死了的时候，大黑熊竟然又回来了，它已经没有战斗力，甚至什么都看不清，完全是凭着一丝听觉和感觉在辨析着一切。这时已经老态龙钟的祖爷爷还是孤身一人找到了大黑熊，不是去决战，而是要和在心中盘踞了三十年的老朋友埋在一起。“这儿，把我和……大黑熊埋在一起……它孤独……它没有……儿……孙……”[①]到生命的尽头，谁胜谁负已经不再重要，敌人变成了朋友，老猎人以人类悲悯的情怀表达着忏悔，在更高的境界中人与动物的生命达到融合。《蚁群》中，猎人在幽深的丛林中与自然暴力和野兽袭击斗智斗勇，锻炼了超乎常人的豪爽、力量、勇气和智慧，并发展出与山林中植物、动物“通灵”的本领，他们坚信白桦树“是山神爷最宠爱最心疼的老疙瘩姑娘，在山里专管男女婚配的事情”[②]；他们还认为“猎人和山兽不是冤家对头，而是一脉相连的骨肉兄弟，都是

---

① 肖龙：《黑太阳》，《民族文学》1994 年第 1 期。

② 肖龙：《蚁群》，《民族文学》2006 年第 12 期。

老天爷在山林里的造化之物”[1]；山林里猎人打招呼不能直呼其名，否则会遭到山林里屈死不能托生的山兽鬼魂的报复，做了孽障事的人会遭到霹雷惩治，随便吹奏稗草叶会招来长虫（蛇），等等。这些过去被定义为迷信、巫术的东西在作品里被浓墨重彩地大肆渲染，成为贯穿始终的描述。

《蚁群》采用了双线交织的叙述方式，一条线索描述老一辈猎人对大自然的敬畏，另一条线索则讲述了猎人后代们的生活：这些老猎人的经验和品质已经难以在他们的孙辈那里再现，适应现代生活、离开大山的猎人后代就像没了根基一样，消失了野性和骨气，肠胃疲软，不能抵御风寒，甚至腿脚失去攀爬能力，脑子里只有闯入小县城里偶遇的性感女人；而彻底离开大山的“城市蒙古人”达奔那，更像蜗居在钢筋水泥格子里的寄生虫，被快餐、网络和无聊的娱乐腐化，只能躺在沙发上透过电视看动物世界里的狂野和厮杀，而自己已经渐渐失去激情和性能力。这其中的深意不言而喻，正是那生机勃勃、充满艰险的自然塑造了人，人类应该与自然融为一体，同生共荣、相互锤炼。

在这些生态小说中，动物、山林、飞禽走兽都不再是铺垫和陪衬，而是被突出描述的主角，并被作者赋予了“养育”与“统治”的双重隐喻。像一位仁慈善良的母亲，孕育天地万物，提供人类生存所需要的一切。同时也是不可控制的野性自然，常常诉诸狂风、暴雪、干旱、严寒和大混乱来展示自己的威力。“仁慈的养育者”和“非理性的施虐者”[2]，曾经是众多文学作品基于女性性别特征观念辐射出的对自然的比喻，体现着人类对自然的认知差别，联系着特定的价值判断和行为指向，后者还曾为工业文明时代人类征服和控制

① 肖龙：《蚁群》，《民族文学》2006 年第 12 期。

② ［美］卡洛林·麦茜特：《自然之死》，杨通进、高予远编《现代文明的生态转向》，重庆出版社 2007 年版，第 18 页。

自然的行为提供文化支持。但在这里，自然的两面性交叠在一起，全部成为显示自然魅力的内在隐喻。并且自然与人类关系的书写也是反现代话语叙述模式的，人类是“天父地母”之子，人不能控制自然，面对强大的自然法则人类无能为力，只有叹服、敬畏、遵循和歌咏。作品中的正面人物往往都是自然崇拜者，笃信“万物有灵”的宗教观念，仰视着天地间的一切，包括大山、森林、草原、湖泊、敖包、毡房、一匹马、一块石头，还有夜夜嚎叫向他们发出生命威胁的狼群。

这种自然书写的特征似乎表明蒙古族作家又回到了原始宗教中自然至上、“万物有灵”论的复古道路上来了。因为，在人类社会早期，当人们还不能对许多自然现象作出合理解释时，只能求助于原始宗教，“原始宗教都是‘万物有灵论’，天地运行、动植物生长都被神灵左右，蒙上了一层浓浓的神秘的宗教色彩”[①]。到了现代社会之后，随着科技的发展，人们逐渐掌握了天地万物运行生长的规律，揭去其神秘的面纱，回到唯物主义无神论的道路之上，这也是为世界“祛魅”的过程。尽管美国后现代哲学奠基者大卫·雷·格里芬早就提出，现代社会的“祛魅”正是导致“人类中心主义”的直接原因，并从生态哲学角度提出“世界的返魅”（the enchantment of the world）。但是在一个早已习惯用科学来解释一切的功利世界中，这种呼声并没有发挥出真正的召唤功能，在人文思想领域也依旧是边缘。从历史的角度看，蒙古族作家这种自然观似乎是回归，但从社会现实角度看却不是简单消极的回归，而是针对目前现代工业化进程中生态恶化、自然资源被耗尽的危机，对后现代生态哲学思潮的积极回应，具有反思现代性危机、提倡现代文明生态转向的现实意义。

---

① 曾繁仁：《生态美学：后现代语境下崭新的生态存在论美学观》，《陕西师范大学学报》2002年第3期。

二 灵异的动物

灵异动物形象的塑造是新时期蒙古族小说对人与自然关系的一个深度书写。以往中国文学中的动物形象数不胜数，但工具形态居多，或者成为蒙昧时代的生活回响，或者充当民间文学、童话、寓言、志怪等文类中的特定修辞手段。但新时期蒙古族部分小说却不拘于传统文学的写作样式，采取了一种拟实型写法，作品以动物命运遭遇为线索，详细刻画动物之间的爱恨情仇、勇猛操守，动物与人亦敌亦友的复杂关系。动物形象“已不是或主要不是在象征符号或修辞工具的意义上被塑造了，而是动物自身、动物在本体意义上获得了观照”[①]。此外，作品中少不了异常惨烈、精彩无限的打斗场面，呈现了草原、沙漠、雪山、戈壁等别样的风景，以其陌生化效果和异域民族风情大获成功，使流行了一个世纪的“文学是人学”的观念受到前所未有的挑战。

虽然有些作品也表现与蒙古族生活密切相关的驯服和豢养动物，如骆驼、马、狗等，但更多的作家似乎对野生动物更有表现激情，如郭雪波的《狼孩》、满都麦的《四耳狼与猎人》着力写狼，郭雪波的《沙狐》《银狐》《狐啸》专写狐狸，肖龙的《黑太阳》对黑熊、獐子的神化，都是聚焦那些来自野性自然中的精灵。文本突出它们的“荒野品性”：善于奔跑、追逐；为争夺食物和领地进行惨烈的斗争；群体间的团结合作，独立时的坚韧、耐力；雄性勇猛强大，雌性母爱情深，这些源于大自然的优秀品性得到了酣畅淋漓的表现。

动物们吸收了荒野的精髓，向人类传播着未被文明改造的自然的博大、深邃、神秘，启示人类关于自由、平等、互爱的生态精神。

---

① 朱宝荣：《动物形象：小说研究中不能忽视的一隅》，《文艺理论与批评》2005年第1期。

《狼孩》是这方面的力作，作者郭雪波有意把人类的文明世界和动物生存的荒野作对比：人类的文明世界恰恰充满了欺骗、乱伦、屠杀，甚至把野兽赶得无家可归。但是动物世界却显得单纯而又生机盎然，那里苍苍莽莽，自然美景无限。傍晚太阳在天际燃烧，“万里飞红”，夜晚幽深静谧，皓月当空。在无垠的天地间，活跃着沙鸡、跳兔、地鼠，还有沙豹、雄鹰、野狼之间的生存斗争。作者写自然风景突出的是空阔明净、一尘不染，写动物界折射出动物的野性、高贵、尊严。文本的中心形象“狼”成为大自然展示其荒野魅惑的精灵，它们出没在荒无人烟的莽古斯大漠，公狼“高大健壮如牛犊”，“灰毛如箭刺，尖牙如利刀，那矫健凶猛的体魄里沸腾着无限的野性蛮力”①。而那只母狼虽然被人类打瘸一条腿，但是依旧体魄健壮，双眼闪着“野性又血性的绿光”②。人类捕杀了它的三只狼崽，残暴打死公狼，混合着复仇情绪和母爱天性，母狼从人类那里夺来婴儿小龙，用自己的乳汁把他抚养成半人半兽的“狼孩”。

“狼孩”在大漠丛林中茹毛饮血、出征觅食，与其他动物搏斗厮杀，渐渐褪去人类的特征。当父亲冒着生命危险把他从荒野中诱捕回来，企图让他回到文明世界时，却只是证明了人类的愚蠢，“尽管吃喝不缺，有色香味俱全的熟食，还有不经风吹雨淋雪压日晒的温暖的居室，可他的机体功能明显地在衰弱”③。“他躺在笼子里一动不动”，“静静地等待死神来带走他”，但是“只要外边传出野狗叫野狐吠或者什么野鸟鸣啼，他的耳朵立刻竖起来，神情专注地谛听，良久良久地追寻那声响，一直到一点动静都没有了，荒野恢复了死寂他才罢休”④。人类在用亲情感化他，母狼在旷野呼唤他，人和狼都在狼孩身上争夺属于他们自己的那部分，最终文明的人类败给了荒

① 郭雪波：《狼孩》，漓江出版社 2006 年版，第 21 页。

② 同上书，第 39 页。

③ 同上书，第 200 页。

④ 同上书，第 202 页。

野中的母狼，狼孩最终被那已经老态龙钟但依然勇猛无比的母狼救走，尽管他们处境艰险，最后双双陷进黑沉沉的冰窟窿里，被汹涌的河流卷走，但死也要依偎在一起的人兽温情和悲壮感动了我们，也教育了狂妄自大的人类。

作者特别强调动物是神秘自然与人类之间“通灵者”的角色特征，它们来自荒野，以灵异、魅惑引领那些追踪它们的人类离开污浊的文明世界，走向荒无人烟但生机盎然的森林、草原、大漠、沙坨、岩洞和墓穴，让人类见识动物界的爱情、厮杀、血斗、成长、死亡，感受到荒野的生机与跳动。人类追随着它们进行了一次荒野苦旅，但也真正领略了荒野的意义，理解了伟大的环境伦理学家罗尔斯顿的那个彩色预言：“生存就是一种冒险——为实现对生命的爱并获得更多的自由；这种爱和自由都和生物共同体密不可分。这样一个世界，或许就是各种可能世界中最好的世界。”① 因而作品中会有很多动物引领着人类奔跑在荒野并把人重新“动物化”的奇观。狼把人“动物化”成“狼孩”，《银狐》中已步入成年的俏媳妇珊梅，因为中邪被狐狸带到荒漠“狐化”，变成“怪兽”。看到这种情景我们就只有感叹作者大胆的想象力了。作者还就此大发感慨：“她只不过重新恢复了人类远祖们的生存功能而已，每个人身上都具有一种兽性，只要放进大自然中与兽类为伍，都能萌发出那种潜在的兽性功能。”② 由此可以看出，动物是往返于人兽之间沟通人性与兽性的一个精灵。作家不断强化动物的“通灵者”角色，甚至植入大量玄幻因素，使作品显得诡异奇绝，但并不似《聊斋志异》那般谈狐说鬼传递道德训诫，而是以动物为线索把人类引进广阔的自然，表达人类欲逃离工业文明、回归荒野的精神漫游。

---

① ［美］霍尔姆斯·罗尔斯顿：《环境伦理学：大自然的价值以及人对大自然的义务》，杨通进、高予远编《现代文明的生态转向》，重庆出版社 2007 年版，第 200 页。

② 郭雪波：《银狐》，漓江出版社 2006 年版，第 255 页。

动物题材小说演绎的是动物世界，但落脚点却在于反思人与自然关系的生态主题。这在 20 世纪 90 年代成为一种写作范式，在获得生态理论的强大支持后，向人类文化尤其是人类中心主义的伦理价值观发起了强大挑战。“人类文化是自我中心的文化，表现在对待动物方面，即为‘物种歧视’。”[①] 如已被普遍接受的益鸟、害虫、猛兽等说法，其区分标准就是人类利益。人们对狼的深恶痛绝，根本原因就在于它是草食类弱小动物的天敌，于是成了人类财产和资源的争夺者。但是当把狼放在生态视野下叙述的时候，传统的关于狼之恶的评判标准就被动摇了。满都麦的《四耳狼与猎人》精心编织了一个猎人妻子放生小狼、小狼长大后知恩图报，使猎人巴拉丹免去杀身之祸的故事，猎人劫后余生的自省翻新了一个“动物报恩”的陈旧主题，生发出了生态伦理思想。巴拉丹借着一个学者的话说：“从生态平衡的角度讲，狩猎最终危害人类自己。尤其在草原上，猎狼绝对是错误的。狼为机警之师。没有狼，马群和牲畜都将变得迟滞、怠惰和没有精神……能有几个人懂得大千世界上的生灵万物相互依存的千丝万缕的联系呢？不过我明白了狼不是人类的天敌这个简单道理。”[②] 这已经是从生物链环环相扣的生态位来认识动物了，是比较现代的生态伦理意识。

《银狐》中塑造的银狐姹干·乌妮格体魄矫健、聪明智慧，但一直遭到人类的追踪猎杀。它施展魔力，使全村的妇女在一夜之间变得疯疯傻傻，淫邪妖媚，让村长、乡长、旗长、现代医学感到恐慌但毫无办法。狂妄自大的人类可以用枪灭了她的家族，但是对这个精神上的大混乱谁也控制不了，它像瘟疫一样蔓延。它惩罚那些罪恶的人，同时也救助弱小的人类，它解开珊梅自尽的带子，又在荒

① 朱宝荣：《动物形象：小说研究中不能忽视的一隅》，《文艺理论与批评》2005 年第 1 期。

② 满都麦：《四耳狼与猎人》，《满都麦小说作品选》，作家出版社 1999 年版，第 284 页。

无人烟的大漠中照顾她，与她形影不离、相依为命。银狐的魅惑、邪恶和它的聪慧、善良结合在一起，成为一种自然的精神象征物。它敦促人类反省自大、自私、自我陶醉的骄傲情绪，召唤着对自然的敬畏情怀、天人合一的现代生态思想。因而这些动物题材的生态小说表层是以传奇性故事吸引人，而深层是以它深刻的文化反思和文明批判取胜。

三 拒绝机械主义的乌托邦

蒙古族草原生态小说中描述最多的是草原、沙漠和动物，草原象征着人与自然的和谐，沙漠代表着和谐遭到破坏的后果，动物传达着生态精神的启示。这些自然书写联系着作家对人类诗意栖居的哲学思考，折射出民族认同思想背景下作家对蒙古族传统游牧文明的深沉怀念。

蒙古族传统游牧文化是一种生态型文化，孕育着丰富的“绿色”思想资源。由于蒙古高原地处中国北部边疆，气候干旱、寒冷，土地贫瘠，生存环境极其严酷，大部分地区宜猎牧而不宜农耕。“猎牧生产对自然条件的依赖性要比农耕生产大得多，所有这一切使得北方民族很早就懂得了人在自己的生产生活过程中必须尊重自然、爱护自然。”[①] 在他们还没有科学理性的认识之前，就依照自己对大自然的懵懂认识创造了万物有灵的自然崇拜宗教——萨满教。“从汗王贵族到百姓平民，都把苍天绿地当作生身父母，把日月星辰、山川湖河、水火草木看作具有灵性的生命。”[②] 而正是游牧生产生活方式对自然的高度依赖性和萨满教对自然的解释，催生并强化了游牧民

---

① 金海：《崇尚自然——论草原核心文化理念之一》，《内蒙古社会科学院通讯》2008年9月3日第1版。

② 同上。

族对自然的敬畏情感和天人合一的文化理念。这种文化理念内化为整个游牧社会的价值目标和统一意志，体现在他们的生产生活、图腾崇拜、习俗禁忌、道德法律、文学艺术等一切领域。比如定期迁徙的生产生活方式就是通过季节性倒场把对自然的索取限定在环境允许的范围内，“是为使草场可循环利用而采取的、对畜草两要素进行时空重组的选择”①；蒙古包的形制不但与天圆地方的自然观念有着深刻联系，也是世界公认最环保的融入自然的建筑；草原民族的交通工具马、骆驼、勒勒车等均为直接来自自然或自然有限人化的产物；蒙古族习惯法中规定：春不合围，夏不搜群，保证野生动物繁殖；不得捕杀怀孕或带幼崽的野生动物，狩猎不能一网打尽，每次至少放生一雌一雄，幼崽全部放走；草原民族先后将狼、鹿、熊、鹰、桦树、柳树等视为祖先而加以崇拜，规定了很多猎杀和砍伐这些动植物的禁忌；还有《敕勒歌》中“天苍苍，野茫茫，风吹草低见牛羊”这样对天地相融的歌咏，无不展现着游牧民族对大自然的热爱和崇敬之情。

但这种生态型游牧文明却因遭遇农耕文明和现代城市文明的侵入而陷入危机，“游牧文化自近、现代以来，随着生产方式的逐步改变和多样化，其典型的逐水草而迁徙的生活方式已开始向定居、半定居及都市化方式转变和过渡，游牧、定居、半定居和都市化生活并存已成定局。在这种情况下，游牧文化受到的冲击是显而易见的，其基础和核心，即游牧生产和游牧生活方式的历史已趋于终结”②。对这种文化转型，经济学家、社会学家和历史学家有连篇累牍的实证资料阐释其合理性和必然性，现代化进程的支持者以科技和理性为曾经艰辛跋涉的牧民构建了方便、清洁、高效的“机械主义乌托邦”。但文学和艺术更多从精神和情感上对这种文化转型保持着敏感

① 马桂英：《蒙古族游牧文化中的生态意识》，《理论研究》2008年第4期。

② 吴团英：《草原文化与游牧文化》，《内蒙古社会科学》2006年第5期。

的神经，并以寓言的方式讲述着古老的民族如何在流动中与自然共生、与动物相处，以及这种传统生活方式消逝带给他们的分裂感、阵痛和精神失落。因而蒙古族生态小说中大量描写了“不生态”的行为及它带给游牧民族的精神创伤。

阿云嘎的《黑马奔向狼山》中，作者巧妙设置了一匹骏马前后不同的遭遇，旨在揭示草原牧民生活方式的改变带来的传统精神的失落。自从草场分到户，人们开始用铁丝网把自己的草场围起来，不允许别人的牲畜践踏。摩托车、汽车取代了传统的马，马越来越不值钱了。也正因此，几年前卖掉的马又站在那音太面前，朋友用这匹马来抵欠他的一千元债。十年来没骑过马的那音太现在找到了一种驰骋的感觉，“牧马人的骄傲与自信好像又回到了他身上”①，“男人的世界在马背上，蒙古人骑上了马背就感到天高地广”②。但是接下来麻烦不断，首先是那音太遭到老婆不停抱怨，说他用一千块钱换来了受不完的罪，“看看人家早就骑上摩托车了”③。然后是马不为邻居所容，它践踏了草场，人们对它咒骂、围攻、追打，最后它从铁丝网和棍棒中挣脱出来，带着累累伤痕奔向了狼山，那是“没有人烟没有牲畜，只有荒草和狼的蔚蓝色山脉”④。作者想要说明的是草场变小了，人心也随之狭隘，容不下任何感情性东西的存在，只有物质、欲望、眼前利益。黑马的遭遇说明那些无形而可贵的东西正从牧民中间消失。这已经成了蒙古族作家的一种共同感受，满都麦也曾痛彻心扉地感叹：“不知从什么时候起，马背上的民族纷纷跳下马，不分男女老少，都被现代化工具所吸引，乃至牧民们也开始骑着摩托出来放羊……昔日光荣至尊的蒙古马如今已派不上什么用场，而且越来越不受用，几乎到了人见人嫌，被全面排斥的境

① 阿云嘎：《黑马奔向狼山》，《民族文学》2003 年第 12 期。
② 同上。
③ 同上。
④ 同上。

地……蒙古人的后代不知在将来什么时候，因某种机会听到马头琴奏出的马嘶声和万马奔腾声，该做何感想？是否会想到祖先的那段辉煌历史，一半是由彪悍的蒙古马支撑和描写的呢？同时，会不会感悟到延续他生命的血液里，仍然渗存着难以滤弃的蒙古马的血和汗呢？”[①] 广阔的草原、驰骋的骏马已经和蒙古族群的历史、文化融合在一起，渗透进民族的血脉，马的消失意味着和马相连的民族精神的断裂，这是最让作家们痛楚的。

阿云嘎的《野马滩》，借助一个被公司派到戈壁收购站的小伙子的生活和情感遭遇，把传统与现代做了触目惊心的对比：传统的爱情是纯洁的，而现代城市化的爱情往往是虚伪的骗局。在戈壁滩，色布吉德玛给予了“我”姐姐一样无私纯洁的爱情，让“我”从“流放”的痛苦中摆脱出来，我们在蓝天白云或夜幕下躺在草原上聊天、谈着她的丈夫，是那样浪漫而洁净。但城市里经理助理的妹妹为了哥哥“捕野马”的阴谋得逞，可以在给我的信中加三个感叹号，一长串的省略号，里面掺杂着利益驱动下的阴谋和谎言；传统的生活是诗意自然的，人与天地自然生息与共，草原上的人从不猎杀野马，还有意在井槽里放好水等着它们来喝，人与人相亲相爱，男人勇敢正义，女人温柔善良坚强。但现代社会恰恰相反，生活里充满了卡车、望远镜、指南针、匕首、绳索、药品、麻醉枪，人类用这些机械对付野生动物，捕杀野马，满足私欲。人与人之间钩心斗角，充满算计、陷害。野马滩上发生的一切似乎说明伴随着自然生态破坏而来的一定是精神生态的恶化，而所谓的现代如同一个欲望的陷阱，把人们拖进可怕的深渊。对现代的欲望化书写、作为邪恶符号的修辞方式，使得作者的价值判断和情感指向已经昭然：他们拒绝机械主义的乌托邦，深切眷恋那让他们能诗意栖居的传统游牧文明。

蒙古族作家在游牧文明与现代工业文明的转换中获得对本民族

---

① 满都麦：《远去的马嘶声》，哈达奇·刚译，《民族文学》2002年第11期。

文化的自觉，并在城市化进程加速、传统文化遭遇重重危机中诉诸文学表达。尽管一个处于非主流及边缘状态的族群如何搭上现代化的“列车”而不至于被“同化”是个世界性的难题，但蒙古族作家们没有放弃自己的使命，一直在以自己的方式思索着。在他们的作品中，游牧文化“延续论”的色调是很明显的，其动机很明确，即不希望游牧文化可能出现在人类消亡文化的清单上，让生态型的游牧文明还人类一个诗意栖居的空间。在这样一个多元化的社会里，我们确实需要研究如何利用传统来确立当下和未来的合理性，并保持文化互动中不同文化在同一时空中的自主性和生存权利。在这个意义上，蒙古族生态小说以生动的审美形式给出了提示。

第二节　蒙古族生态小说中的科技想象

文学与科技是以不同思维方式对世界进行的解释和认知，两者经常纠缠在一起，形成互动关系，其中就包括文学中的科技想象。这在中国古典文学中就已经大量存在，杜甫仰望着浩瀚的银河发出“赤岸水与银河通”（《戏题画山水图歌》）、“三峡星河影动摇”（《阁夜》）的感叹；白居易的“耿耿星河欲曙天”（《长恨歌》）、崔颢的“河汉三更看斗牛”（《七夕词》）等诗句，充满了对宇宙苍穹无限的探究兴趣，是特定历史阶段的一种审美趣味及对世界认知的反映。随着中国现代化进程的逐步推进，文学中的科技想象也变得更加复杂，启蒙文学中的科技救国祈盼、乡土文学中的科技忧患意识等多重交响曲在现代中国文学中消长更替，科技变得不那么单一，它与文学的现代性之间存有相当密切的知识性、思想性和创造性联系。而少数民族由于处于地理与文化的双重边缘，现代化进程较为缓慢，对源于西方工业文明的现代科技更多了一些异质性感受，他们的文学文本是如何想象科技的？其动因是什么？这种想象方式为多民族文化互动及族际交往提供了哪些有益经验？本节即以蒙古族生态小说为例对这些问题做一个回答，以期从文学视角对民族文化发展问题提供一些启示。

一 科技被异化的反思

科技的发展无疑在总体上标志着人类的进步，但反思人与自然关系、倡导生态伦理的蒙古族生态小说却对它进行了无情地解构，这很大程度上是现代化进程的无限征服自然行为和资源开发所导致的生态破坏，让作家们见识了科技被异化的负面结果。在阿云嘎的《黑马奔向狼山》《野马滩》《燃烧的水》，满都麦的《人与狼》《骏马·苍狼·故乡》，郭雪波的《狼孩》《银狐》等作品中，都充满了对科技的否定性叙述。作者往往会把科技具体化为与现代机械文明相关的一些冷冰冰的词汇，如“望远镜、指南针、匕首、绳索”“进口麻醉枪”、摩托车、大卡车、石油等，或者是与烦琐而无用的现代科学方法相联系，如《狼孩》中写到现代医疗科技，“抽血检测、验尿验便、挂水输液，十八般武艺全用上。药是吃了一堆又一堆，水液是输了一瓶又一瓶。过了多日，狼孩弟弟依然如故。”[①] 还有就是关于野生动物浑身是宝的现代科学知识，“好像新世纪以来，科学进步的最新发现，狼的浑身上下还有上百种稀有珍贵的营养保健物质，只要能够吃上狼肉，虽然不能长生不老，至少也会延年益寿”[②]。这些所谓的现代科学知识不过为某些利欲熏心的人把魔爪伸向野生动物提供了理论依据，作者的语气中充满对“科学新发现”

① 郭雪波：《狼孩》，漓江出版社 2006 年版，第 201 页。

② 满都麦：《骏马·苍狼·故乡》，《民族文学》2009 年第 4 期。

的嘲讽。无论是哪种形态的科技无一不和自然生态破坏、精神生态恶化相关，作者的价值取向已经昭然，科技不仅仅是第一生产力，更是环境的第一破坏力，它来势凶猛，不但是草原上野生动物的杀手（《野马滩》），更是夺人性命的元凶（《“摩托”曾格》《燃烧的水》）。在《燃烧的水》里，干脆被作者喻为“瓶子里释放出的魔鬼”，尤其是油田爆炸后，裹挟着有毒气体冲天而起的烈焰浓烟就是对现代魔鬼的具体描绘。

这种对科技的解构是对“唯科学主义”（scientism）话语的反驳，但是与现代反科学思潮又有区别。“唯科学主义认为宇宙万物的所有方面都可通过科学方法来认识。”① 这种思潮的形成与20世纪前半叶中国特殊的历史现实条件有关，在科技落后的条件下，对国富民强的期盼激发了思想界对科学的赞赏。但是随着现代工业化和城市化的推进，一系列问题也相继出现，尤其当人类面临核威胁、环境污染、温室效应、公共卫生事件时，很容易把这些生存危机与科学相联系，推导出科学原罪说，这是现代反科技思潮的思想根源。20世纪中叶现代反科技思潮首先在工业发达国家兴起，并逐渐波及中国。借着人文精神的讨论、后现代哲学思潮的兴起，成为中国思想界的一个热点话题。文学中的科技叙述可以看作是对这个话题的回应，但不能一味牵强比附。蒙古族文学中的科技解构叙述与思想界的这种反科技思潮无论从缘起上还是性质上看都有很大的不同。蒙古族小说的生态思想有一种自发性，除了郭雪波以环境文学成员自称、创作中有一种自觉的生态意识之外，其他的蒙古族作家大多保持着本土原生态特征，他们对科技的态度、对人与自然关系的认识更多传承了本民族文化精义，是对本民族文化与西方现代文化相碰撞的自然反应。

① ［美］郭颖颐：《中国现代思想中的唯科学主义（1900—1950）》，雷颐译，江苏人民出版社2010年版，第3页。

当然蒙古族并非一个绝对排斥科技的民族，实际上在生产生活、战争、对外贸易中他们创造了历史悠久的科技文明。首先蒙古族的畜牧业技术就是一个融合天文、地质、生态等多种自然科学的复杂系统，同时“在发展冶铁和铁器制造技艺上，也有过重大的贡献”[①]。在蒙医蒙药方面典籍丰富，涌现出许多著名的药学家和医师。包括蒙古族居住的毡包、精美的服饰、独特的食品，都包含着科技的元素，是古老民族科技文明的日常体现。但是，蒙古族的科技文明具有高度生态化属性，都是以最大限度保护自然、合理索取为原则的技术开发和利用。“蒙古高原严酷的生态现实，迫使北方民族很早就有了朦胧的生态意识”[②]，这使得科技的发明和使用都具有生态伦理特征，倒场轮牧的生活方式、用来迁徙的勒勒车、天圆地方的蒙古包设计，无不是热爱自然、取之有道的体现。这种生态科技观与西方的科技理性有很大差异。科技理性是 18 世纪后半叶发生的工业革命和启蒙运动相结合的思想结果。“以预测和控制自然为旨趣的科学技术与人的理性相结合，形成了科技理性。”[③] 与资本主义相伴而生的科技理性是一整套文化价值观念，其中包括“征服自然”“追求效益最大化”“劳动分工”“生产科层控制”“物质需要的先决性”[④] 等特征，它在推动资本主义取代封建社会方面功不可没，但是对自然的破坏程度也是史无前例的，造成地球上许多不可再生资源的消失。在蒙古族由传统游牧社会向现代定居社会转型的过程中，传统生态型的游牧文化与这种源于西方的科技理性产生了碰撞，导致生态小说在环境恶化与现代科技之间建立审美联系，形成了独特的文学叙述。

---

① 白歌乐等：《蒙古族》，民族出版社 1991 年版，第 134 页。

② 葛根高娃、乌云巴图：《蒙古民族的生态文化》，内蒙古教育出版社 2004 年版，第 10 页。

③ 陈芬：《科技理性的价值审视》，中国社会科学出版社 2004 年版，第 15 页。

④ 同上书，第 16 页。

蒙古族生态小说中的科技解构，目的不是反科技，而是批判科技在社会化过程中引起的人文精神的缺失，默顿所说的科学精神“即有条理的怀疑精神、普遍性、无私利性和公有性”① 已经荡然无存，科技已经被简化为欲望的工具，这是最可怕的。因而文学中的科技解构本质上不是对科技的拒绝，而是对科技被异化的社会文化反思。《黑马奔向狼山》写到草场承包到户以后，牧民们停下了迁徙的脚步，用铁丝网把自己的草场围起来，随之人的心胸也变得狭隘封闭，住得越近心理距离越远，摩擦越多，以致连邻居的一匹骏马也无法容忍，最后那音太只好看着自己受伤的黑马奔向了荒无人烟的狼山；《野马滩》里，巨大的财富欲望促使人们瞄准了戈壁上的野马，他们利用麻醉枪、绳索、望远镜、大卡车劫猎那些野生动物，逼得野生动物们无处藏身，在利益纠纷中人们钩心斗角、尔虞我诈，没有任何信任可言；现代化的大卡车取代了马、骆驼，表面上看带来了生活便利，但接下来就是无尽的苦恼，原本淳朴的人际关系变得越来越复杂，情感上却越来越疏远（《赫穆楚克的破烂儿》）；摩托车开始在牧区普及了，“有些孩子、女人、甚至白发苍苍的老人，也开始骑着摩托车，屁股底下冒着青烟，到处飞驰穿梭”②。但是它像一个巨大的欲望陷阱，使得原本淳朴的牧民不断变卖牛羊，最后因为买摩托上了城里人的当，倾家荡产，自己入狱，老婆疯癫（《“摩托”曾格》）。在作者的想象世界里，科技充满了冷冰冰的机械色彩，吞噬了传统社会人情化、人性化的东西，露出自己贪婪的欲望本质。作家对科技进步所伴随着的精神堕落有清晰的认识，“当我们发展机械运输的时候，在提高效益的同时也失去了牵驼人的自豪感；当把马群关进铁丝网围起来的狭小的草库伦的时候，在省去牧马人辛苦

① 陈家琪：《科学文化“本土化”的困境分析》，《江西财经大学学报》2003 年第 4 期。

② 满都麦：《“摩托”曾格》，《满都麦小说作品选》，作家出版社 1999 年版，第 361 页。

的同时也失去了自由的心态；当将牲畜看作商品宰杀或出售的时候，人与牲畜相互依赖的关系变成了敌对；当我们安装坚固的防盗门喂养凶狠的狼狗的时候，我们对人的信任也下降到了极限；当我们把太多的功利目的添加到婚姻关系的时候，爱情的本意早已荡然无存。甚至可以发现，人口越密集，人与人之间的情感越疏远……”[①] 作者更看重的是生活的厚重、情感性、信任及与他者的亲密关系，而不是与现代科技相关的效率、理性、警惕、距离，他为民族正在失去的东西感到痛惜。因而，蒙古族生态小说反对现代科技是表层，作者的主旨是解构伴随着现代工业化进程而生的工具理性和工业神话。作者深深地怀念那种敬畏生命、热爱自然、天人合一的初民社会，不希望进入由机械组织起来的“变质”的现代社会。

二　本土化科技处理

历史是不可逆转的，就像有些蒙古族作家不得不承认的，“工业文明与商业文明是整个人类发展的走向”[②]，那么在普遍的现代化转型时刻，企图回到科技史前状态、返回人与自然的低层次和谐已经变得不现实、不明智，民族要发展也需要自我更新，正是这种民族自我现代化诉求，刺激了蒙古族小说中的科技想象另生枝节，萌发新芽，在反科技叙述中夹杂着科技精神和科技治理的思想。并且作者以想象的方式对现代科技进行了本土化处理，在科技叙述中渗透了本民族的情感精神、生活习俗和审美趣味，化黑色的现代工业科技为一种民族的绿色生存智慧，使现代科技成为本民族文化传统的一个组成部分。

这种现代科技的本土化首先体现为把科学精神渗透在草原生态

① 阿云嘎：《有关落日与晚霞的话题》，《民族文学》2007 年第 7 期。

② 同上。

描写中，以科技视野来解释草原、沙漠、戈壁上的一切自然景观、生活方式和民俗风情，而不仅仅是传统的审美性观照。在这种科技视野下，草原上的一切植被、游牧生活方式、丧葬习俗都是自然选择的结果，是古老民族在气候干旱、土地贫瘠的蒙古高原上适应自然、敬畏自然、合理利用自然的体现。如《沙狐》中写道：“这里年降水量才几十毫米，蒸发量却达到近一千毫米，炎热干旱主宰着一切，每棵植物为生存不得不畸形发展。它们有的缩小自己的绿叶面积，减少水分的蒸发；如怪柳叶把叶子缩小成珠状或棒状，沙蒿的叶则破碎成丝状，梭梭和沙拐枣干脆把叶片退化干净，全靠枝杆进行光合作用。为了躲避沙坨里咄咄逼人的紫外线照射，在强光下生存，多数植物又变成灰白色以反射阳光。为了逆境中生存，可以说，沙漠里所有生命每时每刻都在与死亡的斗争中成长着。”[①] 作者不仅是欣赏沙漠植物顽强生长的精神，更对这种精神作出科学的描述，包括所使用词汇如“降水量”“蒸发量”“绿叶面积”“光合作用”“紫外线”及对数量、形状、颜色的精确化描绘，都显示了一种科学思维方法。包括作者对反生态行为的批判也绝不仅仅是人文精神的控诉，而是利用科学知识指出他们违反自然规律的反科学性。《狼孩》对知青的农垦行为是这样解释的：“他们哪里知道，草原植被也就半尺多厚，下边全是沙质土，翻耕后，正好把下边的黄沙解放出来，犹如被打开的潘多拉盒子，头几年还能长粮食，往后就只剩下沙化了。在十年九旱少雨枯水的草原，失去了植被，无法保护地下湿气水分，荒漠化后变成寸草不长的死漠，这是必然结局。”[②] 在《人与狼》《骏马·苍狼·故乡》中都写到蒙古族的“野葬”，也是从现代科学角度阐发它的生态意义，“他们对赖以生存的绿色植被无比珍爱，一生中几乎连指头肚大的土地都舍不得破坏，甚至在人间走

① 郭雪波：《沙狐》，《狼与狐》，中国青年出版社 2009 年版，第 9 页。
② 郭雪波：《狼孩》，漓江出版社 2006 年版，第 111 页。

完了一生之后，也没有那种庸俗的土葬……于是，将人尸体野葬在僻静的草原深处，期盼捍卫大自然绿色的使者——我们狼家族来大显身手，将草地上的尸体，干净利索不留痕迹的吃掉，让圣洁的灵魂迅速升天”[①]。新时期蒙古族生态小说还重塑狼、狐等灵异动物形象，这些动物题材小说的共同点是把动物放在生态链条上对其进行正面重塑，改“天敌”的隐喻为人类的“朋友”。在感人的故事中穿插着大段的充满生态科学精神的阐释，《人与狼》开篇就说：“狼为草原神奇美丽的魂魄，是生物链平稳延续的活力，是绿色生态平衡的天使。为此，牧民为了不让绿色草原落魄衰败，唯恐狼从草原上消失灭绝。”[②] 这些叙述既来源于民族的经验智慧，更体现了现代生态科学视野，是把现代科学应用于本民族生活的再现。

作者还采用民族化的想象方式表达了科技治理思想，即利用现代科学思想和技术手段对草原沙化、荒漠化等灾害进行治理，而不是坐以待毙或回归原始的低层次和谐。这体现了生态小说的现代性、和解性，科技的滥用导致了生态环境恶化，但科技的本质中嵌入了它产生和发展所必不可少的社会意义和经济内涵。一味地反科技、祛科技是自相矛盾的，关键是科技在一种什么样的伦理观念下被使用，被哪些人所用、用来干什么。作者在科技伦理方面的想象是非常富有本土特色的，是中国传统“以道驭术”的民族化运用。

在作者想象的空间中，掌握和使用现代科技的是那些具有深厚的民族情感同时又具备民族传统美德的人，让技术行为受到民族文化、民族道德甚至宗教精神的驾驭和制约，是对技术被滥用的防御性思考，目的是为了还人类一个和谐、优美的生态草原。主人公往往都是集民族传统美德与现代生态观念于一身，《银狐》中的治沙能人老铁子、旗长古治安、致力于寻找萨满教的白尔泰，《重耳神兔的

① 满都麦：《人与狼》，《满都麦小说作品选》，作家出版社 1999 年版，第 304 页。

② 同上书，第 285 页。

传说》中的苏木党委书记任念亲和他领导下的治沙农民宝利高等，他们的共同特点是坚韧、执着，既有梦想又能不计后果地苦干。他们不为眼前经济利益所迷惑，更没有私心，别人是为自己谋利，而他们是忧虑子孙后代的幸福，心系整个民族的生存家园。比如任念亲，他大学毕业后主动申请到黄沙漫漫的库伦旗来工作。别的领导都是为了捞政绩而抓生产，而他关心的是沙进人退的生态恶化，他“组织草原警察，严禁毁林、退耕还林、退耕还草”①，并与一个有着庞大家族背景的民营企业家阿拉坦展开生死斗争，阿拉坦的柳艺编织公司正在“造福一方”，是整个苏木的“财神爷”，但任念亲看到的却是这个企业的生态破坏力。为了保护柳条沟的盎然生机和百鸟争鸣的自然景象，他遭到毒打、爱情梦断、常年奔波在狂风沙土里，不被村民们理解，但他无怨无悔。在他影响和支持下的农民宝利高也是一个让人钦佩的平民英雄，在自己的家被风沙吞没之后，他就下决心要把这风沙制住，“他毅然辞了在苏木信用社的工作，承包了五百亩寸草不生的沙荒地，带领家人开始了艰苦的创业。他经历了无数次的失败，常常是刚栽下树苗，一宿间就被风沙吹得踪影皆无。这个倔强的汉子并没有气馁，他说，庄稼不收年年种，总有一天我会让这里变成绿色”②。作者加入了知识、权力、人格等多种要素突出主人公的魅力，使治沙的过程成为民族传统美德被放大的过程，科技本身变得不那么重要了，关键是科技与人的结合。正像社会学者所说的，“要从人的角度来关注技术、关注科学的社会化。科学的目的是人，如果说技术是中性的，那么技术应用于社会的过程就是技术同人结合的过程。如果科学是负载价值的，那么科学的精神必须得以贯彻”③。这些新时代的民族英雄人物，利用科学技术在沙漠

① 肖勇：《重耳神兔的传说》，《民族文学》2004 年第 7 期。

② 同上。

③ 陈家琪：《科学文化“本土化”的困境分析》，《江西财经大学学报》2003 年第 4 期。

里种草、在荒山上植树，在寸草不生的沙窝里种粮，科技带来的是另一种后果，满眼的苍翠欲滴、鸟语花香、蜂飞蝶舞、狼狐出没，这才是人类诗意栖居的家园。这种书写模式显出作者以本土的“人性化”“道德化”对现代科技的一种软处理。在这个想象空间中，科技褪去了黑色魔鬼的隐喻，成了绿色的天使。蒙古族作家们以诗性思维表达了对科学本土化理想状态的憧憬，它是经验的、感性的、道德化的，但并不缺乏艺术创新性，思想的力量也绝不亚于理性和思辨。

三 杂糅式想象

蒙古族作家对生活的解释力、创造力在他们的科技想象中得到了清晰的呈现。改革开放以后的新时期，伴随着普遍的现代化转型，蒙古族也在由传统的游牧生活向现代定居生活过渡，他们既体验着符合时代潮流的正面价值，也感受着告别传统的一种沉重。作家们如何传达出一个古老的游牧民族即将踏上现代化征程那一转身的复杂感受，能够显示出作家对社会、对生活的介入能力。而作家能否捉住那根敏感的神经把全部的痛感、焦灼、希冀、渴望都带出来，则需要一种与草原大地血脉相通、感同身受的深厚情感和旺盛的审美创造力。新时期以来的蒙古族生态小说无疑正朝着这个方向努力，阿云嘎、甫澜涛、郭雪波、满都麦、察森敖拉、阿尤尔扎那、布仁特古斯、孛·额勒斯等作家，面对环境危机的严峻现实，敏锐地感受到现代化的科技理性与民族朴素的生态观之间的碰撞与交流，并以二者之间的缠绕关系为一个焦点去拓展审美空间，从而为蒙古族小说打开了一个新的表现领域。借助生态视角中的科技想象，民族传统与现代观念的碰撞与融合、民族面临的发展契机及所遭遇的精神困惑等命题都得到了深刻的表现，科技想象显示出巨大的包容性和丰富的艺术表现力。在这个想象的过程中，作家表达了民族传统文化和地方特色在席卷全球的现代化进程中逐渐消逝的苦恼，就像落日与晚霞一样，即便再美丽壮观，也有一种熊熊燃烧的悲剧意味。作家阿云嘎说："当我意识到那是一种深刻的悲剧的时候，我心里产生了强烈的创作冲动。"[①] 这种冲动不仅是一种宣泄、描述，还激发了作者对生活的思考和创造，"工业文明和商业文明为人类带来了飞速发展，同时也制造了越来越多的难以解开的'死结'。怎么解决？出路在何处？很多专家学者提出了很多良方，大概都很不错。但我却觉得，将传统文化的某些精神运用到现代社会，也许就可以'柳暗花明'。比如对大自然的敬畏心态，比如说人与人相互之间的宽容精神，比如说与天、地、动物和谐相处的理念，比如说草原人对生、死、爱的理解……"[②]。这是作家阿云嘎的勾勒，除此之外，还有郭雪波"宗教＋科技"的生态设想，满都麦的人性化科技，肖勇的科技民族化处理，等等，不管作家勾画的这些蓝图是否奏效，值得肯定的是他们一直在以诗性方式创造理想的生活，这种理想至少代表少数族裔发出声音，并提供了许许多多种生活方式的一种可能。

对科技的想象也是蒙古族作家对现代性认识的一个集中反映。吉登斯说："现代性指社会生活或组织模式，大约十七世纪出现在欧洲，并且在后来的岁月里，程度不同地在世界范围内产生着影响。"[③] 吉登斯没有给现代性一个封闭的定义，而只是把它和一个时间段和一个最初的地理位置联系起来，可见它是伴随着西方现代工业化进程而产生的一系列特征，并且目前还在不断变化着。但是科技无疑是它的一个重要的表现符号，通过科技可以感受到现代性的力量和后果，考察文本中的科技想象能够帮助我们辨析世界范围内的现代

① 阿云嘎：《有关落日与晚霞的话题》，《民族文学》2007 年第 7 期。

② 同上。

③ ［英］安东尼·吉登斯：《现代性的后果》，译林出版社 2011 年版，第 1 页。

性反思如何在地方上发生。蒙古族作家对科技的书写是对新时期以来甚嚣尘上的反思现代性呼声的回应，这在汉族作家和其他少数族裔作家的文学里都有体现，是一种时代潮流性写作范式。但它又显现了民族化的独特性，尤其是科技批判与科技依赖相交织的杂糅性，充分验证了民族文化与现代性并非我们想象的那么二元对立，在很多情况下他们可以找到对接点进入彼此的世界，达到互动和交融。少数族裔在面对这种统治世界的现代文化时无疑处于劣势，但是他们并非只是单向地被动接受，他们完全可以通过主动的对异文化的兼收并蓄保持互动中的平等权利和地方文化的自主性，这就包括把汉族、其他少数民族及西方外来文化的种种新因素民族化，使其成为本民族传统的一部分，从而在动态建构中保持本民族文化的生机和活力，让古老的民族文化在中国多民族语境中获得平等对话，在世界各民族语境中获得平等的交流。蒙古族生态小说在当代中国文坛已经占有一席之地，郭雪波的《狼孩》、满都麦的《碧野深处》等作品被译成多种语言在国外流传，他们对世界性话题的关注、开放的文化态度无疑是这种富有民族特色的作品可以广泛流传的一个重要原因。

当然，文本中科技的杂糅式书写某种程度上也是作家生态思想局限的折射。从历史的角度看，蒙古族的生态思想虽然丰富，但是比较天然地蕴含在民族的生产生活方式上，缺乏理论支持而不系统，所以，很多作家是传承了民族的自发生态意识，在遭遇现代农耕文化和工业文明的科技话语后，基于民族生存发展的境遇和文化保护动机所作出的一种应激反应，这与西方已经酝酿了半个世纪的生态思想相比，还显得不够成熟。有些科技叙述依然保持着文学本质的感性和诗性特征，充满明显的理想主义色彩。尤其在利用科学治理环境中，受到想象力的限制，作者对科学如何发挥作用轻描淡写，但是大量的笔墨会集中在治沙英雄的道德、人格、宗教精神上，似有避重就轻之嫌。另外，作者对清官、知识分子有很高的期望，在《银狐》《重耳神兔的传说》中都有相似的情节，即具备生态意识的清官，支持知识分子挖掘研究民族志、并自上而下治理环境，最后取得了圆满的结局。这与其说是现实，不如说是理想，作者回避了治理环境过程中可能遭遇的繁难和阻力，为了一个大团圆的结局，牺牲了应有的深度和感染力。这种写法充满了诗性思维，真实性也是它经常遭遇的挑战。蒙古族作家的生态意识和他们的文学思想资源一样，大多数还都处在自发状态中，因而狭隘和局限是难免的。但对生态与科技的思考毕竟为他们提供了一种更阔大更合理的价值观，使他们有可能进一步反思人类文明和人性现实，构建民族文学的绿色之维。我们有理由相信他们在这方面会走得更远。

第三节　郭雪波小说中的魔幻与现实

郭雪波是新时期挤入主流文学视野的一个蒙古族作家，他的作品带有地道的蒙古族文化特色。但这种民族文化特征却不是简单地投射在草原、骏马、蒙古包等象征符号上，更非局限于游牧民族逐水草而居的浪漫遐想，他是以沉痛之笔描写曾经的草原变成如今的科尔沁沙地的惨痛生态现实，并探究如何以民族传统文化精华来拯救现代工业文明之痼疾。民族文化命运的思索及人类诗意生存的终极关怀赋予其小说以强烈的现实与现代意义，同时蒙古族传统宗教文化背景使他更擅长使用超脱现实之外的魔幻手法，这为其作品增添了神话思维和瑰丽奇谲的色彩。魔幻是其小说的标志性特色，这其中有现代派文学的影响，但更多的还是现代文化视野下对古老民族文化的一次重新发现。魔幻与现实相交织的审美呈现使他在新时期众多作家中别具一格，也成为讨论其作品一个无法绕开的话题，它对我们重新认识民间传统与启蒙理性、民族与世界的互动关系都有着重要启示意义。

一 神奇的科尔沁沙地

郭雪波的小说从总体上来看是现实主义的，但魔幻思维却为其作品带来了单一现实主义不可能获具的灵动和活力。从《老树》中贯穿的“老树精附体”的巫性思维，到后来《狼孩》中人兽一体的奇幻、《银狐》中原始宗教的魅惑、《天音》中民间艺人的奇遇等情节来看，魔幻已经逐渐演变为自觉的文学艺术，其中寄寓着作者重塑民族文化的理想及亦幻亦真、幻里藏真的文学观念的树立。郭雪波小说中的魔幻色彩与作者的故土情结与族裔身份密不可分，北方大漠变幻莫测的自然地理、蒙古族原始宗教文化、东蒙地区丰富的巫术鬼神风俗等，都为小说铺垫了魔幻文化底色。因而作品中出现的癫狂人物、阴阳混沌的境界都不显得突兀，而是不断印证了处于民间、居于边缘的少数民族文化的独特魅力。

郭雪波出生成长在内蒙古东部的库伦旗，这里曾经是沃野千里、绿波滚滚的科尔沁草原，如今已经退化为黄沙漫漫的科尔沁沙地。郭雪波说：“尽管我现在生活在北京，但我的文学创作源泉依然在我那遥远的故乡科尔沁沙地。那是一片神奇而令人神往的土地。”[①] 作者所说的神奇首先表现在大自然不断在这片裸露的土地上展示自己的威力，让人感叹它的壮丽辽阔，使人畏惧它的变幻莫测。作者把这种漠北苦寒之地荒凉贫瘠、气候暴烈的自然地理上升为神奇的人文景观，渲染了人类为生存下去必须同大自然、猛兽展开惨烈斗争但又生死相依的自然法则，因而一幕幕让人震撼的奇幻画面上演了。

① 郭雪波：《郭雪波创作语录》，《红豆》2004 年第 12 期。

"狼孩"的传说以前只在短短的文字报道中听说，但作者通过奇思幻想把它演绎成一个跌宕起伏的长篇故事。故事的发生与科尔沁沙地的自然环境紧密相连，科尔沁草原"经过上百年变迁，就成了如今这种茫茫无际的大沙地，唯有边缘地带的沙陀子，还幸存着些稀稀拉拉的野山杏、柠条、沙蒿子等耐旱草木"①。在这光秃秃的沙地、大漠、岩洞、古城废墟之间，人和野兽争夺生存资源的大战显得异常激烈。公狼和母狼在被人类追杀中失去幼崽，出于母爱和报复，母狼抢走了人类的幼子，并用自己的乳汁将他养大，一个亦人亦兽、非人非兽的狼孩故事惊心动魄地展开了。北方大漠酷烈的自然环境，为那荒野中的人兽厮杀、动物之间血腥搏斗、人与狼争夺狼孩的所有奇幻情节提供了可能，那些大大超出乡村或城市生活视野和经验的故事都在自然环境中找到了合理性，让人信服又让人瞠目。《沙葬》也是一个绝地中生与死的传奇故事。与偶尔呈现的诗意和瑰丽相比，茫茫大沙漠制造了无数令人窒息的恐怖情景，夺去了无数的生命。除了风沙、严寒、沙崩等自然灾害，最可怕的是热沙暴，"只要它冲卷过的地方，所有植物转眼间全部蒸发干水分，晒焦了绿叶，枯干了枝干。就是百年大树也很快干枯而死，无一幸免。它是所有生命的死神。就是人在沙漠里遇到这种干热风沙暴，也无法逃脱死难，很快变成了一具木乃伊"②。这可怕的沙暴最终施展了它的威力，云灯喇嘛、原卉、铁巴连长、妇联主任，以及沙漠里仅存的动物全都在灼热的沙暴逼迫下，冲进了云灯喇嘛挖的地窖子里，人与动物互不侵犯公平分得这里储存的一点点水活命。但最后地窖子也要被流沙掩埋了，每个人按照自己的生存逻辑逃生，一生慈悲为怀的云灯喇嘛圆寂了，他把生存的机会留给了白海的妻子原卉，让自己多年前救的一只白狼叼着原卉离开了沙漠，这是大自然对善良人类的

① 郭雪波：《狼孩》，漓江出版社 2006 年版，第 8 页。
② 郭雪波：《沙葬》，《狼与狐》，中国青年出版社 2009 年版，第 193 页。

回馈。因为大自然曾经以可怕的一面吞噬了原卉的丈夫，她的丈夫白海——一个决心治沙的科技工作者，多年前就是死于那可怕的沙崩，他为自己挚爱的沙漠而葬身其中。这是一个发生在大沙漠里纠缠着爱情、信仰、生命、死亡、探秘等多种元素的悬疑故事，里面的诸多情节充满了魔幻色彩，而这种魔幻首先是源于那既充满生机又宛若死亡之谷的茫茫沙漠。总之，恶劣的自然环境带给人们一种恐慌心理，同时也锻炼了他们的生存智慧，在这里奇迹随时会发生，一切皆有可能，这种自然环境与人文地理是上演魔幻的最好舞台，同时也是魔幻本身。

蒙古族原始宗教文化提供了更为空阔的想象空间，刺激了作家波诡云谲的大胆想象，对萨满教的历史追踪、载歌载舞的祭祀仪式展演、对孛师超常神力的渲染、对萨满教传人的揭秘等的丰富想象，都赋予其小说以浓郁的宗教文化底蕴和神秘色彩。萨满教是蒙古人最早信仰的原始宗教，它曾经长期盛行于我国北方各民族。“萨满教的主要信仰是相信万物有灵、灵魂不灭和崇拜多神，认为宇宙有上、中、下三界之分，上界为神灵所居，中界为人类所居，下界为鬼魔所居。而萨满则为人们与鬼神交往的中间人，充当神媒，施行巫术，为人们消灾求福。”① 大约在 17 世纪以后，随着喇嘛教盛行，萨满教趋于衰落，但其遗迹在蒙古人的日常生活中仍有存留，如祭天、祭地、祭敖包、崇尚自然、图腾崇拜等。萨满教在郭雪波出生成长的东蒙地区得到了较为完整的保存，其教义中的天人合一精神虽历经磨难仍传承不尽，郭雪波更是痴迷于此。长篇小说《银狐》的扉页写道：“我背着酒壶走遍科尔沁旗草原，沙漠和草地上只有两个神奇的东西令人向往：一是银狐的传说，一是萨满教孛师的故事。”这部小说中萨满教的历史再现和银狐家族与人类的恩怨情仇两条故事线索相交织，一条充满原始宗教的神秘色彩，一条贯穿着神话思维，

① 孙懿：《从萨满教到喇嘛教》，中央民族大学出版社 2002 年版，第 1 页。

聚集了宗教、巫术、鬼魂、民俗等多种民间文化元素，使用隐喻、象征、梦幻、意识流等多种叙事手法，使得《银狐》成为郭雪波魔幻小说的代表作。尤其是铁喜等十三孛师在绝境中脱险的画面富有传奇色彩，在王爷精心策划的“瓮中烧孛”阴谋中，上千孛师葬身火海，但铁喜老孛却带着十来岁的孙子从滚烫的大缸中安然无恙地走出来，还有其他十二名孛，“手击皮鼓，晃动彩衣，作歌而来”①，孛师们的超常功力让人叹为观止。魔幻既是思想内容，又是一种艺术形式，它不仅指人物、事件的飘忽不定、人神不分、难以琢磨，很难用理性思维来评价或判断，更是指形式上的奇诡，作者插入大量萨满教的祭歌、孛词、民间说唱故事来增强故事的神秘感，如《银狐》每一章开头都以孛词或银狐的传说故事入文，“崇拜长生天／崇拜长生地／崇拜永恒的自然／——因为我们来自那里”，“银狐是神奇的，遇见它，不要惹它，也不要说出去，它是荒漠的主宰”，这种孛词的和传说的引用，将整个故事置于神秘的宗教文化氛围中，同时也强化了主题。

另外，民间文化的介入无疑也使郭雪波的作品突破一般现实主义视阈，在非理性的灵动空间中自由翱翔，获得了崭新的审美经验和想象愉悦性。《老树》就是一个现代版“老树成精”的故事，它以东蒙地区的民间传说故事为原型，虚构了乡政府秘书那钦与塔娜偷情的故事，在作者笔下塔娜的淫欲是树精附体所致，她一到老树洞里就“神情幽幽”、欲望无穷，还不时发出淫邪的笑声，使那钦身不由已地和她陷入云雨之中。当那钦意识到自己中了邪想断绝和她的不正当关系时，他找了种种理由砍倒并焚烧那棵老树，这时隔壁“传出那个疯女人歇斯底里的哭叫声，‘受不了了，你们锯了我身子，还要烧我，你们太狠毒了，求求你们，别再烧了’。”② 但态度坚决的

① 郭雪波：《银狐》，漓江出版社 2006 年版，第 251 页。
② 郭雪波：《老树》，《民族文学》1995 年第 3 期。

那钦还是烧了老树。之后他厄运不断，才四十出头就死于非命。又合了民间万物有灵、因果报应的思想。《银狐》中的狐仙附体颇为壮观，全村妇女都中了魔，疯疯癫癫，淫笑不止，现代医学也束手无策。其中女主人公珊梅还被银狐带到荒野，过起茹毛饮血、半人半狐的生活，想象之离奇令人惊叹。《霜天苦荞红》还渲染了民间偏方治病的神奇疗效，民俗在农事上的奇特效果，都是大胆奇诡的民俗审美呈现。近现代以来的科学思潮和理性文化，使得民俗、鬼神信仰、巫术等被打上前现代烙印受到激烈批判，在五四文学之初就成为众矢之的，其弊端是巫文化的消逝和文学想象力的干枯，这在新时期少数民族作家的创作中得到一定程度的纠偏，少数族裔文学的浪漫奇谲风格为主流文学打破思维定式和模式化书写、开掘新的文学资源提供了有益启示。

二　族裔文化与生态主题

郭雪波小说运用魔幻手法触及严峻的现实。魔幻是一种叙事策略，隐喻现实并达到批判现实、改造现实的目的。在他的创作中，这种魔幻背后的现实首先是个体民族文化在现代化、全球化语境中的不断消解，正是民族文化断裂带给作者的忧患与惶惑激活了创作中民族文化的狂欢化表达。蒙古族“受到游牧经济和萨满教的双重影响，形成了具有浓郁民族特点的文化”[①]。因而在《银狐》中最原始的萨满教作为典型民族文化得到了史诗般再现，关于银狐的传说恰好诠释了萨满教的万物有灵、自然崇拜的观念，两条线索虽然发生在不同时空但相得益彰，都是关于民族文化精神的演绎。巫术、孛师、鬼魂附体、灵异、跳神、祭祀等成为作品重点描写的内容，作者试图在对大漠沙地至今尚存的巫文化的想象中建构一个人神合

① 孙懿：《从萨满教到喇嘛教》，中央民族大学出版社 2002 年版，第 1 页。

一的“神性”生命世界，来抵御现代工业文明滋生的功利主义和庸俗物质追求倾向。

至于民族文化的展现为何借助魔幻手法，一是由这种文化传统本身的特征决定的，蒙古族崇尚自然，有图腾崇拜，信仰万物有灵，在文化仪式上表现出人神一体、亦真亦幻的神秘特征；二是因为这种文化在社会转型期正面临消逝的命运。在现代化浪潮中，古老的蒙古族正经历由传统游牧文明向现代文化的转型，现代化的工具理性、效率意识、役使自然等理念有力地冲击着传统民俗、民族文化，如何在现代化的挤压中保护与传承地域文化已经成为一个时代性的突出问题。在郭雪波的小说中，普泛性的现代文化对地方文化的整合是一个不可逆转的趋势，更多的人被现代工业文明同化，他们唱着流行歌曲，已经听不懂古歌（《天音》），为了经济利益残忍猎杀大漠里的精灵（《沙狐》），为了职称、学位、荣誉，不停地写关于沙漠的论文，但从没有真正深入过大漠（《沙葬》），与此相比，那些传统文化的坚守者都是少数，如《大漠魂》里的老双阳，《沙狐》中的铁喜老孛，《沙葬》中的云灯喇嘛，《天音》中的民间说唱艺人老孛爷天风，他们组成了一个人物形象系列，但在作品中却显得形单影只。他们的行为显得荒唐可笑、不合时宜，他们的执着痴迷、疯疯傻傻，甚至人神不分、阴阳难辨，都是一种文化失忆后的后遗症，这也许正是福柯所论证的“疯癫”与“文明”的辩证关系，用一种疯癫的艺术形式表达文明之痛。既然回归无路，现代化也不是理想国，作者陷入无所皈依的惶惑之中，他只能借助那些非理性的艺术形象和艺术形式表达自己的一种憧憬，让传统民族文化精神借助特殊的形式得以存留和发扬。孛师及其传人、追随民族文化的知识分子、民间说唱艺人无疑都是民族文化的传承者，作者借助他们的奇幻经历复活民族文化的整体风貌，也借助他们的遭遇暗示民族文化的裂变之痛。

魔幻的另一个指向是生态恶化的现实，这不仅包括自然生态遭到破坏——茫茫大漠寸草不生，草原沙化、沙进人退的惨痛现实，还包括精神生态的每况愈下，人类失去对大自然、对生命的敬畏，功利主义、物质主义正在宰治人们的日常生活。作为环境文学的成员，郭雪波对草原沙化的严峻性有明确的自觉，“现已考证，人类面临的四大危机：能源危机、环境污染、人口爆炸、地球沙漠化中，最可怕最具毁灭性的便是沙漠化。全球已有五分之一的土地完全沙漠化，四分之一土地正呈沙化。称沙漠化为地球的癌症和艾滋病，一点也不过分”[①]。因而一拿起笔他就成为大漠歌者，不是欢歌，而是悲歌，他无法对莽莽草原变成漫漫沙漠露出欢颜，他时而痛心疾首地哀哭，“走在泥石流冲卷过的黑黄色的村庄废墟印迹，我泪眼模糊……”[②]时而言辞激烈地斥责，“‘实边’也好‘支援’也罢，应尊重草原生长的自然法则，天意不可违，这是起码的道理。愚昧和无知有时是不可一世的，尤其是当它铺天盖地而来并以真理自居的时候。所以，内蒙古大草原不可阻挡地出现了那么多的沙漠沙地，而以近百年尤为甚”[③]。

从表面上看，作者把这种自然生态恶化原因归结为过度开垦、变牧为农的客观经济行为，“据说，科尔沁沙地往年叫科尔沁草原，属于成吉思汗的胞弟哈布图·哈萨尔的领地，牧野千里，绿草万顷，清道光年间开始‘移民实边’，开垦起这片草原，改变了原先以牧为主的人类生存方式，称之为农业代替牧业并号称‘先进’了。这种先进给科尔沁草原带来了毁灭性灾难……”[④] 但实际上作者认为草原沙漠化的真正根源却是人类欲望膨胀、神性信仰的缺失，《狐啸》《哭泣的沙坨子》《沙葬》一再强调了人类“像一群旱年的蝗虫，吃

① 郭雪波：《哭泣的草原》，《森林与人类》2002 年第 7 期。

② 同上。

③ 同上。

④ 郭雪波：《狼孩》，漓江出版社 2006 年版，第 8 页。

完这片田地又飞往那片田地”，“人像一群蚂蚁，掏完了这一块儿地，再搬到另外一块地儿去掏，全掏空拉倒”，“现在的人类，缺少的就是这种崇拜。缺少对自然和宇宙的神秘感”（《狐啸》）。“人失去了对神佛的敬仰，也就失去了天地神佛对人的庇护。”（《沙葬》）因而作者的拯救意识中都暗含着欲望批判、找回民族神性信仰的努力。他的作品有两类截然相反并势不两立的形象，一类是贪得无厌、背着猎枪肆无忌惮地与动物为敌的生态破坏者形象，另一类是生态保护者、民族文化寻根者形象，他们崇拜自然、敬畏生命，尊重大自然的规律，为了捍卫这种信仰甚至可以献出生命。通过前面一类形象达到批判欲望、批判人类中心主义的目的，后一类形象则从建构的角度寄寓着作者的生态理想，这两类形象的斗争往往是故事展开的一个结构性主题。那些寄寓着作者理想的形象往往执着、痴迷甚至癫狂、充满神性，更富有想象力的是人兽一体、半人半兽的形象，如大漠中茹毛饮血的狼孩、中了魔被银狐带到野外变成半人半狐的珊梅，作者对人重新变回动物的返祖现象是这样解释的：“她只不过重新恢复了人类远祖们的生存功能而已，每个人身上都有一种兽性，只要放进大自然中与兽类为伍，都能萌发出那种潜在的兽性功能。人本来是一种动物，只是有了高级思维后，觉得自己不应该是动物而已，除了这点，人与兽有何区别呢？”[①] 这表达了作者对动物尊严的平等对待，并希望通过回归荒野获得远祖的生存能力和荒野品性，正是这种生态理想使得一些奇异的形象不断出现。包括对充满神性的萨满教的不断渲染，都落脚在生态理想上，作者借《银狐》中萨满教文化追随者白尔泰表达出：“想做一种文字的记录和研究。告诉大家：北方蒙古人曾创立和信奉过一种宗教——萨满教。这个教信奉长生天为父，长生地为母。信奉大自然、信奉闪电雷火、信奉山川森林土地；同时也想告诉大家：现在也许正因为失去了这应信奉

---

① 郭雪波：《银狐》，漓江出版社 2006 年版，第 255 页。

的教义，人们失去了对大自然的神秘感和崇敬心情，才变得无法无天，草原如今才变得这样沙化。这般遭受到空前的破坏，贫瘠到无法养活过多繁殖的人族，这都是因为人们唯利是图，急功近利，破坏应崇拜的大自然的结果！所以现在大自然之神正在惩罚着无知的当代人族！”①

正是这些丰富沉重的现实内涵使得魔幻虽远离经验视野但并不失其真，相反能更深刻、更本质地反映现实。郭雪波小说的想象力是十分惊人的，你能感受到作者天马行空、犹如在空中飞翔的自在状态，这是优秀的艺术品应该达到的一种境界，但过于汪洋恣肆有时给人外溢、失真的感觉，这时现实关怀显得尤为重要，它是把作品由高空拉回地面的关键，犹如在高空翱翔的风筝，没有地面那双拉着风筝线的手、那双仰望天空的眼睛，它会飞得无影无踪。而民族文化发展的忧虑和生态关怀借给作家一双慧眼，让他的飞翔收放自如，找到了属于自己的优美姿态。这使《银狐》区别于传统的谈狐说鬼的聊斋故事，使《狼孩》不至于成为一个荒漠里的人类学传奇，使《沙葬》摆脱了简单的生死揭秘，现实关怀使得这些魔幻故事获得了当代言说的意义。

三　魔幻传统：汲取与反哺

就像拉美魔幻现实主义是土著与西方现代派共同影响的结果一样，郭雪波小说中的魔幻也是民族文化与现代文学的共生，没有古老蒙古族文化中的原始宗教与自然主义倾向的浸染，没有西方现代派文学及拉美魔幻现实主义在中国的风行，很难想象会出现郭雪波那样充满魔幻色彩的创作，同时，中国现当代文学中的巫文化传统的影响也不应该被忽略。以五四文学为开端的现代中国文学一个世

① 郭雪波：《银狐》，漓江出版社2006年版，第77页。

纪以来朝着科学与理性的方向发展，形成现代理性精神支撑的现实主义文学创作主潮。然而中国巫文化传统并没有在文学中绝迹，它作为潜在的民间文化心理一直对某些作家产生着重要影响，并以或隐或显的形式出现，文学中的魔幻色彩往往是民间巫文化的浮现。鲁迅在以科学和民主思想启蒙大众的同时，也创作了“鬼而人，理而情，可怖而可爱”的无常（《无常》），对不公正命运表现出强烈复仇精神的“女吊”（《女吊》），令人心悸的美女蛇传说（《从百草园到三味书屋》）。萧红《呼兰河传》对巫婆跳大神给小团圆治病驱邪的描写，对于七月十五放河灯超度冤魂、八月十五逛娘娘庙会求子、正月里唱秧歌等民俗活动的渲染，都不仅仅是批判国民性，而是对乡土民间文化更多面的认同和理解。沈从文也创作出《媚金·豹子·与那羊》《神巫之爱》《月下小景》等魔幻色彩浓厚的作品来表达对“人的神性”的期待。新时期“寻根小说”如韩少功的《爸爸爸》、莫言的《红高粱》、阿来的《尘埃落定》等作品，以种种奇幻形式开掘了中国的蛮荒边地文化，推动了民间审美的返潮。这种主流文学创作中的隐性文化小传统，在创作上还比较零散不成风气，在理论形态上依附于外国的文艺理论，但它确实已经形成了一个特定的文学场域，对郭雪波的魔幻思维具有潜在的影响。郭雪波借助现代中国文学中的巫文化表达传统，成功地复活了民族性内容，并因此获得了表现民族风情的审美力量，为其艺术想象插上了一双有力的翅膀。

当然郭雪波的创作又与主流文学中的这种隐性小传统有所区别，他作品中的魔幻更多的是族裔文化、地方文化的体现，而魔幻指向的现实则更多的是当代族裔文化与生态问题，具有世界范围的普遍性和当下性。这种魔幻与现实相结合的跨度是很大的，它把民族与世界、传统与现代、历史与未来等看似对立的东西结合起来，并以非理性的艺术形式与理性思考相结合的叙事手段传达其间的矛盾与融合的可能。在《狼孩》中，可怜的“狼孩”脱离了父母的呵护，又得不到已经老态龙钟的母狼保护之后，在弱肉强食的险恶环境中惨死，自然显示出它残酷的一面。狼孩最终还是经历了非人非兽、既不能适应荒野，回归文明社会又无路的悲剧。作者以狼孩的悲剧命运表达了人与自然、荒野与文明的对立与冲突，但其中也暗喻着融合的可能性，荒野中自由奔跑的“狼孩”就是一个人类重新融入自然、返归始祖的生动样板，他在荒野中自由奔跑的健康形象，他茹毛饮血的惬意，他与各种野兽为争夺生存展开的惨烈厮杀，无不显示了人类对童年阶段的怀念，是人类摆脱文明羁绊、赤裸裸回归荒野的一种生态理想的展现。《银狐》中一直追踪萨满教历史渊源的知识分子白尔泰，最后放弃了城市生活，放弃了现代知识女性古桦，与银狐、传统女子珊梅一起走向大沙漠，是非常富有传奇色彩的。这与其说是现实，不如说是作者的一种理想，是作者对种种无奈现实的一个幻想性结尾，他期望通过一个追随传统民族文化的现代知识分子的选择，表达传统民族文化与现代文化的媾和理想。在这里魔幻已经成为作者化解现实危机的一种必然方式。这样的奇幻又如此地贴近现实是郭雪波创作的一个重要特色，奇幻使郭雪波的作品大量使用了民族文化元素，他的创作也表现出民族文化认同倾向，但并没有因为过于强调民族色彩而成为狭隘的民族主义或地方主义的文学，原因就是民族始终是与世界相通的，传统文化连接着现代视野与现代关怀。在这一点上郭雪波无疑与藏族作家阿来、鄂温克族作家乌热尔图等少数族裔作家表现出了相同的特点：族裔文化成为文学表达的优势资源，但作者并没有因此受到束缚变成民族文化的保守主义者，普泛性的人类关怀是一个关键因素。

这种魔幻风格形成以后，对中国现代文学有一种反哺作用。神话思维、宗教力量、族源传说、民间故事等介入文学叙事，大大拓展了文学的表现空间和审美经验。而且它经常能够突破机械唯物主义认识论的禁锢，给审美思想即将板结和枯滞的现实主义带来新鲜的养分和灵动的气息。一个世纪以来被现代文明视为“非理性”“落后”“迷信”的东西，也在另一种思想视野中获得了某种合理性和审美呈现。在理性统治一切的时代，给这些民族民间文化资源保留一个表达的通道具有格外重要的意义。这种重象征、重冥想、重抒情、具有传奇色彩和神话意味的小说艺术，与坚持启蒙理性的现实主义创作，二者缺一不可，理性使人清醒，魔幻让诗性飞翔，它们都是文学不可或缺的东西，共同推动了丰富多元的中国文学、文化思想的构建。

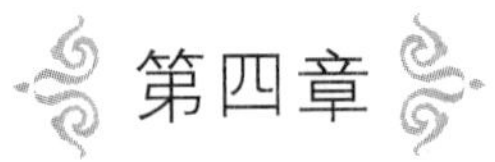

第四章

跨族叙事与文化想象

跨族叙事是多民族文学常见的书写模式，也是多元一体的中华民族交流融合的体现，对少数族裔文学摆脱单边叙事、最大程度上与他民族有效交往沟通、实现文学价值最大化有重要意义。新时期蒙古族小说中的跨族叙事非常繁盛，通过族际通婚、跨族成长、民族互助等题材形式凝聚他族文化，树立蒙古族渴望交流、践行开放的新时代风采。本章通过众多的跨族叙事文本，分析蒙古族小说中多民族文化的融合及民族化体现。

第一节　族际通婚的多重含义

一　族际通婚的文化意义

由于血缘融合是民族融合最重要最可靠的途径，族际通婚也就成为测度一个国家、一个地区民族关系的重要尺度。在中国历史上

"和亲"还曾经是封建王朝加强与少数民族感情、表达友好交往态度的政治手段，中原王朝与北方游牧民族首领之间、与西南高原部落首领之间的通婚，在金戈铁马、热血厮杀的民族史画卷中融入了温情缱绻、儿女情长，虽然充满政治意味，但也并不缺少柔情和浪漫。这种皇室与外藩首领"和亲"的策略，后来被清朝皇室发展成为维系其与蒙古王公之间亲密政治关系的"额驸"联姻制度。"有清一代满洲皇室公主下嫁蒙古王公者 32 人"，"自清天命初至乾隆末，下嫁外藩蒙古的公主格格……合计 71 人"①。皇族大臣的族际通婚往往能被记录进史册，但却是极少数，而民间底层的族际通婚实际上更加普遍，数量也更为庞大，与上层相比较而言，民众中的族际通婚褪去了政治色彩而渗透了文化、情感的内涵，并且汉族对此的态度尤其开放和主动，"汉文化在东亚大陆长期保持先进地位，逐渐发展出来一种独特的'天下观'和'族群观'，中原的汉人在对待边缘地带的族群时，看重他们的动态的'文化'取向，轻视他们与汉人之间的体质差异，强调'有教无类'，这种宽容态度和汉人在文化技术方面的优越吸引了许多原来居住在边缘地带的少数民族被融合进了汉人群体，而居住在边缘地带的汉人，在各个朝代也都存在着融入当地民族的现象……基于这样的一种注重文化层面的族群观，我国的大多数族群，特别是位于中原、人数众多的汉人，对于族际通婚是不歧视、不反对的。直至今日，我国的汉族对于与其他少数民族甚至与外国人通婚，总的来说，没有采取歧视和排斥的态度"②。少数民族对族际通婚态度更为复杂，不同朝代其态度和政策也有所变化，"这在少数民族入主中原的朝代尤为明显"。例如清朝是满族统治全国的一个朝代，对族际通婚的政策就是一个动态变化的过程，"清

① 华立：《清代的满蒙联姻》，《民族研究》1983 年第 2 期。

② 马戎等编著：《民族社会学：社会学的族群关系研究》，北京大学出版社 2004 年版，第 446 页。

初，满族婚娶重视民族高下，禁止满、汉通婚……如果满人娶汉女为妻，就要取消他享有的满人特权，如不能上档（上册）和领红赏，也不能再领钱粮”。后来满汉不婚在民间的禁忌逐步被打破，顺治二年，清世祖谕礼部：“方今天下一家，满、汉官民皆我赤子，欲其各相亲睦，莫如缔结婚姻，自后满汉官民有欲联姻者，听之。”光绪季年，曾降旨“令满、汉通婚”①。无论哪个少数民族，一旦进入中原立足或成为统一中国的正统皇朝，为了得到各族民众的支持，或早或迟都会鼓励民族间的跨族通婚。

近代以来，伴随着“国族话语”的建立，大民族——中华民族的概念得以形成，对凝聚中原汉族和周边少数民族形成一个国家政治实体具有极大的感召力，我国各个民族的地域流动和迁徙的规模都大大超过了历史上任何朝代，这无疑促进了民族之间的交往和混居，随着生产和生活方式、语言文化等方面的趋同化，族际通婚在这些具有大规模移民的地区也逐渐普遍起来。“特别是‘辛亥革命’之后，政府机构开始在许多边远少数民族地区逐步得以建立，国内市场的发展也使许多商人和手艺人深入偏远地区，民族通婚在这样一个大的历史和社会发展背景下也必然得到明显增长。”② 新中国成立后，伴随着民族平等和民族区域自治政策的实施，民族关系得到更大改善，族际通婚成为自然而然的事情。1990 年第四次全国人口普查结果公布的数据资料显示，与外族通婚的少数民族数量在不断上升，同时与外族通婚程度较高的四个少数民族中，满族、畲族、壮族与 20 世纪 50 年代相比都更加普遍地与汉族通婚，回族情况更加引人注目，以江苏省的回族为例，“江苏平均每 11 个已婚回族人

① 杨英杰：《满族婚姻习俗源流述略》，《民族研究》1987 年第 5 期。

② 马戎等编著：《民族社会学：社会学的族群关系研究》，北京大学出版社 2004 年版，第 446 页。

口中，就有 7 个与汉族联姻，只有四人属族内通婚”[1]。而且 20 世纪 50 年代后他们与汉族通婚的观念也发生了很大变化，即在坚持通婚者要皈依伊斯兰教这一传统方面，已经有了相当大的改变。研究者一致认为，“中国各族群之间通婚的整体程度，高于 20 世纪 70 年代的苏联，更是远远高于今天的美国。这多少说明当前中国族群关系比苏联时代族群关系和美国种族关系要融洽紧密得多”[2]。

族际通婚这种基于情感和家庭日常生活的融合，会带动与民族相关的社会、经济、文化、政治、人口因素等各方面的交互影响，以更加实际的力量推动了不同民族的交流，在文化趋同化过程中民族成员的界限也在不断模糊化，这是实现民族大融合的更为切实而理想的途径。各种调查数据也都表明：蒙古族是一个与他族通婚程度较高的民族，因而在新时期蒙古族小说中，跨族通婚被想象成非常浪漫的民族文化融合方式，两个异族青年男女的结合，不仅意味着新的爱情婚姻生活的开始，还被赋予丰富的民族、身份、道义、伦理层面的意义，是以更加富有情感和生活化的细节想象对历史和社会的一种补充性叙述。

二 男欢女爱中的民族认同

表现跨族婚恋题材的小说很多，如海泉的《南迁》、察森敖拉的《你也是蒙古人》、甫澜涛的《麻山通婚考》、玛拉沁夫的《爱，在夏夜里燃烧》、苏尔塔拉图的《重逢》等，这些小说主题各有不同，但是借助最能吸引人的爱情题材演绎民族文化的魅力是所有作品的叙事策略，恋爱的过程少不了阻力和波折，恋人们正是在克服阻力和

① 马戎等编著：《民族社会学：社会学的族群关系研究》，北京大学出版社 2004 年版，第 450 页。

② 同上书，第 454 页。

解决矛盾过程中相互发现了异族的人格魅力和文化魅力，在有情人终成眷属的同时也实现了相互的文化认同。作者非常巧妙地借助异族观察者的视角来发现民族独特性，赋予男欢女爱以强烈的文化内涵，尤其强调汉族对蒙古族精神和传统美德的重新发现。汉族男与蒙古族女的民族与性别模式尤为跨族婚姻题材所热衷，因为女性提供的无限开阔的想象空间可以尽情展现博大精深的蒙古族文化，女性的淳朴善良、坚强勇敢、博大无私的性格特质也符合对蒙古族传统文化的期待，而男性的观察视角和叙述口吻在叙述学中也被认为是较可信赖的，异族身份也避免了本族自我评价带来的主观溢美嫌疑，因而在这类小说中汉族男与蒙古族女的组合模式较为普遍。

海泉《南迁》中主人公和叙述人是汉族小伙子周元，他是北大历史系教授的儿子，一个血气方刚的下乡知青，女主人公是蒙古族“草原花”杜勒玛，因为家庭背景原因婚事受到影响，快到三十岁了还没找到如意郎君。周元“两年前怀着建设边疆、扎根边疆的豪情壮志而来到草原”①，在巴尔虎草原面对暴雪奇寒和残酷的政治风波，他本来可以走，但是他却留下来了，并承担了一项特殊任务，就是把雪灾后部落仅存的牛羊送到三百公里以外的安全地方。此时天气极度寒冷、环境变化莫测，和他共同完成这次任务的几个男人都“劣迹斑斑”，“需要严加提防”。但没想到在这次死里逃生的大迁徙中，他不但完成了任务，还获得了甜蜜的爱情，并且对东北极地的蒙古人有了新的认识。他与同伴中唯一的一位女性杜勒玛姑娘恋爱了，在走之前他就被包利雅提醒要远离杜勒玛，因为她有一位凶悍的爸爸，“他叫杜勒玛，回拉克的女儿，草原上出了名的美人。记住：只能看，不能动，不然那个人会像拧羊腿骨一样，拧断你的脖子”②。但是杜勒玛的体贴善良、坚强勇敢的个性还是打动了周元，

① 海泉：《南迁》，《民族文学》1996 年第 5 期。

② 同上。

因为周元的汉族血统完全不能适应那种艰苦条件下的极地生存环境，“那位文弱的教授父亲没能遗传给他坚硬锋利的牙齿，他无法细碎地切割咬下来的肉块，而在这里根本吃不到任何果蔬”[①]。这时细心的杜勒玛总是往周元的碗里多放一把炒米，草原人都是忍耐饥饿的天才，一把炒米，两碗苦茶，便可以支撑他们走上一天。但周元不行，体贴的姑娘这时就偷偷往周元的怀里塞奶干，大灾之年的奶干弥足珍贵，但姑娘的手总是在他的怀里进进出出。“如果不是杜勒玛一路上格外关照他，恐怕早已与路边倒毙的牛羊为伍了。”[②] 并且杜勒玛在困境中表现出的坚强勇敢及顽强的生存信念都给周元以震惊，所以周元不顾一切跑到回拉克跟前说：“我喜欢她，我要娶她！”[③]

但整个小说绝不是简单地讲述一个爱情故事，而是借助爱情来展现蒙古族文化的魅力，它体现在一个个蒙古人身上，杜勒玛是其中的一个代表，其他几个同行的“危险人物”在后来的生死考验中都发出璀璨的人性光华，颠覆了包利雅最初的评价。那个特殊年代被定性为“投敌变节”分子的朝乐蒙，“沉默寡言，惜语如金。白天赶羊群，晚上读书”[④]，实际上是个单纯、视书如命，又有信仰的知识分子；那个被说成是“越境叛国”的俄罗斯人伊万，爱喝酒，有血性，内心藏着深刻的思乡之痛，最后为帮助草原上的两个孩子找到家人而迷失在暴风雪中，终没能回到他日夜思念的故乡；杜勒玛的父亲回拉克被定性为“有血债”，但这个表面看起来凶悍的蒙古人生存经验丰富，几次在危难中救了周元，还在最关键的时刻牺牲了自己，保护了集体的财产和两个年轻人的生命。恰恰是这些人在关键时刻表现出的勇敢和牺牲精神让周元重新认识了这块充满神奇的土地和它所孕育的部落文化，那种雄浑宽广、坦荡无私的品格犹如

① 海泉：《南迁》，《民族文学》1996 年第 5 期。

② 同上。

③ 同上。

④ 同上。

蜿蜒起伏的大兴安岭沃野，彻底征服了汉族人周元，在得知同行的几个伙伴都已经牺牲之后，他与这个部落的女儿杜勒玛“紧紧相拥，一任双泪长流”[①]。杜勒玛与周元产生爱情的过程也是两个民族文化碰撞与融合的过程，尤其是蒙古族文化的魅力借助汉族人周元的观察视角得以呈现，它比蒙古族人的自我叙述和评价显得更加可信，但是他的一切言行和心理活动又都是蒙古族作家赋予的，因而这种模拟异族的叙述人方式仍然是蒙古族作家表达民族认同的一种叙述策略。

察森敖拉的《你也是蒙古人》同样是采取了汉族男与蒙古族女的恋爱模式传达对蒙古族的文化认同感。汉族人韩生禄刚到草原时，“‘你叫什么名字?’当初德力格尔这样问他。‘韩生禄。’‘哈斯洛，你也是蒙古人?’‘不，我是汉人，叫韩生禄……’”[②] 这时他还有非常明确的民族身份意识，之后的草原生活尤其是遇到蒙根花之后，他逐渐喜欢上草原，喜欢上蒙古人，觉得自己也是一个真正的蒙古人了。这种转变来源于爱情的力量和蒙根花的影响，蒙根花代表作者对蒙古族文化的一种想象。她出身贫苦，经历坎坷，但在逆境中不服输，不向困难低头，反而凭借自己坚强勇敢、精明强干闯出了一条新的人生道路，成为事业上成功、爱情上幸福美满的一个女商人。男女主人公的结合也并非一帆风顺，而是经历了由误解到了解到相互爱慕的过程，作者借助哈斯洛的感受表达了异族对蒙古族的印象。哈斯洛一开始听到蒙根花的传言产生了畏惧心理，“就像一个小孩听了一段关于鬼怪的恐怖故事一样。他心中暗暗发誓：一辈子绝不娶媳妇”[③]。之后他背着行囊走进巴彦高勒草原的那达慕会场，同时回忆自己是如何从家乡东部的一个农村逃出来的，那是一段苦涩而充满屈辱的童年，这是作者有意为后面的蒙古族文化表现做铺

① 海泉：《南迁》，《民族文学》1996年第5期。

② 察森敖拉：《你也是蒙古人》，《民族文学》1999年第3期。

③ 同上。

垫，它要衬托的是草原宽厚博大的胸怀及母亲似的养育之恩。哈斯洛最爱唱的一首歌就是《蒙古人》，“辽阔的大草原，是我成长的摇篮……”[①] 这是非常有象征意义的歌词，它反复回荡在作品中。之后他亲眼见识了一个美丽妖娆的女子在河滩上向河对岸投掷酒瓶子，那是牧民们力量、本领的显示。在他遭到牧人扎木苏的无礼取笑时又是这个女人亮出明晃晃的蒙古刀保护了他，让他见识到蒙古族女人的英姿飒爽和正义勇敢。并且这个女人走到他面前讲出了她就是蒙根花，这时那些传言不攻自破，他已经完全爱上了这个泼辣的女子。生活在一起之后他逐渐认识到这个女人的魅力，生活上她体贴周到，干净利落，让哈斯洛这个流浪汉体会到了家的温暖和女人的柔情；在经商方面她卓有才干，生意越做越大，还让哈斯洛放弃牧人的生活和他一起做边贸生意，哈斯洛当她的主心骨，她负责打理日常经营，她对他们两人的结合非常有信心。这个精明强干但不强悍的女人让哈斯洛觉得自己已经融进了草原大地，变成了一个真正的蒙古人。故事的结尾是他再次唱起了《蒙古人》：“蒙古包的缕缕炊烟，轻轻地飘上蓝天，茫茫的绿草地，是我成长的摇篮……”[②] 新的身份认同发生的最重要因素是文化认同与情感依附，显然跨族婚姻可以实现这些。

三　族际通婚的阻力和障碍

虽然族际通婚是实现多民族文化融合的有效而又持久的途径，但由于习俗、文化、宗教信仰等方面的差异，要在现实中让两个异族的有情人成为眷属却也是困难重重，因为族际通婚行为并不仅仅是通婚者个人的私事，它意味着要把一个“异族人”吸进“本族”

---

① 察森敖拉：《你也是蒙古人》，《民族文学》1999 年第 3 期。

② 同上。

群体，因而父母、亲属、家族、社区都会对子女、族人的跨族婚姻行为表达看法。“两族成员间的通婚愿望是否得到本族群体的支持，这是体现两族关系总体水平的重要标志。”[①] 一般来讲，两族的文化同化已达较高程度，族群间无语言障碍，宗教上互不冲突或至少彼此容忍，两族成员们有很多社会交往机会，个人所在家庭与族群社区对族际通婚不反对甚至比较积极，只有达到这几个条件时两个民族间才会出现较多数量的通婚。[②] 即使两个民族间的关系较融洽，但由于具体年代不同、生活在不同地区的成员对此的观念也都不统一，族群通婚经常会遇到各式各样的阻力。当然在新时期的蒙古族小说中，作者都表达了美好的愿望，青年男女最后都获得了美满的幸福，因而艰辛斗争的过程显得尤为重要，它决定了一部作品的思想性。新时期蒙古族小说往往把习俗力量和文化差异想象成跨族通婚的阻力和障碍，围绕这些因素来设置矛盾冲突。

甫澜涛的《麻山通婚考》就讲述了察哈尔蒙古族麻山牧村第一例跨族通婚的艰难，异族的青年男女通婚本来是美好的事情，也没有什么制度限制，但是那开风气之先者却付出了青春和生命的代价。贯穿作品始终的一个悲剧性人物是汉族小伙子大贵，小说围绕大贵的悲剧一生讲述了两个民族开始通婚所遭遇的巨大阻力和碰撞。汉族小伙子大贵与蒙古族少女阿丽玛的跨族恋以悲剧收场，大贵在饥荒年代随父亲落户草原，在这里他受到了麻村人兄弟般的对待，与蒙古族小伙子吉亚泰结拜为兄弟，有福同享，有难共赴。但是与漂亮的蒙古族少女阿丽玛的纯洁爱情却遇到了巨大的障碍，“蒙汉不通婚，这是几百年来流传下来的老规矩，更多的人说是祖宗成吉思汗立下来的老规矩，谁敢违背”[③]！旧习俗成为爱情难以逾越的障碍，

① 马戎：《民族社会学导论》，北京大学出版社 2005 年版，第 177 页。

② 同上。

③ 甫澜涛：《麻山通婚考》，《民族文学》1991 年第 9 期。

他几次反抗，把花了大价钱买回来的与汉族姑娘结婚的机会让给了弟弟，他喝醉了酒倾诉衷肠："我要娶阿丽玛做老婆……生孩子……"[①] 这种违逆祖宗的行为激起麻村蒙古族的反对，他被阿丽玛的父亲"放牲"，绑在马背上从麻村中驱逐出去。等到新中国成立后他再次回到麻村时，阿丽玛与大贵的义弟吉亚泰已经结婚生子，亲弟弟二贵也已经与汉族姑娘结婚生子，做了麻村的支书。二贵的孩子小宝已经长大成人，并且小宝正和阿丽玛的女儿塔娜恋爱，第二代蒙汉通婚的力量即将再次萌发。

大贵自己是这种落后习俗的受害者，只有他亲身体会到挑战这种族规所受到的伤害和惩罚，所以他拼命制止悲剧再次发生。他不但把自己多年的积蓄拿出来做彩礼，鼓动小宝去外地找一个汉族姑娘回来，还苦口婆心劝说每一个支持这桩婚姻的人。但是毕竟时代不同了，这种落后的族规受到大家的一致反对，阿丽玛坚决支持女儿的跨族恋，她说："我不想让塔娜走我的路啊！姑娘家嫁不了心上人是啥滋味？你知道吗？男人没情少义，女人又过分痴情……"[②] 二贵的思想也已经开通，"婚姻法也没说蒙汉不通婚，别抱着老皇历不松手"[③]。但是阿丽玛的情感演说和二贵的革新理论都没有触动大贵，他依然坚决反对。这里面有他的固执僵化，但更多的是他已经被那种顽固的思想所同化，过去的痛苦留给他太多的阴影，他无法走出来。最终在与二贵理论时失手打死了亲弟弟，自己身陷牢狱，等刑满出狱时人已经老态龙钟。一个年轻人的热血青春就这样消逝了。小宝和塔娜终于破除重重阻力结婚了，两个人不但是麻山蒙汉通婚的第一例，还带头走出去做生意。任何的成功背后都包含着挣扎和付出，有时以生命和鲜血为代价。在第一例通婚的喜庆背后浸透了大贵、阿丽玛、

---

① 甫澜涛：《麻山通婚考》，《民族文学》1991 年第 9 期。

② 同上。

③ 同上。

二贵等人的血泪和沉重。

在有些作品中这种跨族通婚的阻力被想象成民族文化差异，尽管新中国的民族平等政策在法律上规定了五十六个民族的政治平等地位，但是由于各个民族历史进程的不均衡，导致它们在经济、政治、文化、教育等方面存在着实际的差异，在交流过程中也存在着地位不对等的事实，即一个民族对另一个民族在文化上的优越感或自卑感也如在其他领域一样，在文学想象中往往被处理成跨族通婚的阻力和障碍。苏尔塔拉图的《重逢》讲述了一个老妈妈千里迢迢从北京来到草原上寻找自己的女儿，想把她带回北京去工作。但是来了之后她才发现女儿不但热爱自己的工作，还爱上了这里的人，她已经和草原上的小伙子巴特尔相恋并准备嫁给他，老妈妈的激烈反抗可想而知，在她带着女儿去找苏木书记巴特尔办离调手续的时候，发现书记就是新中国成立前她在部队工作时的恋人，两位如今都是单身的老人再续前缘，两个年轻人的爱情也得以成全。来自城市的汉族母女两人最终都嫁给草原上的蒙古族男人，这是让人满意的大团圆结局，但这并不能遮蔽两个民族的文化差异，这是使故事情节跌宕起伏的关键所在。虽然作者主观上并没有刻意渲染这一点，但在实际叙述过程中却处处有这种痕迹流露出来。

老妈妈身上有城市、汉族的双重文化优越感，她代表着一种品位高端、气质优雅的汉族城市文化，作者先是对其穿衣打扮进行了评价："迎面看见从河西区临街的一家旅馆里，走出来一位约莫有五十开外年纪的妇女，一身汉民打扮……她身材适中，白净面皮，上穿短袖白绸汗衫，下着浅灰色高档毛料裤，脚穿轻便黑皮鞋，衣领上还斜插着一把短柄芭蕉扇子。我又犯嘀咕：嘿，这岂不是在内地大城市里常见的那类很会享福的老大娘吗？瞧人家那副细皮嫩肉的富态相！"[①] 故事的叙述人也是故事中的一个角色——记者，对城市

① 苏尔塔拉图：《重逢》，《民族文学》1987 年第 4 期。

文化、汉族文化的那种欣赏、羡慕表露无遗。老大娘千里迢迢来到这里就是为了把自己的独生女带走，她向这位记者讲起她女儿的经历："我那孩子名叫王晓梅，是我的独生女儿，1980 年大学毕业，她就主动向组织提出申请，要求到草原工作，结果就被分配到这么远的地方。到眼下她在莫尔格勒河苏木已经待了整整六个年头，可人家还不打算回北京去。每次给我写信，就光知道谈论什么带领当地群众在荒滩上种草成功啦、截伏流兴建扬水站了……好像是草原上永远少不得她这样一位人物似的。这还不算，最近居然写信告诉我，她认识了一个蒙古族小伙子，正准备跟他成亲呢！你说这闺女傻不傻……所以我在北京已给女儿联系妥了接收单位，想把她调到身边。这回我不管她说啥也得接她走！"[①] 在老妈妈的观念里，草原代表着贫穷、落后、偏远，扎根草原或找个蒙古族小伙子是犯傻，而只有大城市才象征着进步、文明、中心，所以这一番为女儿的打算不是家庭专制的表现，而是代表着正确和理性。之后她和记者所见也证实了她的这种见地，女儿生活的地方，人烟稀少，交通不便，"称它为村落，其实统共也不过有那么三、五座蒙古包罢了，并且彼此间的距离还相当远"[②]。去一趟苏木书记家，要坐着勒勒车，整整用了足够煮熟一只羊的时间。

在巴特尔一家与王晓梅母女的关系中可以看到，虽然两个年轻人是自由恋爱，情投意合，但想结婚没那么容易，这中间的障碍就是地域差异和民族差异。显然老妈妈、王晓梅是处于更主动的地位，而巴特尔一家则是被动地位，他们战战兢兢，感到结果不明，巴特尔的父亲"是个不善言谈的老实人，光知道垂头抽烟，什么话都不讲"[③]，巴特尔的母亲在遭到王晓梅妈妈冷落后只好以忙碌来掩饰尴

① 苏尔塔拉图：《重逢》，《民族文学》1987 年第 4 期。

② 同上。

③ 同上。

尬，被拒绝后还涕泪涟涟，都显示出一种文化上的自卑感。从中可以看出族群关系中的族群结构性差异造成的族群自我身份认知。在社会学对族群关系的研究中，一个很重要的内容就是调查与分析族群集团之间的结构性差异及其对族群关系的影响。族群间结构性差异的基本指标大致包括："（1）劳动力的行业结构；（2）人口城乡比例；（3）平均受教育水平；（4）劳动者就业率；（5）职业结构；（6）收入结构与消费模式，等等。"[①] 这些客观数据会影响族群成员对自我身份的认定和社会地位的认知，从而进一步影响族群内部的关系和不同族群之间的关系。在小说中，王晓梅是大学毕业，她的母亲是即将退休，两个人都是外表美丽、气质不俗，王晓梅尤其能干，是这偏远草原带领大家致富的领路人，巴特尔的精神导师，又生在大都市北京。但是身为蒙古族的巴特尔一家都是牧民，父亲老实沉默，母亲是个家庭妇女，巴特尔"只有高中文化程度"，"这几年在晓梅的帮助下，他那脑袋瓜也越来越开窍，人也变得越来越聪明机灵啦"[②]。即使年轻有为也要归功于王晓梅的引导。这些实际差距影响了两家人对自我、他人及双方婚姻关系的认知。

老妈妈和王晓梅的民族、文化、地域的优势都决定了她们是矛盾制造者，并在这次婚姻成败中掌握着主动权，能否成功取决于她们的观念能否转变，王晓梅的实际生活已经锤炼了她，她认可了草原、蒙古族、奋斗的方向。而老妈妈的转变多少带有戏剧性、偶然性因素，她因为遇到了自己以前的恋人而决定留下来，女儿的婚事也顺理成章，两个年轻人的幸福完全在于老妈妈的一念之间，这喜剧中多少有点悲剧意味，她们所代表的话语主动权和文化强势由此可见一斑。而青年巴特尔一家是处于被动、弱势地位的，能否娶到

---

① 马戎等编著：《民族社会学：社会学的族群关系研究》，北京大学出版社 2004 年版，第 232 页。

② 苏尔塔拉图：《重逢》，《民族文学》1987 年第 4 期。

成功、进取、美丽的城市姑娘，全在于讨好王晓梅的妈妈，但是他们所展示的文化魅力却毫不逊色，作者也在极力渲染这一点。巴特尔虽然没有上过大学，也没有城市熏陶出的优雅，但心地善良、健康向上，“面孔黝黑，体态健美，一身地道的草原牧民装束，浑身充溢着一股令人羡慕的青春活力；让人一眼就能看出他是属于‘一拳就能击倒一头壮牛’的那类草原大力士”①。他在不知道从外地来的这位老额吉就是未来的岳母时所表现出的友好、牺牲精神，展示了蒙古族淳朴善良的天性，也给王晓梅的妈妈留下很好的第一印象。他也不是一个只有力量和单纯的牧民，在晓梅的影响下他已经成长为一个很有商业头脑、能够带富一方的新时代青年，他抓住商机给乡亲们挣回了十来万元的额外收入，还同海拉尔市合作准备在当地创办一个乳品厂，他是一个没有私心有头脑的实干家，以至于最后晓梅的妈妈也发自内心地说自己的女儿有眼力，巴特尔虽然处于蒙汉族际交往的劣势，但他以自己的实际行动和民族文化魅力证实了自己与晓梅是般配的。没有任何人可以低估他的民族和家乡，他们才是力量、生机、希望、富裕的象征。

这个文本的意义已经不是单纯通过跨族婚姻表达民族文化融合的期冀，而是蕴含了族际关系中的复杂性、矛盾性和最终可能的解决途径等多种话题。

第二节　多民族大家庭中的手足情深

中国儒家传统文化中有根深蒂固的夷夏之辨、文野之分，当然其核心并不是种族歧视，而是一种“文化上的优越感”，是强调汉族

① 苏尔塔拉图：《重逢》，《民族文学》1987年第4期。

与周边少数民族在以价值观念、行为规范为核心的文化方面的差别。就像学者指出的那样，“在儒家思想中，‘华’与‘夷’主要是一个文化、礼仪上的分野而不是种族、民族上的界限……所谓中国有恶则退为夷狄，夷狄有善则进为中国……华夷之辨并不含有种族或民族上的排他性，而是对一个社会文化发展水平的认识和区分。”① 在这种思维模式中，少数民族往往被想象成文化落后且民风粗犷彪悍的族群，与中原汉族文化及其经济发展水平有着巨大差异。当然随着经济的发展、交通的便利，以及民族之间的接触、混杂、联结和融合，这种情况已经发生了很大变化，但是长期的历史与文化隔膜形成的刻板印象有时是很难消除的，新时期蒙古族小说在某种意义上提供了这样一种瓦解历史偏见与误解的文本，力图以和谐的民族交往、多民族文化互动的文学想象形式展现本族文化魅力，在中华民族政治上一体、文化上多元的大民族观念下，重构华夏文明是多民族文化互动的结果这样一个话语叙述。在叙事策略上作者采用了拟血缘方式，即模拟同胞手足之情想象蒙汉互动的情境，以期强调中华多民族之间血浓于水的亲情和文化亲缘关系。

一 拟血缘的叙事策略

台湾学者王明珂在《华夏边缘：历史记忆与族群认同》一书中曾说：“中国人互称同胞，在英语中 brothers and sisters 也被用来称与自己有共同族源的人。这些称呼，即说明了族群情感在于模拟同胞手足之情。亲兄弟姊妹之情，能扩充为族群结合的基础，这可能是因为，无论是父系或母系社会，无论是从父居或是从母居，母亲

① 张磊、孔庆榕编：《中华民族凝聚力学》，中国社会科学出版社 1999 年版，第 285 页。

与她的子女是构成一个社会的最基本单位。”[①] 模拟同胞手足之情来强化多民族之间的和睦状态和唇齿相依的关系，是长期以来中国多民族历史的主流价值观，尤其近现代以来“国家民族”“中华民族多元一体”观念的倡导，更是强化了这种“兄弟民族”的历史叙述，我国的少数族裔文学也在以自己的方式参与这种话语建构。

新时期蒙古族小说有很多跨族群书写都涉及这个主题。《麻山通婚考》写到汉族青年大贵、二贵到了麻山牧村后，有些牧民想把他们用“放牲”方式驱逐出去，但聪明的赛毕力格想到了一个保护他们兄弟二人的好办法，就是让他们与自己的儿子结拜为兄弟，这让那些有排他倾向的牧民们束手无策。为此他举行了隆重的结拜仪式，“吉亚泰上无兄下无弟，孤苗独子。今天有幸与田家弟兄大贵、二贵结为义兄义弟，实在是我赛毕力格的一大喜事。从今往后，你们兄弟三人相依为命，有福同享、有难共赴，如一母同生才是”[②]！那些武装起来准备采取行动的牧民只好苦笑着说：“你这不是给我们难看嘛，他们三个都如一母所生了，我能好意思把人绑上马背吗？算啦！不提放牲赶人这事儿啦！”[③] 看来牧民们这种兄弟如手足的观念是根深蒂固的，哪怕是拟血缘的兄弟，赛毕力格正是巧妙利用这种心理消除了两个民族之间的隔阂，建立了牢固的联系。之后，大贵、二贵与吉亚泰果然如亲兄弟般互助互爱，而且在拟血缘基础上亲上加亲，最终发展出了真正的血缘关系。

这种民族间的交往、互助在《美的诱惑》中被想象成姐弟之间的情谊，汉族姑娘怀着青春的激情支援边疆建设，草原上的蒙古族家庭给予她家庭的温暖和亲人般的照顾，从而演绎了感人的一段姐弟情谊。这些作品强调的是交往、流动与相互给予。“一九六八年

① 王明珂：《华夏边缘：历史记忆与族群认同》，社会科学文献出版社 2006 年版，第 23 页。

② 甫澜涛：《麻山通婚考》，《民族文学》1991 年第 9 期。

③ 同上。

秋，十七岁的北京姑娘王惠芳热血沸腾，怀着去最遥远最艰苦的边疆地区，经风雨见世面，接受‘再教育’的强烈愿望，来到辽阔的乌珠穆沁草原，当了一名牧业公社的社员。”[①] 但是浪漫的想法代替不了严峻的现实，这里的环境比她想象的更加恶劣，“荒凉偏远的环境，恶劣严寒的气候，清苦淡泊的生活，对头一次离开父母的少女来讲，是个严峻的考验，她怎能不想家，怎能不感到寂寞呢”[②]？非常幸运的是，她遇到了一个非常善良的蒙古族家庭，老两口带着一个小孙子，老额吉一见面就非常友好地亲着她的额头赞美她，王惠芳的工作也都由他们代劳，因为怕她适应不了草原的环境，“她天天要求出外放牧，但是老两口死活不让她去。老额吉一再说：‘我们这地方冬天风雪大，夏天烈日毒，春秋风暴多，你就别去野外了。你们俩看家，做饭，跟小弟弟玩吧。’”[③] 这个七岁的小弟弟叫巴达拉，活泼可爱，从小会放牧，但是患有先天性唇裂，这成为奶奶的心病。他与惠芳之间建立了比亲姐弟还要深的情谊，两个人“整天形影不离，到了晚上，总想在她被窝里睡觉。他奶奶不允许，说他身上有虱子，怕弄脏了姐姐的干净被褥”[④]。在艰苦的环境中姐弟俩还产生了患难与共的感情，有一次王惠芳在暴风雪中迷了路，在茫茫无际的草原走了一天仍然找不到家，就在她绝望地要哭的时候，忽然暴风雪中小弟弟领着他的小狗出现了，“穿着毡靴子的小家伙，在没膝盖深的深雪里跋涉得满头大汗。他那豁裂的小嘴，呼呼地喘着气，皮帽和眉毛上结了一层冰霜。他从老远就亲切地叫着‘阿嘎——’边跑边从怀里掏出油乎乎的白面烙饼向她递来……”[⑤]

这种深厚的姐弟情是王惠芳终生难忘的，即使回到城市工作她

① 敖德斯尔：《美的诱惑》，《民族文学》1987 年第 5 期。

② 同上。

③ 同上。

④ 同上。

⑤ 同上。

也总牵挂着草原上的那个家，“每当看见唇裂患者，就想起她的第二故乡——乌珠穆沁草原上的小弟弟巴达拉。她常想：小巴达拉这会儿已经是个二十多岁的大小伙子了，大概还没娶上媳妇吧？当时他奶奶的心病，现在已成了王惠芳心里的疙瘩”①。已经回到大城市北京的王惠芳利用城市的条件学习了整容手术，她要为弟弟巴达拉治好他的缺陷，帮他完成建立幸福家庭的心愿。在她的一再催促下，巴达拉来到了北京，费了很大周折找到她，弟弟还是那个淳朴可爱的弟弟，只是有了对美的追求，这让她感到欣慰。这个小说同样是模拟姐弟之情传达两个民族之间的友好互动。在困难时刻，草原伸出温暖的双手，而那些得到草原恩惠的汉人们饮水思源，在富裕起来之后同样以先进的知识和科技回馈给淳朴善良的民族。这种互助互爱、互通有无、你中有我、我中有你的和谐关系恰如一个大家庭中的兄弟姐妹，是一种血脉相通、不可分割的联结。

这种民族间的感情还被想象成包含着抚育、报恩的父母亲情，佳峻的作品《驼铃》讲述了一个汉族姑娘和她的蒙古族家庭的感人故事。汉族小姑娘张心慧在幼年失去母亲，被父亲送到草原上抚养，蒙古族夫妇扎木苏和敖登高娃给予了年幼的张心慧亲生父母般的疼爱，扎木苏高大魁梧，勤劳能干，在外终日牧驼，是一位称职的好父亲；敖登高娃婶婶是一位耐心善良、温柔体贴、胸怀比草原还要博大的蒙古族妇女，她给予“我”母亲般的呵护和温暖，白天牧羊带着我在草地上玩耍，教我认识各种灌木和花草，晚上搂着我睡觉，驱逐了我刚离开父亲的恐惧和想家的孤独感。他们抚育“我”成长，但是没有任何私心，当我们之间已经产生难以割舍的感情时，父亲回来接我，他们还是流着眼泪送走了我，小弟弟德格吉夫甚至拼了命哭喊。

在知青下乡年代“我”十八岁的时候又来到这里时，“我的蒙古

① 敖德斯尔：《美的诱惑》，《民族文学》1987年第5期。

爹娘的脸庞上皱褶重叠。两位老人依然是在那孤零零的已经发黑了的蒙古包前迎接我，第一眼，依然是我梦中常出现的豁朗而粲然的笑”[①]。这一次来，“我”已经长大，他们要做的就是为“我”的前途奔波、求人、送礼，为了让“我”能在知青返城时获得一个名额，他们拿出了给弟弟娶媳妇准备的钱，这是很多亲生父母都难以做到的。所以，在最后的时刻，我的灵魂被震动了，“草原，我的母亲！你为什么要给我这么多，这么多”[②]！“我要跪下来，跪在我那蒙古父母面前！跪在我的蒙古乡亲面前！跪在草原母亲的宽阔胸脯上！你们的乳汁哺育了我，给了我一颗让你们放心的灵魂！”[③] 所以这位受过草原父母恩惠、被草原感动的汉族姑娘决定留下来，要用自己的青春和生命“为这里诚实、善良、勤劳的人民服务”，回馈和反哺父母和草原大地。这里作者非常巧妙地建立了亲情、民族、地域之间的联系，从而使父母——子女、蒙古族——汉族、草原——城市都具有了一定的象征意义和连接关系。

二 多民族文化互动与本民族认同

褪去革命、政治、阶级的话语，增强了文化情感内涵是新时期蒙古族小说跨族书写的一个重要转变。新时期的蒙古族小说在表达兄弟民族间的情感时，不再像20世纪五六十年代小说那样强调政治意义上的民族团结，而是注重展示文化上的碰撞和融合，碰撞不是简单的政治分歧，而是隔膜与误解，这更凸显了接触与交流的意义；融合的基础也不再是国家主流意识形态的引导，而是文化魅力的展现与相互吸引。蒙汉民族间在一种自由、主动的态度下在更深广层

① 佳峻：《驼铃》，《民族文学》1982年第9期。
② 同上。
③ 同上。

次上获得了文化上的交流与互补。

佳峻的《驼铃》是一个典型的表现民族文化互动的文本，“我”幼年丧母，父亲只好把“我”托付给草原上的蒙古族父母，养育之恩、患难与共的经历，使我这个汉族小姑娘感受到蒙古族人民的传统美德和博大深厚的文化。“我”生活成长的经历是从我的视角发现蒙古族文化的过程，是蒙古族文化深深影响我、改变我的过程。这个过程也同样经历了由想象、接触到亲身体验。想象中的蒙古族生活在“天堂草原”，“要多美有多美：野甸子里有采不完的鲜花，逮不完的蝴蝶，还有总唱歌的小鸟。骑上马，闭上眼睛，可以一口气跑到天边去”[①]！这也是大多数人由于生活隔膜对蒙古族生活居住环境的一种误解，很快这个汉族小姑娘就发现了现实远远不是想象的那样，草原上的蒙古族生活条件简陋，环境艰苦，饮食习惯也难以适应，“头上是灰蒙蒙的天空，四周是赭石色的原野。这里只有一座孤零零的蒙古包，有一口水井，有牲口圈。风吹雨打，白毡的蒙古包显出灰褐色。蒙古包前拴着四峰骆驼羔子，驼羔伸着弯曲的脖子东张西望。一只牧羊狗在包前凶猛地吠叫，随时准备扑过来”[②]。蒙古族父母说着“我”听不懂的语言，端上来充满扑鼻膻味的食物，那奶豆腐“又硬又不好吃”[③]，完全颠覆了之前“天堂草原”的想象。但是随后就是一个再深入发现精神和情感世界的过程，蒙古族妈妈敖登高娃动听的歌喉、善良的天性、母亲一样温暖博大的胸怀，扎木苏爸爸壮实的体魄、高超的牧驼技术、对我像父亲一样的护犊之情，这是我终生难忘的。还有那些普通的草原牧民，“我”的驼背商店不过是为他们送去极少的东西，但是他们却回报给我贵重的礼物，我给老奶奶送去了一点眼药水治好了她的沙眼，老奶奶给了我几代

① 佳峻：《驼铃》，《民族文学》1982 年第 9 期。

② 同上。

③ 同上。

传下来的翡翠耳坠；我不过是给老大爷带去了雨衣，但他却要送给我一副象牙手镯。这些淳朴善良的牧民不会去计较得失，只是遵循着简单的滴水之恩当涌泉相报的感恩思想，在这里世代生息繁衍，这些传统美德和无私奉献的人格信念都深深地打动了我，使我决定留下来，“为这里诚实、善良、勤劳的人民服务”①。

但是这种文化影响不是单向的，蒙古族也在感受着汉族的温暖和文化魅力。张心慧的父亲张金锁之所以会把孩子送到扎木苏家就是由于他们两家的交往由来已久。扎木苏第一次进城就出了事，是张金锁给他解了围，并把他拉到家里热情款待，“一会儿我告个假，陪你逛逛城，晚上到我家，咱哥俩有话说。穷朋友结交无数，最喜欢的还是蒙古兄弟实在”②。接着张金锁夫妻俩炒菜包饺子，张金锁和扎木苏捏着酒盅絮絮叨叨聊了大半夜，走的时候还送了非常珍贵的镶嵌铜丝的马镫给扎木苏，“扎木苏一阵心跳：这分明是王爷才能用的宝物”③！扎木苏无以回报，把自己定情的琥珀珠送给了汉族兄弟。

自此，蒙汉两个家庭的友好交往开始了，“张家口的张金锁家通往苏尼特草原扎木苏家的路，成为一条情意绵绵的路。在‘叮咚叮咚’的驼铃声中，张金锁为扎木苏送去了镶金刀套的蒙古刀，又不断捎去小磨香油、花生、大枣、木耳、虾仁、砖茶、红糖……扎木苏夫妻为张金锁送来切成大方块的冻牛肉、整羊、奶油、奶酪、野鸡……”④ 这种互通有无的礼物传达的是两个家庭、两个民族间的友好情感，同时也是草原游牧经济与周边汉族农业经济文化的接触、交流与融合。这种融合由最初物的互通有无到人的地域流动，最后是心理与文化上的相互依赖和认同。张心慧长大后二次来到草原及最后放

---

① 佳峻：《驼铃》，《民族文学》1982 年第 9 期。

② 同上。

③ 同上。

④ 同上。

弃好不容易获得的回城机会，拒绝了暗恋她多年的年轻医生，坚决要留在大草原，就是对蒙古族文化认同的表现，她已经深深地融入了这片土地，她要用自己的生命和青春回报这片抚育她的热土和人民。

《美的诱惑》中强调了两个民族的相互给予是两个民族共同成长的推动力。在知青上山下乡的年代，草原曾给予汉族同胞王惠芳母亲一样博大无私的关爱和温暖，使她在艰难的岁月感受着家的温暖和被呵护的安全感；在她返城之后她没有忘记曾经帮助过自己的人，在她的医院里，“凡是来就诊的蒙古族病号，都成了她的亲人。全医院的人似乎都忘了她是北京人……尤其是不会说汉话或者汉话说不好的‘病号’，都由她负责接待，这已成了没有明文的规定”[①]。她也没有忘记情同手足的弟弟，牵挂着老奶奶的心事，所以她几次写信邀请弟弟到北京来做整形手术，治好唇裂，早点找到一个漂亮的姑娘。她要传递给他们美的追求观念、先进的科学技术，这在新时期推动蒙古族的现代化进程、享受改革开放的成果方面尤其重要，作者要传达的正是这种民族间的优势互补、相互给予、共同成长的过程和美好前景。

在这些跨族兄弟情书写中，蒙古族往往被想象成是养育者、施恩者、影响者，而汉族是成长者、回报者、受影响者，借助这种关系蒙古族文化的博大精深和海纳百川的气派得以展现，这种想象方式在表达民族友好交流意愿的同时也凸显了作者强烈的民族文化认同感。尤其是“草原——母亲”的隐喻不断被重复和强化，几乎是所有这类作品共同的意象和书写特征。满都麦的《瑞兆之源》讲述的是一位朴实善良的蒙古族额吉收留了一个在地质工程中受伤的汉族小伙子，主动把他拉回家里，自己护理，“好吃好喝，煎汤熬药，端屎倒尿，很是过意不去，非要认我做额吉。就这样，我有了个北京儿子”[②]。

① 敖德斯尔：《美的诱惑》，《民族文学》1987 年第 5 期。

② 满都麦：《满都麦小说选》，作家出版社 1999 年版，第 6 页。

阿云嘎《有声的戈壁》中写到汉族的流浪汉在灾荒之年逃到达古图戈壁，在他和老婆孩子一家三口饿得奄奄一息的时候，是戈壁女人嘎比拉用驼奶救了他们，并收留了他们的孩子。十八年后，流浪汉回来寻找自己的儿子，他的儿子已经被嘎比拉养大成人，现在叫阿米坦，已经长成大小伙子了，去年高中毕业，戈壁上的生活已经把他锤炼成一个真正的蒙古族小伙子了，“他现在已经是个高大、健康的青年，脸色黝黑，老是露出雪白的牙齿笑，笑容带着善良和天真”①。这个小伙子正在茁壮成长，但是他的蒙古族妈妈已经老了，小说写到她通过镜子的自我审视：“她看到了一个中年女人，她不知道别人眼里的自己是什么样的，她自己却能看出自己脸上有太多的岁月痕迹。多年的戈壁风沙使她的脸变得粗糙而干燥，头发虽说仍然很浓密却开始出现了白发，眼角有几道刀刻般的皱纹……”② 儿子的健壮与母亲的衰老在外表上形成强烈的对比，突出母亲的牺牲、无私付出、给予恩惠的美德，并且通过邻居的评价进一步强化这一点，“嘎比拉的邻居们都说她这半辈子不容易，伺候有病的丈夫伺候了好几年，二十几岁就守了寡，带着萨日来过日子，后来又收养了那么一个不满周岁的男孩。但她自己倒觉得没有多辛苦，只是觉得时间太快了，不知不觉过了这么多年，女儿和儿子都已经长大了，自己也奔五十了”③。

除此之外还有佳峻的《驼铃》，这部小说也采用了“草原——母亲”的隐喻，敖登高娃妈妈收留了“我”这个汉族小姑娘，像母亲一样抚育我，给我温暖和快乐的童年，后来我才知道原来家里的姐姐也同样是她收养的孩子，作者还由敖登高娃妈妈进一步延伸到整个草原和蒙古人，他们都有这样的品质，草原丰富的物产像乳汁一

① 阿云嘎：《有声的戈壁》，华文出版社 2010 年版，第 157 页。

② 同上书，第 186 页。

③ 同上书，第 154 页。

样养育我，草原上的骆驼像这里的人一样吃苦耐劳、默默奉献，这种文化隐喻决定了作品对草原上植物、动物的描写特点，形成一个整体上的人与自然相互隐喻的修辞系统。“干燥的风常年吹着荒漠草原。戈壁上生长着盐地蒿、万年蒿；沙窝子上生长着麻草、油蒿、蓬蒿；也有平原，生长着灌木、金鸡儿、白山蓟；当然也还有我和敖登高娃婶婶走‘敖特尔’到过的水草丰美的草原……”[①] “我们在荒漠上走，每遇到一种草、一种灌木，婶婶就让我记住名儿，过一会还考考我。她告诉我：这里生长的草，耐盐碱、耐干旱，最适合骆驼吃。六岁孩子记性好，我牢牢地记住什么沙蒿、沙竹、沙葱啦，什么棱棱、芦苇、柠条啦……”[②] “在这片大草甸子上，蒙古妈妈告诉我：那高高的草是紫花苜蓿，青灰色的草是牛蒡，还有羊喜欢吃的塔那、艾格草。我还认识了几个蒙古名的草：哲尔根、乌兰包德尔根……”作品里始终充斥着这种草原植物的描写，它增添了作品的盎然生机，暗喻着草原的博大、丰富和养育者的文化品格。骆驼这种草原沙漠特有的动物为作品反复渲染描绘，“这里生长着能与内蒙古西三旗著名的阿拉善驼相媲美的苏尼特驼。嘴泼口杂的骆驼，只是吃那些戈壁沙窝子上的蒿草，力气足可以与一匹辕马和两头大犍牛相比。它可以连续十多天不食不饮，背上的双峰是自备的‘粮仓’，胃里还自备‘储水囊’。它在风沙中行走，沙子扑进它的眼里，自己用泪水随时排除它。向人们献出周身的力气，还要献出奶、毛、肉、骨。人们称它为‘活元宝’。”[③] 这种只有奉献、不求索取的精神正是蒙古人的象征，作品中大量的植物、动物、人物描写共同强化着这样的文化精神和人格气质，它既是蒙古族世代生息繁衍在艰苦恶劣的北部边陲所沉淀下来的一种生存信仰，也是中华各民族所认

① 佳峻：《驼铃》，《民族文学》1982 年第 9 期。
② 同上。
③ 同上。

同的传统美德，所以它才获得了呼应、回报，张金锁往返在城市、草原之间，张心慧要留在大草原报答草原母亲的实际行动，都是异文化对蒙古族文化认同的表现。

三 “人在他族”的想象

在这些跨族书写中，经常会出现的一个场景就是“人在他族”，这是作者对民族接触的一个想象，这包括“汉人在蒙古族”及“蒙古人在汉族”两种情况，非常有意思的是虽然这两种情况在作品中都有大量的描写，但感受却是完全不同，作者往往强调汉人在蒙古族受到的礼遇和亲人般的温暖，无论是那些长期住下来的知青，还是一个做生意的路人，一律能感受到异族的热情好客，淳朴善良。如《美的诱惑》中的知青王惠芳，《驼铃》中的知青张心慧，还有《重逢》中的王晓梅母女，他们都能在长期与牧民相处中感受到草原的温情；即使那些偶尔到草原来做生意的人也曾被牧民的友好态度感动，比如《驼铃》中的张金锁对牧民扎木苏的救命之恩终生不忘，“有一次骑马迷路，两天多没喝上一口水，下了马迈不动步。是你扎木苏把我扶进蒙古包，你不让我喝水，用湿手巾先润湿我的嘴唇，先擦额头后擦脸，让脸上有了水气，才一勺勺给我喂水，用了两天工夫救活了我一条命。扎木苏老弟，你忘了，我是走南闯北逛过大草原的张金锁呀”[①]！这些都是从汉人视角表现一个异族在蒙古族的感受。但写到蒙古人到汉族中间或者到城市时则是充满了挫折感体验，作者会渲染语言障碍、文化隔膜和被排斥感，展开文化差异与碰撞的想象，隐藏着一种融入他者、异文化的焦虑情绪。《驼铃》中写到扎木苏大叔第一次出远门到张家口的情形，与汉人张金锁到草原的遭遇完全不同：

① 佳峻：《驼铃》，《民族文学》1982 年第 9 期。

扎木苏第一次进城，就出了事儿。

他随驼队卸下盐袋，安置好骆驼，走上街市。扎木苏半天不喝茶就渴得难受，现在上街越走越渴。在草原上，进谁的家门能不先敬茶后管饭呢？他要寻人家喝口茶。他走进临街一条小巷，不懂敲门，大大咧咧，闯进了一户人家。

这是一户私人开业的小老板家。小老板在附近店铺站柜台，他老婆在家。他老婆看到风尘仆仆、虎背熊腰的蒙古壮汉猛然进门，着实吓了一跳。扎木苏傻呵呵地一笑，语言不通，用手比划要喝一口水。小老板老婆看到草地上来的老蒙古脸上又是泥又是汗，心中早有七分不快，又看到要喝水，慢腾腾地从水缸里舀了半瓢凉水，正要递上，又怕脏了水瓢，顺手拿起放在地上喂猫的小碗，递给扎木苏。

扎木苏把这一切都看在眼里，他怒从心起，接过喂猫的小碗，“乒”的一声摔向地下，扭头要走。小老板老婆是街坊中从不吃亏、无理占三分的“人尖子”。她惊呆片刻，定了定神儿，坐到炕上，抽风似的干嚎起来：

“哎——呀——呀，老蒙古欺负人了！救命吆，我的妈呀——！”

站柜台的小老板闻声而回，于是夫妻俩二重唱似地大吵大闹起来。街上行人、街坊邻居蜂拥而至。愣头青半大小子们推波助澜，想看看老蒙古有多大能耐；善于斗心眼儿的街坊邻居们，吃够了“人尖子”苦头，婆婆媳妇子们企图激怒老蒙古，借他的拳头收拾一下“人尖子”。

扎木苏从来没见过这样的场面。在草原打狼，他可以倒提起狼的后腿，一甩甩到天上。可他从没打过架，又不会多说汉话讲清是非曲直。这时候他心中熊熊的怒火，却转瞬变成自卑自贱的委屈，他捂住脸，“呜呜”地哭了。[①]

---

① 佳峻：《驼铃》，《民族文学》1982年第9期。

对扎木苏的这段人生经历的描写充满了夸张的手法，排除小老板夫妇的人情世故成分，产生如此大矛盾冲突的原因就是民族隔膜，语言不通、卫生观念差异巨大、人情风俗迥异，以至于一口水都演变成一种矛盾冲突。与前一种想象方式不同，这种“蒙古人在汉族”的想象更多的是突出接触的困难、障碍，强调的是两个民族之间的文化碰撞和差异。同样的还有《美的诱惑》，作品中有大量篇幅是在描写草原弟弟巴达拉在北京找汉族姐姐王惠芳的艰难波折及在医院遭受的冷遇。作品一开篇就是写巴达拉在整形医院的难堪经历，一个蒙古族牧民青年背着鼓鼓囊囊的褡裢和手提包，用难懂的汉话一个字一个字地问路，但是没有人愿意理他，“那个人理都没理，匆匆走过去了。好几个穿白大褂的人都没理他。有的好像没听懂他的话，有的好像懒得理他”①。最后是两个护士姑娘帮助他找到了王惠芳大夫，但是她们充满了一种调笑的语气向王惠芳介绍这个小伙子，“那个小伙子可有意思了，他管你叫肥胖，哈哈……”② 这是巴达拉因为唇裂而发音不准闹出的尴尬。最后在作品结尾再次交代巴达拉在北京城找医院、在医院中找王惠芳的整形医院的经历，充满了意外、挫折和负气，最后用非常无奈的“蛮横坐守”方式才获得一个老人的注意，得到了指点找到姐姐。“王惠芳听了蒙古兄弟在城里到处碰壁的经过，觉得好笑又可怜。”③ 作者也确实是以略带戏谑的口吻在写心酸的“人在他族”的故事，作者采用戏谑手法是力图把民族差异处理成日常的误会，以淡化这种差异引起的文化碰撞，但还是流露出“到处碰壁”的心酸，那是一种陌生、孤独、挫折的情感体验。此外，作者还着力强调地理环境的差异，是城市文化与边地文化的差别。“从来没进过大城市的蒙古小伙子，以为北京就像草原，不管

① 敖德斯尔：《美的诱惑》，《民族文学》1987 年第 5 期。
② 同上。
③ 同上。

到哪个苏木（区）或哪个嘎查（乡），你要是去打听一个人，无论大人小孩都会告诉你。可是到北京找阿嘎，真比海底捞针还难。”[①]“巴达拉这才明白过来，北京不像他们乌珠穆沁旗，全旗只有一座医院。人家这里的医院，比草原上的马群还多，你找的是哪个医院?”[②] 这里把民族文化的差异解释为一种城市／草原的地域文化差异。我们看到作者一方面在强调民族文化碰撞；另一方面，也在以其他的方式消解这种差异，从而顺利过渡到文化融合的主题。

第三节　国族观念下的“异族”书写

一　“外国人”所隐喻的民族尊严

外国人在大量作品中的出现，是新时期以来民族对外开放的表现，观光旅游、经贸洽谈、文化交流，外国人的流动给民族的发展带来了新的机遇和活力。但小说往往对这种跨境的族际交流采取单向度的表现，虚构的外国人不是一个文化使者，而是引出民族文化认同的一个角色，这种外国人的想象与对汉人的想象完全不同，汉人虽为异族，但同是中华民族，所以作品的落脚点在民族融合与文化互动上。但是“外国人”终是“非我族类，其心必异”，这类创作隐喻着有关民族尊严的话题，最终超越低层次民族认同达到更高层次的中华民族的认同。

① 敖德斯尔：《美的诱惑》，《民族文学》1987 年第 5 期。
② 同上。

费孝通很早就论述过民族认同的多层次性，“多元一体格局中，56个民族是基层，中华民族是高层”，在具体民族内部有一种文化凝聚力，同时56个民族组成的中华民族同样会基于共同的祖先、历史、命运和利益形成国家民族认同，“即共休戚、共存亡、共荣辱、共命运的感情和道义”[①]。费孝通所讲的“多元一体、和而不同”的大民族观是自近代以来建构起来的国族主义话语的延续。晚清时从带有普遍主义色彩的天下观念向民族主义革命话语的转变，表明了“再造中华”的国族观念的逐渐形成。政体上由帝制成为民主共和，对外关系上由天朝体制下的核心转变为世界体系中的边陲成员，明确的“国族边界”取代了模糊的“帝国边疆”。社会变革虽然缓慢，但女性与下层平民也逐渐作为“国民”成员参与社会事务。国族主义话语是应对外来殖民和帝国主义瓜分中国边疆的企图，在欧美列强和日本积极营谋以他们在西藏、蒙古、东北与西南边区的利益的危急情况下，合“华夏”（中心）与“四方蛮夷”（边缘）为“中华民族”，逐渐成为晚清与民国初年许多知识分子心目中的国族蓝图。此后在政治与学术的交互作用下，“中华民族认同”逐渐成为中国近现代的一种主流话语，就像费孝通先生所讲的，中华民族认同既是一种情感和道义，更是基于共同生存与发展的要求，它“是个既一体又多元的复合体，其间存在着相对立的内部矛盾，是差异的一致，通过消长变化以适应于多变不息的内外条件，而获得这共同体的生存和发展”[②]。

在新中国成立之后很长一段时间，蒙古族小说作家如玛拉沁夫、敖德斯尔等人的作品一直在试图建构这样一种“国家—民族”共同体叙述，如革命战争题材的《茫茫的草原》《骑兵之歌》《遥远的戈壁》等作品，显示的是新的国家成立的艰难和军民的鱼水关系，

① 费孝通：《简述我的民族研究经历与思考》，《中央民族大学学报》2000年第1期。

② 同上。

企图通过对国家、地理、民族的重塑，完成一个国族共同体的认知与凝聚。新时期蒙古族小说褪去了这种强烈的政治革命色彩，但是有关“国家——民族”的话语并没有消失，只不过它以新的变体形式重新出现。适应新形势下改革开放的背景，借助更大范畴的跨族文本和外国人形象，依然对文学传统中的国族认同主题有一个延续，但又不是简单的重复过去，而是混杂着民族、国家、历史、政治、文化等多重含义，往往在颠覆异族文化偏见的文本想象中使本民族认同和国族认同得到双重强化，曾经被压抑的少数民族话语连同国族主流话语一同被激发出来。

佳峻的《奶兔》是一篇读来十分奇怪的小说，作者一开篇就写到盟中级人民法院院长巴拉哈收到一份电报，然后他神色沉稳地处理了职责范围内的工作，就开车出发了，秘书意识到“要有特殊任务”①。但接下来的事情和司法、办案、院长身份似乎都没有什么关系，他先去了羊肠子河钓鱼，又去了猎场打野兔，让人狐疑。随后作者又展开另外一条线索，前任盟法院院长，现在已经是旅游局副局长的利格登，接待了一位日本烹调专家，这位专家见多识广，但是却说蒙古族烹调技术落后，还是中世纪的习惯，利格登为了改变这位外国专家的偏见，就说：“如果方便，请推迟两天离开内蒙古，我安排您尝尝我们民族的风味。”② 之后他就给院长巴拉哈发电，并说“这一餐便宴关系到民族尊严”③。原来如此，院长巴哈拉是受朋友之托为日本专家安排一次便宴，这位盟中级人民法院的院长办事绝不含糊，他专门去请了一个有名餐厅的掌勺大厨师希日布，并嘱咐他：“明天十点，在我家摆出一桌来，记住，别给蒙古族人丢脸!”④ 之后就是中国人最引以为骄傲的中华美食呈现在外宾面前时，

① 佳峻：《奶兔》，《民族文学》1982 年第 7 期。
② 同上。
③ 同上。
④ 同上。

“利格登倒吸了一口冷气，日本烹调专家惊呆了”[①]。作者又对这一桌美食大肆渲染，用餐过程详加描绘，并借日本专家悔过之语提到民族战争史与民族关系，“迎宾便餐开始前，巴哈拉和利格登为外国客人合唱了一曲蒙古歌，日本客人听罢连连点头：‘有愧有愧！我曾参加过远征的部队，妄图让这样的民族被征服，这是很不光彩的历史，你们不记前仇，更令人钦佩！歌声动人，净化灵魂！’”[②] 这一次充满民族特色的便宴争得了民族尊严，作者既弘扬了民族美食文化，也宣扬了爱国的主题，可谓一举两得。

哈斯乌拉的《乌珠穆沁人的故事》讲述了一个集力量、智慧、勇猛于一身的摔跤手杰尔格勒不辱民族尊严的故事。在草原那达慕大会上，年轻的摔跤手杰尔格勒作为乌珠穆沁旗选出的代表去迎战其他摔跤手，照日高旗长把摔跤比赛上升到事关全旗老少荣誉和利益的高度，对他寄予厚望，但他还是输给了邻旗的对手道尔吉。这时外商出现了，他本是来参观旅游的，顺便想和旗长谈成一笔生意，但是却对杰尔格勒很感兴趣，想和他比试比试。而且这位外商参与比赛的目的绝不是单纯的娱乐，“曾参加过国际比赛的这位客商虽然赛前同照旗长说，只是想随便玩一玩，可他心灵深处却被另一种意念驱使着，他不能拜倒在一个野性十足的牧马员膝下，他绝不相信一个茹毛饮血的民族的后裔，能在智力上和文明世界的摔跤手匹敌，他要让杰尔格勒屈服，如同用高价租用他们心爱的草场，以至按他的条件提出些苛刻的要求，他们也得应允。此刻他又像在成交另一宗有利的交易，沉浸在胜利在握的喜悦中”[③]。

而这一切都被杰尔格勒洞察，草原的摔跤手也绝没有外商想象

① 佳峻：《奶兔》，《民族文学》1982年第7期。

② 同上。

③ 哈斯乌拉：《乌珠穆沁人的故事》，《草原》1984年第7期。

的那样单纯和原始，他也同样意识到这摔跤背后的外交和政治意义，所以毫不手软地教训了这个外国人，“他想，对手不是要玩玩吗？是什么驱使他这么认真？是自尊，是好强，是每个不分肤色、国籍的人所共有的尊严么……这哪里是玩一玩，这分明是想给他圆满的生意再戴上一个精神上的七彩花环，是要站在中国这块草场上继续夸耀西方人的骄傲。在这一刹那，他似乎记起葱根塔拉公社社长与这位客商在私下里商谈租用优质草场问题时，客商所提加的苛刻要求，说他既然出了高价租了这块草场，他就要求凡是患病的牧人均不许在这片草场上通行，竟然说外国的海岸不欢迎中国的细菌！这层意思只是没有直接在谈判桌上说出来。杰尔格勒想到此，那刻薄的话语像刀子一样刺伤了他的心，不知从哪儿迸发出一股压倒一切的勇气和力量，他突然一个挺身，在对手绊住他的另一条腿就要下手的时候，他拦腰抱住对方，把在几年前推吉普车的那股力量一下子倾注到胳膊上，猛地将对方提将起来。当他准备运足力气最后跟对手一决雌雄时，对手已无力地躺倒在地上。观众骤然大哗”①。所以被摔倒的外商竖着大拇指心悦诚服地说：“我敬重蒙古人，我看过日本的蒙古史专家小林高四郎写的《成吉思汗传记》，你们是成吉思汗的后代，你们是都荣扎那的子孙！”②

杰尔格勒不但让日本人为之折服，同时他的愤而离去还使旗长的外交政策发生了改变，本来旗长的意识是一切以经济利益为核心，为此和外商交涉中委曲求全，但是最后他变得扬眉吐气，不出卖草场，不辱没民族尊严，生意要做，但坚决“不能出让主权”。一个普通人不但使骄傲的外商心悦诚服，还能影响旗长改变短视的外交策略，为自己的民族争得尊严又不损失经济利益，作者借着民族大义的力量纵情想象，但在这个过程中也遮蔽了许多

---

① 哈斯乌拉：《乌珠穆沁人的故事》，《草原》1984年第7期。

② 同上。

现实和繁难的真实细节，直抵一个相对简单的国家、民族尊严的主题。

二 “洋人”与民族文化差异

“洋人”在蒙古族小说中既充满政治含义，也有很强烈的文化内涵。往往象征着民族差异、文化碰撞，正因为这种符号化特点，要塑造出洋人复杂的性格特征和人性化的一面实际上非常困难，从这个角度上讲，阿云嘎的长篇小说《燃烧的水》中法国人赛西亚是一个塑造得非常成功的异国人形象，不仅他本身性格特征鲜明生动，而且他的跨国之旅非常有代表性，作者通过他演绎了欧洲现代文明在戈壁草原上遭到的抵牾。它映现的是两个不同种族的文化差异，同时也是传统与现代、东方与西方、欧洲现代工业文明与草原游牧文明碰撞的展现。

赛西亚最初出现的时候，犹如一个西方文明的使者，戈壁人既觉得他奇怪，但又对他充满好奇，“大家觉得他是个古怪的家伙，同时又是一个可爱、可怜的家伙。古怪主要是指他的长相、饮食习惯和傲慢生硬的脾气；可爱是指他其实是一个十分直爽的人，几乎是怎么想就怎么说，怎么想就怎么做，很少要心眼。另外大家还十分喜欢他的小礼物和表演。他拜访附近牧民的时候给每一家都带去了礼物，而那些礼物是那样的新奇：有不用点燃就自己能亮起来的小灯，有用一把钥匙拧几圈就跑起来的小铁马，有不管下多大的雨都不会透水的衣服……他到每一家拜访时还不厌其烦地进行一些表演，表演那些小礼物的功能。甚至有一次，他去拜访一家牧民，那家的老头正在感冒发烧，他就拿出一个白色的药片让老头吞服，没过半小时老头就退烧了。人们觉得他可怜也是有道理的，他多大岁数了呀，从那么遥远的地方跑到这儿来。在戈壁人看来，一个离开家乡的人是可怜的，而一个离开家乡的老头更为可怜……”[①] 既觉得陌生、怪异，又觉得新奇、亲切，这是两个异族接触的最初感受，也是生活层面和感受层面的反映。但接下来文化层面的交流与碰撞才往往是异族之“异”的真正表现与含义，是深入精神与信仰层面的接触。

这个时候文化碰撞出现了，与赛西亚接触最多的是邻居哈拉金呼夫妇，他们对他非常友好，经常为这个身处异国他乡的人送些东西，尤其知道他爱喝驼奶之后，总是会满足他的愿望。但是后来哈拉金呼的妻子乌吉木发现赛西亚总是趁丈夫不在的时候对她动手动脚，她很生气，尽管哈拉金呼知道这可能是文化差异，“那年我拉骆驼去兰州，兰州也有洋人。我就看见他们男男女女在大街上拥抱亲嘴。那是人家的习惯嘛”[②]。但还是有些不高兴，所以他们只好悄悄地搬走了。这种有意疏离是文化差异造成的。这是生活层面，还有更深的文化和信念差异：赛西亚从遥远的家乡到这里来是为了勘察一种“能燃烧的水”，这可以给戈壁带来财富和生活方式的巨大变化，但戈壁人的观念认为地底下的东西是不能挖出来的，他们也不需要现代化。于是产生了激烈的论辩和冲突，他和当地最高行政长官王爷及精神导师萨满大师都进行了激烈的论辩：

> “我是来拯救你们的。”他对王爷说。
>
> “你说什么？”王爷笑了起来，“我们怎么了？竟让你费心从那么远的地方跑来拯救我们？”
>
> “因为你们这个地方太落后了。”他说。
>
> “那你可真有点多管闲事了。我们不需你来为我们操心，因为苍天早已为我们安排好了一切，我们过得很好。”王爷说。

---

① 阿云嘎：《有声的戈壁》，华文出版社 2010 年版，第 22 页。

② 同上书，第 23 页。

“我知道你要这样说。”他冷冷地说，“但你那个苍天能给你航海的轮船吗？能给你跑得比马还快的汽车和火车吗？能给你像雄鹰一样遨游天空的飞机吗？”

“我们根本不需要在水里游，鱼鳖才需要在水里游动。我们也不需要在天上飞，那是鸟儿们的事。我们更不需要跑得更快，我们有马和骆驼。”

“你真的这样想？”

“当然，因为那是苍天的旨意。违背苍天的旨意是会招来灾祸的。”

“你不应该信奉你那个苍天，应该信奉科学。”

“你管的也太多了吧？该信奉什么我们自己明白。”王爷不高兴了。

从王府出来，他又去找戈壁上一位有名的萨满大师。他与那个已经活了九十岁的大师之间发生了一场更为激烈的争论。

“我代表文明，你代表你的苍天。但我们有一个共同点，就是为大众百姓办好事。”他说。

“那你想办什么事？”大师问得直截了当。

“我要在戈壁上挖出一种会燃烧的水。”他说，“但你们从普通百姓到官府都不同意我挖。因此我要求你帮我的忙，开导开导他们。”

“哦，我明白了，你从那么远的地方跑到这里来，为的就是挖那种‘会燃烧的水’。”大师说。

“这是科学发展的必然走向。”

“但我要告诉你，我们的苍天决不允许任何人挖地底下的东西。”

“为什么？”

“苍天把一切有害的东西都深深埋入了地下。就好比你们的

> 神话里边讲的，把魔鬼装进瓶子里再加上封盖一样。你说的那种会燃烧的水，还有好多好多深埋在地底下的东西，都是魔鬼呀。你现在却要把魔鬼放出来。”大师说。
>
> “看来你并不知道，我们那个地方早已把会燃烧的水挖出来了，结果怎么样？我们用那种水做燃料，让一些机器跑得比马还快，载得比骆驼还多，飞的比鸟还高，大海里游得比鱼还远。”
>
> “这只能说明你们犯了一个致命的错误。你们一旦犯了这种错误，你们再也不会有回头的机会了，因为你们会被一种欲望的惯性所推动，一直朝欲望的深渊走下去——你们希望游得更远，跑得更快，飞得更高，载得更多……释放出越来越多的魔鬼，制造出越来越多离奇古怪的玩意。为了消除你们那些离奇古怪玩意所带来的祸害，你们又不得不制造出更多离奇古怪的东西，最后走向灭亡。”大师用肯定的语气说。[①]

这是传统与现代、东方与西方、原住民与入侵者的文化冲突，赛西亚在这里代表的是另外一套价值观念、文化信仰，它与东方戈壁上的蒙古族文化形成了鲜明的对比。他代表西方现代文明在宣扬科学、进步、机械主义的乌托邦，但是在原住民眼里那不过是在违背上天的旨意，敬畏苍天的信仰让他们过着自然、简朴、诗意的生活，而绝不去追求超越人本身极限的东西。

在勘察石油这件事上，他遭到了戈壁上的人们一致的反对，王爷派兵驱逐，百姓随便使个小花样就够他们在戈壁转悠一天找不到回家的路。这时他也遇到了合作者，首先是民国政府下来了一纸文书，承认其行为的合法性；随后是一个穷苦的牧民郎和成为他的帮手，先是在生活上满足他的要求，做的他仆人，后来连妻子都献出来了，满足

① 阿云嘎：《有声的戈壁》，华文出版社 2010 年版，第 25 页。

了赛西亚孤身在外多年的情感孤独。最后两个人合伙劫持王爷的送宝驼队，制造了骇人听闻的沙漠惨案。但是这种相互帮助、融合的背后却是巨大的利益阴谋，是相互利用，而绝不是文化上的融合。即使在他们合作的过程中，作者也还是侧重描写他们的差异，赛西亚性情急躁古怪，但有欧洲人率真、高傲的特点，郎和沉默、阴郁，但骨子里却是阴险、狠毒，在关键时刻他藏了一个蓄水的羊肚子救了自己的性命，但赛西亚却被渴死在茫茫沙漠里。这个可怜的法国人辞了工作，放弃了大额的遗产，跑到遥远的异国他乡经受了多少折磨，最终落得一个可悲的下场。作者用这样的结尾暗示了他对本民族文化发展前景的信心，对西方现代工业文明的质疑和反思。

三　超越种族与国界的共性

在国族观念下，蒙古族小说还创造了一些更为感人的故事和人物形象，他们是“洋人”，对自己的国家民族有着强烈的文化认同，但是在生死抉择时刻，他们为了捍卫生命权利而牺牲在异国他乡，从而显示出跨种族、超国界的崇高的人性力量。海泉的《南迁》讲述了一个俄罗斯人的感人故事，以“灾难叙事”方式讲述了跨国与跨族互助主题，而把不同民族、国家的人凝聚在一起的力量就是对灾难的不屈服和对生命的敬畏。他们虽“非我族类”，但都表现出与我们一样的共通人性。这个典型的人物就是俄罗斯人伊万，他是协助汉族人周元完成艰巨南迁任务的成员之一，周元被告知这个人是“越境叛国分子”，要严加提防。在一路向南的行进中，他表现出“异族”特征，金发碧眼、高大健壮、体力充沛、嗜酒如命，周元渐渐走进他的内心世界，发现他是那样思念他的家乡，“‘不是我怕死，我只是想活着见到戛丽娅和孩子们。’他的声音变得忧伤起来”[①]。这

① 海泉：《南迁》，《民族文学》1996 年第 5 期。

个在俄国十月革命时随着白俄贵族奔逃南下的俄罗斯人，有着强烈的回乡信念，这支撑着他在多灾多难的现实中顽强地活了下来。他心中藏着炙热的对妻子、孩子和祖国的思念，他用酒来麻醉自己，用过去的点滴记忆强化着对祖国的思念，“年轻时我见过库图佐夫大人骑马雕像，那是什么，那是不可分割的一体，就像青草和大地一样。拿破仑的利剑也不能把它们分开，因为马蹄下是俄罗斯的大地”①。作者还借同行的朝乐蒙的话概括了他的这种情结，“人老了，一切欲望都会因生命的衰竭而趋于淡漠。只有一种情感会由岁月的消失而膨胀——那就是思乡之情”②。

但是思乡并没有使他不顾一切地逃离异国他乡，相反他也深深地爱着这个北中国的蒙古族部落，周元走在“国境线”边缘，一直担心他会逃跑，但是熟悉他的杜勒玛肯定地说“不会的”。“巴贝讲很早以前，俄国发生了一场革命，很多有钱有势的人都死在那场战争中，还有一些贵族带着金银财宝和妻室儿女，赶着畜群来到我们这里。那时伊万很年轻，他就像马群里的一匹四岁儿马一样，稀里糊涂的裹在逃亡的洪流里，越过了额尔古纳河。自从他老婆和孩子回苏联后，酒几乎成了他最好的伙伴，有一次他跟几个人喝酒直喝到深夜，他对人们说了声‘我要回家’，当人们醒悟过来时，他早已骑上好马消失黑暗中了。消息传到公社，公社立刻动员全部民兵追捕他。当太阳升起时人们在额尔古纳河边找到他，当时，他烂醉如泥，脸上挂满了眼泪和鼻涕，那匹马就守在他身边，他被抓了回来，判了徒刑。但人们始终不明白，当时河面已经冰封，只要一分钟他就可以过去。”③

杜勒玛的这番解释一方面说明伊万并非叛国投敌，而是被战争

---

① 海泉：《南迁》，《民族文学》1996年第5期。

② 同上。

③ 同上。

的旋涡卷着来到中国，他是战争的牺牲品；另一方面，也说明他来到中国后本来有机会逃回去，但是他没有走，唯一能解释这一点的就是人性，他对生活了多年的这片热土和人民已经产生了深深的依恋之情。即使在特殊年代被扣上“叛国投敌”的大帽子，判了徒刑，但是他依然乐观地活着，像一个天真的孩子一样热爱着他身边的每一个人。在这次南迁途中，他热心地教周元怎样保护自己的皮肉不受冻伤，还拿出一种奇特的药膏给周元治疗冻伤，以至于周元“好几次他看着伊万清澈见底的绿眼珠子想这样的人怎么会叛国投敌”[①]？并且在关键时刻，他显示出了博爱的胸怀和大无畏的精神，面对两个陷入灾难中无依无靠的孩子，大家提议应该把他们送到旗里交给他们的亲属，周元主动要承担这项重任，但是伊万阻止了他，“伊万摇摇晃晃地站了起来：‘小伙子，你会冻死的，还是让我去吧，俄罗斯人天生是为风雪而生的。’”[②] 他无论什么时候都忘记不了他的祖国和民族，但是他愿意为了另外一个国家和民族的生命去冒险，他没有逃脱极地恶劣的气候，在突袭的暴风雪中没能再回来。

了解他的蒙古族人朝乐蒙为他举行了简单而又庄重的祭奠仪式，“出发前朝乐蒙祭奠了伊万一支蜡烛、一碗酒算是代表了全部哀思。他讲的是俄语，回拉克小声把大概意思翻译给周元和杜勒玛听——漂泊百年的灵魂终于回到了白桦树下，愿你的祖国收留你这个儿子吧。人总是要死的，我不知道死去的你和活着的我哪个更幸福……”[③]他的灵魂最终要回到祖国母亲的怀抱，但是为了捍卫更崇高的生命和人性尊严他可以牺牲自己、漂泊异地他乡，他虽然牺牲了，但换得了异族人的敬爱，他的祖国也一定会以他为荣，这就是

① 海泉：《南迁》，《民族文学》1996 年第 5 期。
② 同上。
③ 同上。

朝乐蒙对伊万的理解，这恰恰也是作者要传达的主旨。

和伊万的经历构成互文性叙事的还有回拉克，作者以他突破国境线救了周元的故事来诠释国家、民族与人性的复杂关系。在周元遇到暴风雪迷路时，他及时赶到救了周元，但是如何才能走回营地依然是个难题，回拉克提出“过河走”，但周元认为“过河就是越境”，坚决不允许，两个人发生了激烈的冲突，“‘我不允许你越境!’周元浑身血液沸腾起来了：‘誓死革命到底!’他想起了出发前在北京车站宣誓的誓言。回拉克耐心地解释道：‘我们已偏离公路十多里，如果我们抄近道，肯定会遇到一个斜谷，这种天气下那里是非常危险的，我们必须绕道走。’‘就是死也死在祖国的土地上，坚决不当叛徒。’回拉克终于被激怒了！他一声不吭地把周元从马上掀下来：‘如果想死，你一个人去死吧。’”①

在特殊的政治年代，周元的政治话语遭到了回拉克生命至上价值观的抵制，最终激动的周元开了枪，回拉克拖着受伤的手臂几乎耗尽了全部气力把他背回了营地。到底是形式上的突破国界线重要，还是生命重要，周元也分不清了，总之在活着回来后他认为最重要的事情就是应该先把受伤的回拉克送到旗医院，但是回拉克拒绝了，他关心的依然是部落那些牛羊的生命，“没有时间了，多保住一只母畜就多一分希望”②。他也没有怪周元把他打伤，相反他感谢周元对这个部落的贡献，“毕竟我们保住了一些牲畜，这功劳是你的，部落人民不会忘记你的”③。他的这些行为完全都是以生命为第一位的，他们可以为保住任何生命牺牲自我，这不仅包括人的生命，也包括大自然一切动植物的生命，正是艰苦恶劣的自然气候条件培养了极地人的这种坚定不移的信

① 海泉：《南迁》，《民族文学》1996年第5期。

② 同上。

③ 同上。

念。对生命的珍视、敬畏，这是全人类的共同信仰，它超越国界、超越种族，在人类中获得共鸣和认可。这是这个故事所要传达的主题，因而尽管人物众多，种族各异，但他们有一条核心线索牵着，散而不乱、庞而不杂，因而《南迁》也确实是跨族叙事的经典文本。

第五章

蒙古族社会转型与游牧美学的变迁

在蒙古族社会融入国家性现代化进程的重要历史时刻，蒙古族小说聚焦当代游牧民族的社会生活与文化心理，展现“移动性”魅力与发展困扰相交织的文化特征。不再简单沿袭把迁徙族群生存经验审美化的传统美学套路，而是表现出后游牧文化时代在多重维度、大文化视野和并不乐观的现实处境中思考民族文化复杂深沉的思想特征和审美内向化转变。在当代边缘和地方兴起的文化思潮中，复苏的民族生态伦理与文化哲学省思凝聚为一种新的游牧美学独特性，主导了新时期蒙古族小说创作。例如阿云嘎的《满巴扎仓》是聚焦民族医学进而探索民族哲学和审美思想的一部长篇力作，它溯源而上寻找民族文化的源头性价值观念和审美经验，强化蒙古族知识精英的智慧特征、戒贪念的道德伦理思想和草原民族崇尚力量的审美取向，表现出典型的传统游牧美学特征，但是又彰显出游牧美学的现代化转变，新时期蒙古族小说所唤醒和表现的价值元素和现代文明建设形成了有机地对接和转化，在语言、地域、族群和文化体系方面具有明显的现代跨界意识。另外，尽管在全球性城市化进程中游牧作为生产生活方式日渐衰微，但游牧美学却在城市中顽强生长并大放异彩，它的生成折射了城市与游牧在空间范畴的矛盾性共生关系，并决定了镶嵌性、商业性和混杂性成为其存在的形态特征；它在本质上是全球化背景下游牧社会民族认同不断强化所形成的文化再生产，但它并非被动臣服于工业经济法则，而是拥有内在的审美主体性和能动性，并在城市规划、日常生活和文学艺术领域发挥着独特的调适性作用。

第一节　新时期蒙古族小说与游牧美学嬗变

在当代社会，游牧作为一种生产生活方式已经日渐式微，世界上的游牧民族正在逐渐变成濒危族群，游牧人口占世界人口的比例已经小于1%，并且正在受到更多的压力而放弃他们的生活方式。[①]但是游牧“作为一种观念、习俗、礼仪、传统或象征，仍闪耀着智慧的光芒”[②]，成为前现代的自然生活和“高尚的野蛮人”的符号，在文化思想和艺术审美领域显示出强大的生命力。这种吸引力与困扰共存的文化特征成为当代游牧美学的重要内涵和特征，贯穿于新时期蒙古族小说创作之中，以放牧美学为透视点可以更加清晰地观察整个社会转型时期蒙古族小说的文化思想传承、创新和审美变迁轨迹。

一　传统游牧文化为思想根基

新时期蒙古族小说创作异彩纷呈、流派众多，但几乎都以传统

① 彭兆荣、李春霞：《游牧文化的人类学研究述评》，其木德道尔吉、徐杰舜主编《游牧文化与农耕文化：人类学高级论坛2009卷》，黑龙江人民出版社2010年版，第3页。

② 吴团英：《草原文化与游牧文化》，《内蒙古社会科学》2006年第5期。

游牧文化为内在思想支撑，所谓的游牧文化，“就是从事游牧生产、逐水草而居的人们，包括游牧部落、游牧民族和游牧族群共同创造的文化”[①]。中国北方的很多少数民族都创造过自己的游牧文化，但是由于蒙古族在12、13世纪横扫欧亚大陆并建立了统一全国的中央政权，对世界历史都产生了深远的影响，实际上成为游牧文化的集大成者和主要传承者，是中国北方草原游牧文化的代表性民族。游牧文化已经成为蒙古族的族群文化基因深深嵌入他们的族群记忆之中，并表现在文学创作里。在漫长的历史发展中蒙古族文学已经形成了鲜明的民族风格，“逐水草而居”的游牧经济，“毛毡帐裙”“食唯肉酪”的生活方式和风土人情，以及“天苍苍，野茫茫，风吹草低见牛羊”的自然景色，使蒙古族文学散发着浓郁的草原生活气息，别具一种雄浑刚健之美。蒙古族历史文学《蒙古秘史》《蒙古源流》及《青史演绎》等作品以文史结合方式讲述了祖先的族源传说、黄金家族的征战历史及社会制度、风俗习惯、宗教信仰等，在传达草原游牧民族热爱自由、正义的价值观念的同时也展示了他们崇尚勇猛彪悍的审美理想。蒙古族文学的这种美学趣味是由民族特定的自然环境和历史条件造成的，地处北疆的极度严寒和艰苦的自然环境锻炼了蒙古族强健的体魄和顽强的意志，游牧经济的移动特征和自然力的强大催生了他们对自然物的崇尚敬畏态度和追求人与自然和谐共生的理念，历史上连绵不断的征战和戎马倥偬的战斗生涯锻炼了他们英勇不屈的斗争精神，所有这些都对民族文学的艺术表达产生了影响，从而形成了蒙古族文学的游牧美学倾向，即把迁徙族群的生存经验上升到哲学思考和艺术审美的层面。

新时期蒙古族作家继承了传统游牧美学，突出了游牧民族逐水草而居的“移动性”特征，体现为与狩猎文明、农业文明、工业文明等相对的、包括修辞意象和人物形象在内的一整套符号系统。首

① 吴团英：《草原文化与游牧文化》，《内蒙古社会科学》2006年第5期。

先游牧民族赖以生存的自然地理环境是“草原”，它是包括中国北疆丰富的自然生态在内的一个抽象概念，在作品中呈现为典型草原、草甸草原、沙漠草原、山地草原等多样化地域生存环境，它的地理气候特点是“地势较高，距海较远，边沿又有山脉阻隔，因而降水少而不匀，寒暑变化剧烈”①。哈斯乌拉的《乌珠穆沁情话》《乌珠穆沁人的故事》、佳俊的《驼铃》等作品，展示了牛羊成群、水草丰美的茫茫大草原的独特风情；郭雪波的《狼孩》《银狐》《霜天苦荞红》等作品，故事发生在东北草原沙漠化的“沙原”生态环境下，人、动物、草原与荒漠讲述了游牧民族的历史变迁；阿云嘎的《大漠歌》《驼队通过无水区》《天边，那蔚蓝色的高地》等作品富有西部高原特色，干旱缺水、黄沙漫天、高温炙烤的极端天气是故事发生的背景。作品中的自然环境不仅是地域文化标志，更打上了鲜明的民族特征，蒙古族的移动性生产生活方式、道德伦理和精神信仰的形成都与草原的气候、地理和自然力密不可分，而游牧民也永远在移动中歌咏着他们的家园，文学作品把他们的生存环境理想化和诗意化，隐喻为“母亲”“摇篮”“乳汁”“生命的源泉”等含义。其次，与蒙古族游牧生活方式息息相关的生产生活资料等也被文学作品意象化，表现为骏马、勒勒车、蒙古包、羊群等组成的典型草原民族生活场景。蒙古族被称为“马背上的民族”，“马是他们生产生活的伴侣，马是他们最大的财富，马是他们与农耕民族相区别并且交流的文化符号”②，在文学作品中骏马更是用来象征蒙古族自由驰骋的天性、宽广的胸怀和开拓的气派。阿云嘎的《黑马奔向狼山》《野马滩》，孛·额勒斯的《察森·查干》，海勒根那的《小黄马驹》等作品，虽然主题立意有别，但是骏马象征的传统文化含义几乎不变，其他如勒勒车、蒙古包、长调、奶茶、铜壶等物象均有相似性民俗符号含

---

① 邢莉等：《内蒙古区域游牧文化的变迁》，中国社会科学出版社 2013 年版，第 24 页。

② 同上书，第 40 页。

义。另外，草原游牧民依然是新时期蒙古族小说人物形象的主体，与农业文明中的农民、工业文明中的工人不同，游牧民的最大特征是迁徙，是依赖家畜进行空间移动进而与自然的协调共存，这种天人合一的生存智慧在草原游牧民族中世代延续，这让他们看起来与复杂的现代工业社会和普遍的技术应用格格不入。痴迷驼铃回响和风暴呼啸而拒绝开大卡车的牵驼人吉格吉德（《大漠歌》），冒着生命危险穿过无水区就是为了去还债的达木丁、占楚布、海力布老爹（《驼队通过无水区》），拒绝荣华富贵而执着于纯洁爱情的牧羊女珊丹《“浴羊”路上》，这些传统的牧民正如人类学者所概括的那样更像“高贵的野蛮人”，他们热爱自己的家园和祖先，过着极其淳朴简单的自然迁徙生活，不愿意进入靠工业技术推动的现代社会，不愿做出任何破坏传统生态的改变。

蒙古族作家们大多生活在远离游牧者的城市，游牧对他们来讲只是一种曾经的生活经历或者是族群记忆，很多创作者是在城市定居与草原游牧两种生活的转换中获得了对游牧文化的自觉和关注，因而在思考和讲述的时候自然会选择游牧民族与农耕民族、城镇居民的差异性和奇特性，并且是以文学意象化、符号化形式呈现民族整体文化状态，以片段、感性、细节想象方式讲述一种古老的文化类型的历史感、连续性和史诗特征，作品的最终思想指向是力图说明一种传统文明类型在当下和未来的存在合理性，因而作者倾向于从历史、传统、日常生活中挖掘游牧民族的思想、价值观念和宗教信仰的魅力。比较典型的有阿云嘎的大漠、戈壁系列，《燃烧的水》《有声的戈壁》《满巴扎仓》等长篇小说及《大漠歌》《野马滩》《驼队通过无水区》《赫穆楚克的破烂儿》等短篇，这些作品把现代工业经济侵入造成的冷漠、无情、贪婪的社会现状，与传统牧民们赶着畜群按着自然节律休息劳作的生活相对比，衬托出游牧者诗意栖居于自然怀抱的天然本色、浪漫气质和高贵品格。吉格吉德（《大漠歌》）就是传统牧人生活的代表，从城市来的“诗人”对他的赞誉是：“牵驼人，你的名字就是自由、勇敢；你的脚印就是写在戈壁之上的诗行！”[①] 在充斥着机械技术和严重工业污染的当代背景下，游牧生活在文学中已经成为自然、生态、诗性的象征，代表着人类与自然和谐相处、诗意栖居和可持续发展的未来设想。

二　后游牧社会文学审美的“内向化”转变

新时期是蒙古族步入国家性现代化进程的重要社会转型期，20世纪80年代初开始内蒙古等草原牧区开始实施畜草双承包责任制，将草场的使用权和牲畜划分到户，并在20世纪90年代后期实施第二轮草场承包责任制，这对蒙古族社会发展来讲是重要的社会转折。“草场承包不仅意味着草原产权制度的变革，而且还是牧民生产生活市场化的开始，草原牧区由此进入社会转型期，即从传统社会向现代社会的转型。牧民结束了逐水草而居的游牧生活，开始建设房屋，定居下来，享受一些现代化的生活设施，电视机、摩托车、电话甚至电脑进入草原牧区。”[②] 游牧民族的现代化意味着告别移动性生活开始造屋定居，并且改变过去以移动畜牧为生计的单一游牧经济类型，变为融合农业、工业、商业的复合经济类型社会，这正是研究者所说的“后游牧社会”，它最重要的特征是“游牧文化长期占主导地位的局面开始被打破，农业、工业作为新兴文化的因子，其影响不断扩大，地位不断提升，草原文化再度迎来了多种经济文化并存统一的格局。具体地讲，游牧文化作为一种生产方式和生活方式，

① 阿云嘎：《大漠歌》，《民族文学》1986年第6期。

② 张倩：《蒙古国草原畜牧业的转型及其对中国牧区发展的借鉴意义》，中国社会科学院社会学研究所农村环境与社会研究中心主编《游牧社会的转型与现代性·蒙古卷》，中国社会科学出版社2013年版，第2页。

其作用和地位已今非昔比，日渐式微”[①]。尽管有汗牛充栋的材料和数据来论证这种变化的必然性、取得的现代化成果等，文学审美还是更多关注社会经济快速发展伴随的文化遗失及其带来的巨大心理和情感震荡，如作家阿云嘎感叹：“在如日中天的工业文明和商业文明面前，我们民族的传统文化就是那轮正在下沉的落日和那面逐渐暗淡着的晚霞。”[②] 作家满都麦也充满忧虑：“不知从什么时候起，马背上的民族纷纷跳下马，不分男女老少，都被现代化交通工具所吸引，乃至牧民们也骑着摩托车放羊。这究竟是异化，还是进步的象征呢?”[③] 作家的思考总是聚焦当代游牧社会生活的变迁，深入到游牧族群的内在精神情感层面进行文化反思。因而文学中的游牧美学不再简单沿袭把迁徙族群的生存经验上升到审美层次的传统游牧美学套路，而是表现出后游牧文化时代在多重维度、大文化视野和并不乐观的现实处境中思考民族文化复杂深沉的思想特征和审美内向化转变。

在这种文学审美的转变中，游牧社会不再是牧歌荡漾的草原，牧民也不是“高贵的野蛮人”的变体，他们都是处在社会和文化大转型时期的矛盾体，跟进意味着自我迷失甚至是一种文化的消亡，坚守会错失发展的历史契机，况且现实也没有给他们的这种想法留有更多的余地。因而陷在民族性与现代性中的挣扎、站在现代化门口的忧伤回望是新时期牧民形象的典型情态。《大漠歌》中的吉格吉德就是后游牧社会牧民的代表，作为沙漠里的牵驼人，他需要自由的心性、坚强的意志、强健的脚力及神圣的向往，而吉格吉德就具有这一切天赋，从十七岁起就成为一名优秀的驼倌，他的父母觉得梦想成真，他也开始了新生活。但是后来情况慢慢发生变化，他的

① 吴团英：《草原文化与游牧文化》，《内蒙古社会科学》2006 年第 5 期。

② 阿云嘎：《有关落日与晚霞的话题》，《民族文学》1997 年第 7 期。

③ 满都麦：《远去的马嘶声》，《民族文学》2002 年第 11 期。

穿着打扮受到年轻人的嘲笑，他的驼倌职业在卡车运输时代变成了小伙子们的笑话，从小一起长大的其其格玛姑娘失望地离开了他。在孤独的沙漠旅途中巴达玛日格寡妇的温柔体贴给了他巨大的心灵安慰，不过很快他就发现她的理想是找一个能干的人安居乐业，那个开大卡车跑运输的司机更合适，他只好离开心爱的人听着驼铃孤单地行走在沙漠里。吉格吉德的生活尽管合乎自然却面临着没有生存空间和出路的困惑。研究者这样描述现代工业经济挤压下的牧民："牧民的文化特征同时代表着它的吸引力和困扰。它的吸引力在于它适应那种贴近自然的未开发的'简单生活'，而这恰恰是在技术驱动的'现代'社会中越来越被渴望的某种东西。牧民文化正因为它拒绝适应现代世界而导致它自身的衰落，而现代世界里没有空间留给流浪的、'自然的'游牧民。"[①] 现代工商业经济主导的社会被技术和机械所驱动，追求的是速度、效率、舒适、精细，传统游牧民那种天然、慢节奏、磨砺式、混溶一体的生计方式被挤压得失去了空间，他们到底能撑多久，还要付出多少物质代价和精神情感的创伤呢？蒙古族小说中一直弥漫着这样一种困惑伤感的情绪和矛盾焦灼的心理。

新时期蒙古族小说中游牧文化的魅力和诗意不可能是静态的呈现，而是在与工业文明、农业文明发展的矛盾冲突中体现出来，美学风格由传统的刚健清新、昂扬飒爽转变为婉转低回、深沉厚重。马、骆驼等传统的具有生命特质的生产生活工具与现代机械的对立冲突是作品经常出现的叙事，象征着游牧生活方式受到的工业化、电器化、定居模式的冲击，背后是蒙古族传统天人合一的生态观念与工业社会功利思想、贪婪的欲望、向自然的无尽索取和掠夺式开

① 安德烈·马林：《在现金牛和金牛犊之间："市场时代"蒙古国畜牧业的适应性》，中国社会科学院社会学研究所农村环境与社会研究中心主编《游牧社会的转型与现代性·蒙古卷》，中国社会科学出版社 2013 年版，第 122 页。

发之间不可调和的矛盾，创作者作为民族文化代言人对这种社会的“进步”“发展”充满了担忧。《大漠歌》中吉格吉德就是喜欢牵着骆驼在大漠中日夜兼程的感觉，但是现代化的东西已经不可阻挡，受到年轻人的追捧，现代机械提供的效率、便捷使人自身能力退化，但是却成为发展的方向，所以传统牧人的悲剧就在于他们清醒但是孤独，以一人之力无法抵御现代车轮对草场和人心的碾压。《黑马奔向狼山》也延续着这样一种传统与现代冲突的叙事模式，那音太还留恋过去牧马人的生活，喜欢骑上骏马在草原上驰骋的感觉，从姑娘媳妇们发光的眼睛里他感受到，“男人的世界在马背上，蒙古人骑上了马背就感到天高地广”①。但是草场承包到户以后牧民用铁丝网把自己名下的草场围了起来，根本没有马匹自由飞奔的空间。那音太的黑马因为自由奔跑受到牧户的围追堵截，最后带着累累伤痕奔向了荒无人烟的狼山。作品把黑马的“通人情”与牧民欲望膨胀下的“无情”进行了对比，黑马留恋家乡但更留恋它现在的主人，所以一直踟蹰着不肯走。倒是现代社会的人在利益观念支配下变得无情无义，为琐事斤斤计较、邻里冲突不断，甚至连一匹马的奔跑都容不下，更主要的是有了机械替代之后牧民们都觉得马是多余的。“马”由牧民的朋友变成仇人的社会转变恰恰说明，现代社会的空间分割观念、功利之心、机械化生活方式对生命的深层伤害，不仅挤压了他们的生存空间，更剥夺了人的同情、悲悯、包容等丰富情感和高尚的道德情操，这种内在文化冲突和理性拷问使新时期蒙古族小说笼罩着深沉厚重的文化反思特征。

三　新时期游牧美学的独特性

文学创作中游牧社会魅力与困扰交织的美学形态不仅是基于社

① 阿云嘎：《黑马奔向狼山》，《民族文学》2003年第12期。

会转型期的现实境遇，同时还是一种文化思潮与学术传统向文学领域的延伸，这与20世纪后期全球范围的人类学文化转向有潜在关联。人类学家摩尔根的社会进化论中对“游牧”有一个大致的定位，认为“在进化序列上低于农业，是一种过时的落后的模式”[①]。值得庆幸的是人类学给20世纪最重要的思想献礼就是“文化相对主义”，它反对用种族优劣高下或遗传特性来解释不同人种在历史上的兴衰及基于种族主义的“文明/野蛮”的人群划分尺度，倡导“所有的人群和文化都同样值得研究”，都有它独特的存在价值和意义。[②] 这种文化思潮带动了文学上的文化寻根热，从20世纪80年代起原来被忽视的地方、边缘、民间的文化魅力成为文学表现的重点，蒙古族作家正是在文学视角向边缘移动的审美语境中获得了对本族群文化的自觉，通过文学重构一个古老的游牧民族的历史与现实，想要“证明自己的文化不是落后过时的，而是综合性的，有极强适应性和生命力的文化样式”[③]。活跃在文本中的是传统的牧羊人、牧马人、牵驼人、沙漠中的向导、草原上的摔跤手、勤劳善良的额吉、纯真无邪的姑娘等人物形象，他们不再是“体格和道德优于文明人而物质条件和技术水准低于文明人”的“高贵的野蛮人”[④]，而是葆有各自独特的心灵世界又信奉着共同的道德理想和价值信念的当代社会生活中的族群，丰富多元的人格形象体系彰显了民族文化特色，某种程度上瓦解了长期以来存在于文学艺术之中对蒙古族人格的僵化

---

① 彭兆荣、李春霞：《游牧文化的人类学研究述评》，其木德道尔吉、徐杰舜主编《游牧文化与农耕文化：人类学高级论坛2009卷》，黑龙江人民出版社2010年版，第18页。

② 叶舒宪、彭兆荣、纳日碧力戈：《人类学关键词》，广西师范大学出版社2006年版，第6页。

③ 彭兆荣、李春霞：《游牧文化的人类学研究述评》，其木德道尔吉、徐杰舜主编《游牧文化与农耕文化：人类学高级论坛2009卷》，黑龙江人民出版社2010年版，第18页。

④ 叶舒宪、彭兆荣、纳日碧力戈：《人类学关键词》，广西师范大学出版社2006年版，第16页。

想象。这并非倡导向后看的复古主义回归价值观，而是“只要求简朴纯真的生活理想，这种理想并不必然回溯到历史的某个已经逝去的时期”[①]。设想在现有自然和社会条件下人类能保持对宇宙自然的敬畏之情和虔诚的宗教情怀，过一种天然、纯真、简朴的生活，以抵御现代社会人类中心主义价值观和发展主义的工业神话。作品中传统的诗意生活和民族文化精粹具有鲜明的文化颠覆性，潜在的反思对象是起源于西方的现代工业文明。

在这样一种文化思潮中，现代社会激荡下复苏的民族生态伦理与文化哲学省思凝聚为一种新的游牧美学独特性，主导了新时期蒙古族小说创作。其中生态文化是蒙古族文化中最有特色、带有起源性的文化思想，其“崇尚自然”的核心理念使游牧美学散发出充满生命活力的绿色光环。“崇尚自然”的思想观念与北疆游牧民族的生态环境和植被条件十分脆弱有关，直接作用于人的精神情感和文化心理从而形成富有游牧民族特色的文化体系，体现为万物有灵的原始宗教，对动物、植物的图腾崇拜，严禁破坏草场、污染水源的法律制度，移动性生计方式和融入自然的居住观念等。研究者认为这种生态文化思想“正是千百年来草原民族在自然条件相当恶劣，生态环境相当脆弱的草原地带既要生存发展，又能把基本完好如初的蓝天绿地传给后代的原因”[②]。新时期以来蒙古族社会经济的快速发展与生态危机并存的现实激活了这一生态伦理文化，使其成为文学的集中表现对象。郭雪波的小说《狼孩》《银狐》以浪漫主义的方式演绎人与动物之间超越人兽界限的情感神话，是草原游牧民族信奉万物有灵的“泛生命”意识的大胆想象，作品同时交织着蒙古族原始宗教“萨满教”的历史与现实遗迹，也是内在顺应自然、敬畏苍

① 叶舒宪、彭兆荣、纳日碧力戈：《人类学关键词》，广西师范大学出版社 2006 年版，第 21 页。

② 内蒙古社会科学院草原文化研究课题组：《崇尚自然——论草原文化核心理念之一》，《内蒙古社会科学院通讯》2008 年第 7 期。

天绿地的生态文化思想。阿云嘎的《野马滩》《黑马奔向狼山》等作品以“人与马”的关系演变弘扬人与自然万物生命平等、和谐共生的思想。满都麦的《瑞兆之源》以额吉不放弃任何生命的感人故事象征草原母亲的性格特质。这样的作品比比皆是，蒙古族作家以此提倡民族传统的诗意栖息的绿色生存理想，其核心内涵是强调人是大自然的一部分，大自然可以没有人但人不能没有大自然，因而应怀着对自然的敬畏之心有限索取，在移动和分享中维持生态系统联盟，否则人类的贪欲无限膨胀最终毁掉的是自己。

新时期以来民族文艺美学对游牧文化的哲学省思倾向也同样值得关注，现实中少数族裔生存空间的萎缩恰恰激发了其在文艺思想领域的文化自觉和高扬，以民族的器物和思想为美的潮流在学术思想和大众文化传播领域如火如荼，音乐、美术、摄影、影视剧、文学、大众旅游等共同制造着“民族风”的视觉景观和文字记载。相比较其他艺术形式而言，文学的民族审美更加注重少数族群的精神情感和内在心理宇宙层面，更加注重对原住民历史与现实生活的文化反思和哲学内省，这为身处地理与文化双重边缘因而现实生存处境不是那么乐观，但是带着民族的期许充满未来指向意义的文化共同体提供了艺术表达的载体。它继承了传统游牧美学的审美特征，比如基于地理与历史条件的对“勇、义、力”的审美偏向，对传统祖先族源神话的集体记忆的渲染，对“苍狼与白鹿”神话传说的信仰及由此衍生的阳刚、阴柔的性别秩序的强化，等等，但是其最重要的特征却是融合了当代社会现实对游牧文化的哲学反思。蒙古族文化发展和传承所遭遇的农业文明的冲击和现代工业文化的挤压尤为受关注，它引起的心灵情感震荡和忧思是典型的对“消失”的眷恋和追怀，充满着孤独寂寥的哲学思辨意味和对现实的无奈感伤色彩。在这些作品中民族审美发生了由道德伦理指向到哲学省思的重要转向，由过去更加注重单一文化的道德、价值等方面的评判，到新时期在多元文化视野中辩证思考“野蛮／文明”“自然／工业”“游牧／定居”“中华民族／少数族裔”“中心／边疆”“进步／倒退”等范畴的互动关系，由过去人本主义思维下侧重对人的塑造和人的道德、品性、价值等方面的考量，发展到在“天地人”的结构关系和较长历史时段中凸显游牧民族的生态思想和物我合一境界。在这种哲学思维模式中，蒙古族游牧文化的合理性、科学性和智慧特征得到充分展现，其诗意栖居的生存隐喻成为游牧美学的亮点和对未来的彩色寓言。

第二节　阿云嘎的《满巴扎仓》与游牧美学

蒙古族作家阿云嘎是新时期中国文坛一位蒙汉兼通的双语作家，《满巴扎仓》这部长篇小说最初用蒙语进行创作，后由哈森译成汉文并出版单行本，这部作品秉持了他一贯的游牧美学风格，即将迁徙族群的生存经验上升到哲学思辨和审美层次，从而对游牧民族稳定的文化结构和族性心理进行深入省思和审美展现。不过阿云嘎的创作从来不能简单地抽象为民族认同这样的单一文化立场，其文本所表现的中华民族文化共性、世界范围的价值普适性及高水准的文学性结构在一起超过任何简单的概括，形成一种包孕万千又独具游牧民族风采的形态，这也昭示了当代少数族裔作家在文学创作上的宽阔文化视野和高标准审美追求。系统解读这部长篇力作，对我们重新认识蒙古族作家构建游牧美学的民族性追求及作者对民族性与现代性、独特性与多元性的复杂关系的认识、处理方面都具有重要意义。

一　从蒙医药学到游牧民族文化思想的提升

蒙古族文化心理与价值观念向来都是阿云嘎创作的内在文化支撑，不过这一次他选择的叙事场域不是茫茫戈壁或者草原，而是一个具有很高文化层次和精神象征性的蒙医研究院，这也正是“满巴扎仓”的汉语意思，“满巴，意为医生，扎仓，是学院或者研究院的意思，说白了这座寺院是医学寺院”①。整个作品在特定空间氛围中打上了强烈的民族医药文化烙印。蒙古族医药学是蒙古族灿烂悠久的传统文化的重要组成部分，是为适应游牧民族的生产生活方式和地理气候特点形成的理论体系和医疗实践的综合。古代蒙医例如热敷、灸疗、浴疗、正骨、治疗外伤、马奶酒疗法和饮食疗法等都是传统医疗技术，操作简便，适合北方高寒气候特点和游牧民族的生活方式。大约在16世纪，伴随着藏传佛教的广泛传播，藏医传入蒙古族地区，喇嘛寺庙内设立满巴扎仓（医学研究院），对于培养蒙医人才和丰富蒙医理论发挥了重要作用。原有古代蒙医吸收了藏医理论精华，经过长期实践形成了以“三邪”学说为主要内容的蒙医理论体系，“这就是阴阳学说、五大元素学说、寒热对立统一的学说、七元三秽学说、六因辩证学说、脏腑经络学说等基本理论”②。蒙医药既是一种医药科学，更凝聚着民族生活思维和哲学内涵，因而作者选择“满巴扎仓”为表现对象是为了打开民族医学文化这个神秘领域，进而探求民族文化精神和心理密码。

民族医药学的文化精神是整个叙事的核心，它需要一个完整而精彩的故事，这就是充满悬疑色彩又有历史背景的“寻找药典秘籍”的故事。相传元末明初，元上都被烧，一部药典从上都大火中被抢

① 阿云嘎：《满巴扎仓》，重庆出版社2004年版，第9页。

② 白歌乐、王路、吴金：《蒙古族》，民族出版社1996年版，第144页。

救出来，辗转到了鄂尔多斯的满巴扎仓。那部药典具体存放在什么地方，在谁手里，只有满巴扎仓的住持堪布才知道。一代住持将老时，会将这些信息告诉下一代住持。但是上一代住持洛桑堪布在他五十三岁那年突然暴病而死，没来得及向下一代住持交代药典在何处。就这样，满巴扎仓有了一个天大的谜，引起了从王府、朝廷到寺院形形色色各种人的贪念和猜测。清政府的密探在找这部秘典，旗王爷、王爷协理为了治愈他们哈屯（夫人）的不育症也费尽心机，还有满巴扎仓里怀有不同动机的喇嘛们，三股力量扭结在一起相互较量着。朝廷暗探桑布装扮成药贩子混进满巴扎仓，为了得到药典他暗中用药使当地两位王爷夫人都丧失生育能力，利用王爷兄弟争夺王位继承权、求子心切的暗中较量，促使他们卷入这场寻找药典的阴谋之中。所有贪财、贪权、被情欲控制的人都成为他这盘棋上的棋子，听从他的摆布。但是这盘棋却最终输给了满巴扎仓的住持、医生和药师们，他们把医药的学问和技能升华为一种人生哲学来化解人世间的阴谋、陷阱、痛苦和仇恨，那些精通医术的喇嘛都是蒙古族的知识精英，他们能够把治病救人和人生修为嫁接起来，在治愈身体和研究医药中承担起净化灵魂和普度众生的道义责任，他们是创造和传承蒙古族文化并处于思想顶层的一支力量。在这场寻找秘典的生死搏斗中，他们用生命保护着民族文化典籍，用高超的智慧和清洁之人格树立了民族化道德典范，化解了夺取秘籍背后隐藏的权力争夺、欲望贪婪和自私的占有等一切人性之恶。

作品中汇聚各方势力的焦点人物是年轻的苏德巴，他的身份和蜕变具有文化象征性和隐喻意义，彰显了蒙古族文化思想感悟于天地万物生长规律并具有治疗和化育人心的巨大力量。他是满巴扎仓医师拉布珠日的学徒，但真实身份却是 20 年前的老王爷最小的儿子，在争夺王位的仇杀中其母亲被杀，幼小的他被救走最后辗转到满巴扎仓做了喇嘛，隐藏在这里就是为了复仇并重新夺回王位。他的内心充满巨大的仇恨和权力欲望，因而成为阴谋者桑布寻找药典下落的最关键一颗棋子。但是他的师父拉布珠日洞悉自己徒弟的内心并用自己的身世经历和言传身教逐渐矫正了他的心灵。拉布珠日认为“医学也是一门调整心灵的学问。医学的背后隐藏着善良、宽容和怜悯。所以，要是能真正学好医学，心灵就会变得宽宏纯净，并能悟到活着的本质……”① 他带着苏德巴在苍山间、草原上采药，同时传授给他天地人心的智慧，“你看！若说草原是山峦的根基，那么山峦便是草原的威严，若说天空是大地的盖子，那么大地便是苍天的托盘……若是人有千种病痛，世上就长着千种治愈他们的草。人是怎么生病的？因了空气、饮食、冷热等。人的病怎样才能痊愈？要倚仗世上的草木、岩石、动物的脏器……这个世界上，没有一个东西是独立存在的，包括恩德、仇恨、悲悯、嫉妒……要是不关注蒙古人的命运，做了再大的官又能如何？若是有了那般心志，在乡间寺院为僧又如何？人活着的意义，在于为何而活着……”② 拉布珠日所讲的苍天大地的胸怀、万物相辅相成的思想和因果定律是蒙古族文化思想的精华，它最终感化了苏德巴，使他放弃了一己恩怨成为一个目光更加远大、内心更加宽宏、“关注蒙古人命运和世界大事的人”。苏德巴由复仇者蜕变为满巴扎仓的名医，传达了蒙古族文化包容、“无我”、心怀大爱的生命哲学和思想精髓。整个故事的矛盾最终破解了，医药文化与民族精神信仰、佛教思想在最高层面汇合，可以说作者的叙事技巧相当高超纯熟，在一个充满悬疑的夺权、复仇、寻找秘典的精彩故事中，把蒙医药学从一般的科学升华到民族哲学和宗教信仰层面，从而触摸到民族精神结构和心灵密码之门，进而真正去探索一个创造了辉煌历史和文明的草原游牧民族。

当然这种成功的思维嫁接需要高超的文学创造性，更需要作者

① 阿云嘎：《满巴扎仓》，重庆出版社 2004 年版，第 131 页。

② 同上书，第 133—134 页。

对医药学、宗教学和民族文化的贯通理解，是长期的生活积累、思想感受和精深研究相融合的结晶。阿云嘎是土生土长的鄂尔多斯人，他生长的地方，村里乡里都遍布大小寺庙，“少年阿云嘎曾被送进寺庙当过喇嘛，经历过跳鬼，念经和庙会文化的熏陶，也在寺庙里学到各方面知识。特别是，作者对寺庙药房和僧俗人生百态有着痛切的凝视与体察”[①]。这种生活经历使他在多年以后看到家乡满巴扎仓那种破败、颓废的场景时难以释怀并最终成为创作冲动，“几十年前的满巴扎仓在我记忆里早已变得模糊，但那种破败、颓废、被遗弃的感觉却不仅仅没有模糊，反而似乎越来越清晰……反正时间越久我却越觉得我对满巴扎仓的那种感觉可能会变成一个让人读下去的故事”[②]。之后作者沉潜在对满巴扎仓的历史资料、管理模式和教学模式的研究之中，还深入蒙古族医学领域接触资深的教授并得到大量专业的咨询和帮助。作者调动了他过去的生活积累并以医药学、宗教学专家的精神构思创作，他甚至进入过去无人触碰的领域，并且在认识上暗含着矫正偏见的努力，因而作者的民族文化思考不是玄虚的思辨，而是从实际生活和专业研究中自然流淌出来，带着原创性的生机活力给人心灵的震撼和启迪。译者哈森曾说：“在别人眼里她只是故事，在我眼里她是蒙古人的精气神。”[③] 这其实是读者普遍的阅读感受。

二　游牧美学与民族性格密码

阿云嘎的作品一直都贯穿着游牧美学追求，他一直在溯源而上寻找民族文化的源头和根脉，在这个现代化如火如荼进行的时代保

---

① 包明德：《论〈满巴扎仓〉的本土叙事与现实品格》，《小说评论》2014 年第 6 期。

② 阿云嘎：《场景·感觉·故事——关于“满巴扎仓”》，《文艺论坛》2014 年第 3 期。

③ 哈森：《〈满巴扎仓〉翻译漫谈》，《文艺论坛》2014 年第 3 期。

留和发扬那些民族和地方的富有生命力的文化因子。《满巴扎仓》即这种美学理想的一种实践，即寻找蒙古族作为草原游牧民族的源头性价值观念和审美取向，讲述其地域性和民族性特征，并使其散发出智慧光芒和美的气息。作品虽然人物众多、线索复杂，且情节上跌宕起伏，但是他们都向着一个统一的方向聚拢，作者所要讲述的游牧民族的独特观念和精神信仰，在作品中体现为三个圈层的思想凝聚点。

作者在思想核心的顶层传达了蒙古族文化的智慧特征。一般的看法认为蒙古族是活跃在边疆以游牧业为生的民族，胸怀宽广、为人朴实善良是他们的传统美德，但过度强调美德实际上掩盖了他们生存实践和思想创造力方面的智慧特征。作者选取了蒙古族医学研究院这个表现对象，它是蒙古族知识精英的聚集地，处于整个民族文化穹顶的位置，因而“智慧”成为它的最大特点。以扎仓堪布、拉布珠日、楚勒德木、金巴、朝洛蒙为代表，他们都医术精湛、智慧超群，之所以能在这场被人布下天罗地网的阴谋中最终胜出，凭借的就是智慧。寺院住持扎仓堪布是一位三十六七岁的英俊喇嘛，他对蒙古象棋情有独钟并一直在和一位高手（也是阴谋者）下一盘棋，“这盘棋就是家乡的土地，各种阴谋、较量和角斗都在继续……”[①]无论发生什么大事他都不慌不忙，与敌人进行思想的较量。当楚勒德木知道自己难逃一劫把秘典交给他之后，他的最后一步棋就是结束抢夺秘典的纷争，使秘密公开化，他迅速组织喇嘛们连夜抄写药典并传播出去，让权贵们企图独占秘典的计划落空，这种机智、决断和魄力体现了蒙古族知识精英的超群智慧和至高思想境界。阴谋者怀疑楚勒德木是保存秘典的人，他的师傅也即前一任寺院住持临终前把秘典托付给他，这是责任重大甚至有生命危险的使命，但是他凭借自己做人的智慧及关键时刻的审时度势出色地完成了使

① 阿云嘎：《满巴扎仓》，重庆出版社2004年版，第43页。

命。他平时寡言少语、冷静沉着、低调行事，所以能默默无闻地保管秘方药典数十年没有暴露身份。最后秘典被发现，他智斗更登、躲过种种陷阱和威逼利诱把秘典交给扎仓堪布，保护了徒弟、完成了使命后圆寂。他的冷静沉着、坚强勇敢、没有私心的品质让人折服。在作品中我们看到作者所表现的智慧并非一种玄虚的东西，除了常规性的机智、审慎、明察，还有蒙古族所尊崇的大爱、善良、无我等美德凝聚成的生命感悟和宇宙观念，体现为某种超脱、定力和高远的认知，在那些智者身上我们看到某种神性特质与民族美德的完美交融，这种大智慧是抵御现实邪恶势力和人类内心阴暗的最后屏障。

作者在整个作品的故事层面强化了“戒贪念”的思想。对财富、权力和情欲的贪念是推动故事发生和前进的动力源泉，构成了与正义世界对立的充满邪恶和阴谋的鬼魅世界，主要以名医旺丹、争夺权力的王爷和他们的哈屯及寻找秘典的桑布为代表。旺丹的遭遇警示了贪恋财富的悲惨下场，他虽然医术高明，但是贪得无厌，二十年前就被人高价收买对王府的两位哈屯用药使她们失去生育能力，从而被卷入这场政治纷争中。按照佛教戒律僧人不许娶妻，但是旺丹不仅有女人还有丰厚的家产，对财产和女人的贪婪使他被选为敌人作恶的棋子，接下来厄运不断，被威胁、绑架、跟踪，最终落得一贫如洗的悲惨下场。再来看两位王爷夫人，她们几乎是邪恶情欲的符号，为了寻找生子秘方她们住在满巴扎仓，把自己高贵的身份和美貌设置成情欲的陷阱，让那些不懂得控制情感和欲望的人掉进深渊以便为己所用。和两位夫人有过交欢的耶奇勒和更登看似有别，一个是出于对美好爱情的憧憬，一个是情感欲望的发泄，但在被情欲控制去做邪恶之事这一点上没有不同，他们都是自己情欲的俘虏。作者借助这些波澜起伏的僧俗故事强调了放开和解除的观念，虽然和佛教思想有关，但也是民族文化思想的重要内容。蒙古族传统文化是“逐水草而居”的游牧文化，其“生计方式和行为特征是‘走’，是‘动’，它与永久处于固定状态的农耕民族相比，是其生活方式每年都处于动态之中”①。为便于行走必须减少各种负累，包括物质、情感和精神性占有。这种由生产和生存方式决定的思维特征在长期的历史积累中沉淀为“放开”“戒贪”“解域”的文化观念，内化为他们的精神信仰和道德规范，回响在蒙古族英雄史诗和其他艺术表达中。创作者反复强调对自身需求、情感、欲望的控制，拒斥占有欲、阴谋、狡诈、贪婪、算计，这已经成为民族性的文化密码渗透在《满巴扎仓》中，如研究者包明德先生所言：“有别于哲学意义上的升华，也不同于民族伦理道法体系的规范化，也不是一成不变的遗传基因，但却打开了蒙古族‘时代魂灵的心理学’，展示着一个民族性格的秘密。”②

作者在叙事审美层面对神秘自然力的渲染和英雄人物的塑造都体现了草原民族崇尚“力量”的审美取向。古代蒙古族对力的理解，大体上包括神秘外力和人力两部分。在早期的萨满教文化中，由于对很多自然现象缺乏认识，在畏惧心理作用下人们更崇尚被异化的自然力，风雨雷电、凶禽猛兽、高山大川都被赋予神灵的身份。加之蒙古族游牧生产生活方式高度依赖自然，从而形成了他们亲近自然、顺应自然、崇尚天人合一的天然文化因子。草原民族游牧、轮牧、休牧的生产生活形态，历史上大量保护生态的法典，以及从古至今的文学艺术中对神秘自然的渲染，都昭示了游牧民族对自然力的崇尚。正是由于对神力的畏惧才产生了对英雄的渴望，即人力崇拜。在人与自然和社会的矛盾斗争中，希望具备非凡力量的英雄来抵御大自然和社会的各种灾难，于是塑造了勇、义、力相结合的英

① 邢莉：《内蒙古区域游牧文化的变迁》，中国社会科学出版社2013年版，第21页。

② 包明德：《论〈满巴扎仓〉的本土叙事与现实品格》，《小说评论》2014年第6期。

雄形象，“英雄实际上是对力的文学化表述”①。《满巴扎仓》内含了这样的民族性审美取向，把大自然的神力描写与英雄人物塑造结合起来传达对自然、神力、英雄勇武之气的敬畏之情。作者以雷雨交加的暴风雨之夜名医旺丹被神秘女子挟持带走、神秘失踪开头，夜晚、雷鸣、闪电、瓢泼大雨、神秘女子、绑架、失踪等这些意象都在渲染神秘的不可控力量，给作品一个惊心动魄的开端，围绕这个谜团，作者一直在创造神秘叙事氛围和带有神话色彩的英雄人物，交织成神力和人力结合超越邪恶和阴谋的整体话语系统。重要事件发生时总是伴随着风云雷雨、江河咆哮等自然力量的描写，对满巴扎仓和旗王府风水学上的解释，以及独眼英雄达林台的传奇经历和辨识足迹的特殊能力，神秘女子次仁朵丽玛的非凡勇气和出神入化的投石器技艺，都是崇尚力量的游牧美学的体现。这种游牧美学与边疆恶劣的自然气候条件下形成的对自然的敬畏心理有关，也是游牧民族擅长摔跤、骑马、射箭等力量型娱乐活动的审美折射，在文学创作中体现为对遒劲风格的渲染和对人物力量、勇气、胆识等品质的歌颂，这一点在《满巴扎仓》中得到生动的表现。

三　融合多元为一体的游牧美学

有研究者认为《满巴扎仓》是“脱离了小文本式的纯文学样态，而转向对大文本式的民族文化甚至人类文明的反思”②。这也是阿云嘎一贯的创作风格，他的作品如《大漠歌》《燃烧的水》《有声的戈壁》等都洋溢着鄂尔多斯高原的浓厚生活气息，人物和故事充满了家乡的原初记忆，是融汇了哲学、历史、民俗、艺术的综合体，而

① 朋·乌恩：《蒙古族文化研究》，内蒙古教育出版社 2007 年版，第 197 页。

② 肖惊鸿：《民族文化反思与个体经验写作——解读哈森译阿云嘎长篇小说〈满巴扎仓〉》，《文艺论坛》2014 年第 3 期。

最终题旨往往指向边疆游牧文化的生存与发展等思想文化命题。更难能可贵的是作者对民族文化的表现与思考并非持狭隘、封闭的态度，也没有把游牧之地塑造为刻板的桃花源式存在，而是在以现代化大背景和现代文明为参照系的整体文明框架下展开古老的游牧文明的现实处境和未来走向。《满巴扎仓》同样如此，虽然讲述的是一百年前一个医学研究院发生的故事，但回应的是当前蒙古族文化在全球化进程中的遗失和衰微现状，作者曾经说他家乡满巴扎仓那种“破败、颓废、被遗弃的感觉”是他构思的冲动，由此可以窥见作者是在现代化吞噬地方文化的危机感中强调蒙古族文化的精髓，挖掘它抵抗邪恶、诱惑的可能性，从而树立正义、善良、爱人等这些民族原初的精神信仰和文化观念。那些贪婪、物欲、阴谋、算计、利益、诱惑并不是只有在那个特定时代才存在，是横亘在人性深处的永久性威胁，在商品经济时代刺激下会变本加厉，因而才更显示出弘扬蒙古族传统文化的必要性和时代意义。作者对待民族文化的态度又并非悲观的防守姿态，而是富有现代开放意识，希望它做出变动以应对社会转型和文化变迁。故事的结尾是满巴扎仓的知识精英们凭借高超的智慧、理性和包容性把民族医药秘典公开化，使之变成民族共享智慧，以此避免无休止的流血、杀戮和仇恨。这种发扬光大、共享意识是一种现代化的民族文化建设姿态，它所唤醒和表现的价值元素和现代文明建设形成了有机的对接和转化。只有放弃遐想才能在动态交流中把民族文化改造成融合他文化优秀因子的集大成者，凝聚多元本为民族独特性，作者所要唤醒的是游牧文化的现代开放意识。

这种对民族文化的开放认识还体现在多民族文化书写和开放的空间结构层面。文本体现了创作者的“跨界意识”，不仅仅是跨越文化的，还包括跨越不同语言、族群和区域的。从语言层面开始，这部作品就有一种“杂语”特色，它最早以蒙古语创作完成，发表于蒙古文文学季刊《朝洛蒙》上，后来哈森将其译成汉文后发表在《人民文学》上，同时这个故事又发生在藏传佛教寺院，和藏文化关系密切。所以这个汉语单行本里面也保留着大量的蒙古语和藏语的词汇和表达，比如藏语“满巴”（医师）、“扎玛”（伙夫），蒙古语“哈屯”（夫人）、“巴音”（富人）、“图拉嘎”（火撑子）等，从称谓、地名、官阶、实词到日常俗语不一而足，作者和翻译者都有意加入和保留这些不同语言和文化体系中的原初状态，创造了文本的丰富多样性和原汁原味的特色。同时杂语的使用包含着对他文化的理解和尊重，“充分运用人类语言文字的技巧，才能获得多样叙事的最大可能”①。另外，作者有意在空间上打开一些出口，从而使文本摆脱封闭、单一的文化容器状态成为一个流通、开放的空间。满巴扎仓是把佛教和蒙古族医学结合起来的知识精英荟萃之地，神圣性、神秘气息是它的重要特点，它建在鄂尔多斯北部阿尔巴斯山区的山顶上，必须爬564个台阶才能到庙里，周围是深山老林，波涛汹涌，因此它显得巍峨神秘。然而，医学以治病救人为宗旨，每天要为周围的世俗世界包括王公贵族和普通百姓提供服务，它就不可能是与世隔绝的圣地。心怀叵测的小人、婀娜多姿的女性、争权夺利的贵族们和这里的喇嘛产生了千丝万缕的联系。因而静虚的佛门圣地联系着一个喧嚣并充满琐碎欲望的世俗世界，僧俗交替成了文本的整体空间架构特色。同时作者还通过金巴这个叙述线索式的角色让这些喇嘛医师们走出蒙古族之地到汉族聚居区去行医，以打开故事叙述的空间格局并强化族际交流意识。比如在第六章《金巴与流浪医生的邂逅》中，金巴与流浪医生治好乡下老人的病之后忽然接到寺院住持的来信，让他去陕西救治瘟疫，于是他和流浪医生策马飞奔到陕西，作者对陕西的救治过程和陕西官民的感激涕零有详细的描

① 欧阳可惺：《“杂语”的意义：文学发展史视角下的当代少数民族文学研究》，《民族文学研究》2014年第5期。

写，其实这一章与整个故事情节发展并没有太大关联，但是它的空间意识和文化象征意义却不容忽视，代表着蒙汉之间的空间交错和文化交流，从叙述策略上讲也避免了聚焦本民族文化造成的单一与封闭。就像研究者所讲的那样，“在当代少数民族文学中小说叙述仅强调本民族历史社会与民族内部生活材料的统一完整性，仅仅是本民族的单向叙述是不够的。因为每个民族间现实日常生活的交往性存在决定了我们的少数民族文学从内容到形式都是永远不断发展、变化、丰富的”①。这种文本所反映出来的民族文化开放状态既是历史与现实，也是一种作家的文化表达自觉，它决定了文本是否呈现为一种丰富、多样、饱满的文化状态，并与充分吸纳、融合其他民族的文化因子密不可分。

个性和原创性依然是蒙古族文学永葆生机和活力的源泉，是其民族性的最重要体现，但是必须注意到过于关注这种民族性可能会造成民族文化某种程度的停滞和僵化，就像陈平原先生所讲：“强调民族间的差异性，对作家来说是把双刃剑，在凸显本民族文化立场的同时，也使原先富有弹性的民族关系变得过分清晰，乃至有点僵硬了。这里谈的不是意识形态的对与错，而是由于长期的积累，汉语书写的文学作品拥有更为丰厚的资源，不该因政治立场而刻意疏远。”② 在这一点上《满巴扎仓》做出了示范，无论是纵向对传统的现代化意识，还是横向对多民族、跨地域的文化吸收，都表现出现代的开放意识，因而它所建构的游牧美学并非单一民族凝固化的自足体系，而是融合传统与现代、周边其他民族与地域的一切优秀文化因子的民族化动态建构过程，它激活了游牧美学的现代品格和开放性。

---

① 欧阳可惺：《“杂语”的意义：文学发展史视角下的当代少数民族文学研究》，《民族文学研究》2014 年第 5 期。

② 陈平原：《多民族文学的阅读与阐释》，《文艺争鸣》2015 年第 11 期。

第三节 当代城市文化中的游牧美学

“游牧”与“城市”的根本差异是移动与定居的区别，是人与空间的关系的不同。游牧社会依赖家畜与空间移动以获取不确定资源的生活方式曾经对定居社会构成威胁，自20世纪60年代以来，游牧社会与现代经济出现了越来越多的冲突，但随着城市化与全球化进程的加速，游牧社会的形态和人们对于游牧者的态度却出现了矛盾性的变化：一方面是恐惧，要求政府控制他们，使其定居下来；另一方面，游牧者被看作是“高贵的野蛮人”，对其生活方式充满了浪漫的想象，写入小说、编入电影、谱入流行歌曲，甚至将其视为个性象征纳入城市设计和规划当中。都市里的民族风情园景观，流行音乐中的“最炫民族风”，饮食、服饰文化中的“部落风情”，文学艺术对“酋长”“高原”“沙漠”的情有独钟，大众的旅游热潮，都显示出当代城市文化中的游牧情结，游牧作为一种思想精神和文化符号，因其古老和现代化不足成为最富于想象力的艺术和文化实践。

一 作为理论模式和文化实践的游牧思想

游牧文化对当今城市文明最深刻的影响还在理论模式和思维层面。游牧从最基本的层面讲是人类利用农业资源匮乏的边缘环境的经济生产方式，“利用草食动物之食性与它们卓越的移动力，将广大地区人类无法直接消化、利用的植物资源，转换为人们的肉类、乳类等食物以及其他生活所需”①。相对于农业生产来说，这是一种单

① 王明珂：《游牧者的抉择：面对汉帝国的北亚游牧部族》，广西师范大学出版社2008年版，第3页。

位土地产值相当低的生产方式，但在漫长的历史积累中沉淀为一种与自然和谐相处的生存智慧和文化。在城市化迅速蔓延的当代，它成为后现代理论家和哲学家批判资本主义国家机器、缓解现代性危机的思想参照系，给西方人文社科领域提供了源源不断的灵感源泉，一种日渐消失的文明释放出如此强大的革命性的力量让人始料未及。法国哲学家德勒兹和心理治疗师瓜塔里在合作出版的《反俄狄浦斯》（1968）和《千高原》（1972）两部专著中，对既有的权力结构提出挑战，推翻了分析推理掌控霸权的局面，这使他们获得了世界性的声誉。他们所使用的一个重要的理论工具就是“游牧主义”，并在13世纪横扫欧亚大陆的成吉思汗帝国中找到了最清晰的表达。他们认为国家的稳固原则和流动的游牧“战争机器”之间的矛盾贯穿历史始终，国家总是试图征服游牧民族、控制迁徙，但是游牧主义却试图打破国家界限，隐藏群体结构，保持各个群体的分散状态。在德勒兹和瓜塔里那里，游牧主义被设想为对抗稳固结构的捕获、与大地保持解域化关系的思维结构，是社会和文化革新的永久源泉。游牧主义作为一种思想模式，是颠覆的、解放的和超越时代的，尤其对启蒙运动以来理性主义固有的二元论形成强有力的冲击。在这个意义上，“块茎”与游牧是可以替换的两个词，具有后现代的颠覆、瓦解、不确定、次生性等理论内涵。与单个直根系不同，块茎是“繁殖的、边缘的和循环的分支系统”①，它的最大特征是异质性和多样性，每一个点都可以和其他任何点连接，以促进持续不断的改变和再创造。作为一个有多个入口、无中心的变动系统，它可以被看作是相互依赖、共同存在的一种生存模式，“树是亲缘关系，但块茎是联盟，独一无二的联盟”②。这种思维方式使他们发现了在僵化的

① ［法］吉尔·德勒兹、弗利克斯·瓜塔里：《块茎》，陈永国编译《游牧思想：德勒兹、弗利克斯·瓜塔里读本》，吉林人民出版社2010年版，第125页。

② 同上书，第149页。

体制、分层之外的一切有原始生命力的对象物，如野草、高原、东方的中国、美国的文学，类似块茎的句子、文章和知识，能够替代传统树状思维模式的所有新锐文化实践。游牧主义与块茎理论是抵抗理性、逻辑、二元论、普遍主义、在地化的一种革命性思想工具，它使我们发现了一种古老的游牧文明存在的合法性和对当今世界的解释力量。

在人类学领域，当今的“游牧”有着更广泛的含义，“被看作是移居者对于带有族群性（ethnicity）相异的社区或国家的多样适应性反应。他们的生存与发展更多的与都市经济和人口体系相挂钩”[①]，这种认识是基于城市与游牧在诸多差异性之下表现出的文化同构性。游牧文化的最大特征是空间移动性，“移动使他们有能力突破各种空间的、社会的和意识形态的边界”[②]。这也是城市文化的本质性特征，在不断混杂和越界的前提下，典型的当代城市生活是流动的。一个进入城市的居住者必须抛弃固有的理念和乡愁之类情感，从一个地方到另一个地方不停地转换，拥有多重角色和身份归属，并始终处于新的边界认同中，包括社会制度、族群、文明及自然观、历史观、人生观等的变迁。同时在游牧民族那里，“移动”并非是简单的逐水草而居的经济行为，更是摆脱权力掌控与阶级剥削的政治途径，意味着自由的精神追求。这在城市文化中变成自由迁徙的可能和多元选择性。城市的开放精神和多元价值观念允许人们有不同人生目标和选择，人际间的陌生、疏离更好地保护了个人的隐私，让人不至于为越界行为遭受传统道德和伦理的谴责，从农业文明坚固的宗法秩序和网状社会结构逃离出来的“叛逆者”更有深切感受，进入城市就意味着身心的解放和自由，这正是有归属地的农业人口不断流

---

① 彭兆荣：《文化中国的异质认同：移动作为他者的正义性》，《文化艺术研究》2011年第3期。

② 王明珂：《游牧者的抉择：面对汉帝国的北亚游牧部族》，广西师范大学出版社2008年版，第26页。

向城市的动力所在，也说明城市发展过程的复杂性，它经历了沧海桑田般的物理空间剧变，但人类原始的游牧精神却历久弥坚，在不同的社会阶段我们总能拨开层层泥沙找到那最坚硬的内核。

二　游牧与城市的矛盾性共生关系

城市文化中的游牧思想折射了城市与游牧的矛盾性共生关系。从城市起源来看，人类为了寻找安居的感觉而停止了迁徙的步伐，在温度适宜、土壤肥沃的土地上划定边界建造城邦，并以此为中心进行商业贸易。在中国的古代典籍中，城基本上是一个具有防御功能的物理空间，市主要是贸易场所，城市包含城墙和市场的含义。在西方，“city”一词既包含物理组织（physical organization）也包含道德秩序的理想。如此看来初期城市的形成过程蕴含了人类居住观念中的反游牧倾向，反映了人类“原始群居”、集聚财富和培育道德情操的内在精神诉求。但是后来城市的急剧发展凸显的社会问题使人类逐渐意识到城市的异化属性，转而站在城市的对面展开反思与批判。人类逐渐意识到，与游牧社会开放的草场和农业社会悠然自得的田园不同，城市通过抽象、分类、切割、排列、组合等手段对空间进行严格功能区分，形成了房屋、街道、广场等私人财产和公共领域，这种固化的空间格局实际阻碍了传统公众生活的一体性、自发性、流动性和游戏的品质，从而也扼杀了一些有创造性的东西。尤其进入现代资本主义工业文明阶段，现代城市文明病更加突出，城市数目不断增加，城市规模迅速扩大，人口向大城市的聚集造成交通拥堵、能源短缺、噪音污染、传染病肆虐，财富分配不均导致的贫富悬殊、劳资矛盾、流动犯罪等社会问题似乎也都与快速城市化不无联系。畸形发展的城市已经成为特定社会阶段人的心理和情感的物化形态，映照着资本主义上升时期功利主义、自由主义、贪娄粗暴等极端的社会心理，城市快速发展的结果违背了人类的初衷，繁荣的背后是人类精神的孤独荒凉，正像有些城市研究者所说的："城市是人类为自己建造的聚落地。然而，人却注定要在这个熟悉而陌生的世界漂泊无依。"①

19 世纪以来西方理论界的发现与文学艺术表达就已经开始关注个体对城市的创伤性体验，在 20 世纪 60—70 年代汇聚成世界范围内的反思现代性的潮流，也就是在这个过程中重新发现了古老的游牧思想。与经济学家更关注经济发展指标、历史学家更关心社会整体走向不同，更为关心人性和人类命运的文学、艺术家从浪漫主义和人道立场出发揭露了城市发展对人类情感和心灵的伤害，在 19 世纪英国、法国文学中城市化被看作是一个堕落的过程，狄更斯把伦敦比喻为"废墟""坟场"、左拉把巴黎比拟成"动物园"和没有出路的"迷宫"，这些想象承载了人类对城市蔓延、不可控制、反人性等异化属性的诅咒和批判。对城市的创伤性体验使人类走向了自我的对立面，在一次次的重新审视与突围中发现了游牧思想，这也是 20 世纪西方理性重新寻找"他者"以实现自我批判和自我更新的惯性思维。"西方的理性在面对自身危机时总是转向非西方、非科学的思维传统，试图从中寻找能够补救或改良西方的理性思维之良方。"②这种思维惯性使得西方现代文明每走过一个阶段总能回过头反思为所谓的"进步""文明"付出的惨痛代价，并一次次从原始文明和心智中找到继续前行的动力。因而重新发现的游牧文明并不能表明人类回归原始社会的意向，只是代表了对当下城市规则的反抗和试图化解现代性危机的努力。

城市与游牧的这种矛盾性共生关系决定了镶嵌性、商业性和混

① 陈晓兰：《文学中的巴黎与上海：以左拉和茅盾为例》，广西师范大学出版社 2006 年版，第 24 页。

② 叶舒宪：《文学与人类学：知识全球化时代的文学研究》，社会科学文献出版社 2003 年版，第 42 页。

杂性成为当代城市游牧思想存在的形态特征。游牧文化脱离了它特定的自然环境和整体社会文化结构插入性地进入以工业文明为基础的城市文化体系中，在整个城市规划的版图中小范围点缀性地凸显出来，具有一种嵌入式的浮雕效果，它的存在不是必须，而是在特定环境中的一种衬托和补充，能够使整体显得更加和谐完整。从中国当代城市中民族多样性设计上可以看出这一点，能够代表游牧民族文化的骏马、蒙古包、勒勒车、成吉思汗头像等符号雕刻在城市的广场、店铺的门牌和一些印刷品上，但是这个城市依然按照现代化的快节奏和工业文明价值体系在运行。那些游牧符号如同一个城市表达自我的修辞，是为了与其他城市相比显得更美。还比如在某些文学作品中，“城市—草原”的对立构成了文本的内在结构冲突，而那些游牧意象并不能阐释真正的游牧思想，只是作为游牧的象征符号被镶嵌在反城市的激进化叙事中。

无论游牧符号被镶嵌在哪里，它都难以摆脱现代城市的商业性法则，法国著名哲学家、空间理论家勒菲弗对城市的意识形态性和资本生产逻辑有清晰的认识，他认为现代城市已经不是简单地按照客观功能属性建构的物理空间，而是按照国家资本的逻辑对空间的管理，空间“作为一个整体，进入了现代资本主义的生产模式：它被利用来生产剩余价值”①。进入现代城市空间的游牧文化自然无法摆脱这个宏大的、无所不在的城市经济规则，甚至进入的前提条件就是以商业赢利为目的。因而我们看到的是对民族文化的加工、包装、运转、买卖、提供服务、获利的市场化流通过程。比如乌鲁木齐郊区天山南麓的“牧家乐”旅游产业，呼和浩特的“蒙古族风情园”项目，遍布大都市的游牧民族特色餐饮、娱乐、销售场所，红遍大江南北的凤凰传奇组合，姜戎的《狼图腾》、郭雪波的《大漠狼孩》等表现少数民族生活的文学作品的畅销，不同的游牧文化的符

---

① ［法］亨利・勒菲弗：《空间与政治》，上海人民出版社 2008 年版，第 49 页。

号有不同的叙事能力，但每一个背后都牵连着庞大的商业链条，文化符号变成资本符号，与生产、消费和文化策略之间扭结为一个整体。

新生成的游牧文化还具有很强的混杂性特征。迄今为止，任何一种文化的发展都不是单线进化的结果，而是对不同文化的跨界和混合的动态建构过程。游牧文化不是一条冻僵的河流，它的发展综合了历史、地理、民族和社会形态等多种因素，但是在全球经济一体化的城市浪潮中，游牧社会面临着一次重要的文化变迁，它与城市文化代表的现代化的接触、碰撞、涵化、融合是史无前例的。无论是游牧地区的城市化还是移居城市的游牧民，都必须在空间范畴、权利层面和语言层面实现与城市的磨合与调试。因此我们看到的游牧文化是城市视角下的游牧想象而非游牧本身，展览馆辉煌的游牧历史生活画卷，身着华丽节日盛装的民族歌舞表演，被镶嵌在玻璃橱窗中的铜壶，市场上琳琅满目的民族手工艺品，无一不是过滤了游牧民族日常生活细节、抹去了恶劣自然环境中的劳苦艰辛及省略了贴地而行的心灵挣扎过程的景观化存在，是“舞台上的真实性”，是漫长历史的一个缩影，是经过了城市文化阐释的第二手材料，并且混合了城市文化的现代元素，成为文化再生产的标本。这种混杂性具有一定的积极意义，面对全球化趋势及文化间的频繁互动，除了呼吁保存和传承，借助对异质性文化的新认同及由此而生的文化再造成为当下游牧文化得以生存的一种方式。

三　文化再生产中的民族认同与他者观照

从理论上讲，全球化会促进不同文化形态间的交流，但现实中全球化带来了边缘化，那些欲保存自身独立性和文化传统的少数族群会被挤压在一个非常狭小的空间，面临巨大的生存压力，或者成为一种景观化存在，在“他者”视野中被观赏、阐释、解读，甚至被概括出一系列“野蛮社会”的基本特征，比如：①比较孤立；②小规模；③分工不发达；④统治与被统治的关系尚未充分发展；⑤技术水平低；⑥无文字。[①] 这种文化接触中的误解、不平衡的事实造成边缘层不断从自身的角度强化本族文化认同和地方性，“这一地方性甚至是族群性的认同，常常和文化的生产和再造联系在一起”[②]。城市中的游牧文化正是这个过程的结果，在城市化和全球资本市场共同冲击下，封闭性地域空间被打破，游牧民族在与异文化的交流碰撞中对本民族的过去产生强烈的自觉意识，甚至原本被抛弃的宗教和社会习俗得到恢复和重新认同，在资本市场无处不在的背景下成为一种文化资本，进入了生产和再生产领域，因而城市游牧文化本质上是在全球化背景下游牧社会民族认同不断强化所形成的文化再生产（或者称为文化再造）。

这种文化再生产以潜在的民族认同为思想基础，促成生产和消费的对接，驱动整个符号化经济的内在运行。它同时也说明城市游牧思想虽然具有很强的商业性特征，但它并非被动地臣服于工业经济法则，而是拥有内在的主体性和能动性。很多时候它借助城市发达的通信网络和商业消费环境，但表达的却是游牧民族对本族的文化认同（identity）。按照弗洛伊德的解释，认同是指“个人与他人、群体或被模仿人物在感情上、心理上趋同的过程”[③]。但后来的大多数心理学家和人类学家更看重认同的情感功能和由此衍生的行为后果。比如，菲尼（Phinney）认为认同是一个复杂的结构，他不但包括个体对群体的归属感，而且还包括个体对自己所属群体的积极评

① 叶舒宪、彭兆荣、纳日碧力戈：《人类学关键词》，广西师范大学出版社 2006 年版，第 5 页。

② 麻国庆等：《文化生产与民族认同：以呼和浩特、银川、乌鲁木齐为例》，社会科学文献出版社 2012 年版，第 6 页。

③ 陈国强主编：《简明文化人类学词典》，浙江人民出版社 1990 年版，第 68 页。

价，以及个体对群体活动的卷入情况等；卡拉（Carla J.）则认为，民族认同是个体对本民族的信念、态度及对其民族身份的承认。[①] 由此可见民族认同不仅仅是一种心理活动和情感表现，还会转化为强大的知识生产和实践行动力。中国当代蒙古族文学即一个很好的例证，它的崛起和迅猛发展带有很强的文化策略性，循着华夏边缘民族挤入主流核心圈层的特色文化思路，同时不断成熟的出版、印刷、影视传媒给这种特色文化插上了翱翔的翅膀，最终推动了创作、出版、印刷、传播（包括图书和影视）整个流程形成的文学市场。但它的本质却是现代化和城市化影响下少数民族作家的文化寻根过程。这是一个观察、研究中国少数族裔对现代性的态度和反应的活标本，从中可以窥见处于边缘地区的少数民族在自身发展进程被现代化、城市化所打断时陷于文化现代性与民族性中的挣扎心态，以及他们力图把民族性与现代性凝聚为一体的文学实践。蒙古族文学的民族认同不是简单地退守和回归，而是处于社会转型期多样性、多元化思想推动下的民族自我更新观念和不断的文化再生产，它通过不同的文学想象方式重新建构民族历史、重塑民族文化未来，以应对新时期的社会大转折。这种表达是无论什么文化策略、经济规则都无法左右和改变其发展轨迹的，它的能动性和主体性超乎我们的想象。

在当今城市的文化建设实践中，这种民族认同尤其体现在那些游牧民族后裔人数比例较高或者享有民族自治权力的城市中，比如内蒙古的呼和浩特、赤峰等，你可以从城市建筑风格、雕塑、彩绘等层面看到城市设计者的民族文化认同倾向。而更多的城市是把这种游牧思想化于无形之中，作为一种精神追求和价值观念，以此来调整现代城市生活方式的弊端，体现的是他者关照视野。比如城市文化中的大众旅游就形态而言是现代移动性的产物，体现了现代性

---

① 万明钢主编：《多元文化视野：价值观与民族认同研究》，民族出版社 2006 年版，第 3 页。

与游牧文化的生成性，是人们离开自己熟悉的生存环境体验他者文化的社会性行为，反映了人类在返璞归真中对游牧民族移动性的模仿。另外，现代城市文明的生态转向也是对游牧思想的高度嘉奖，因为“游牧生产是最具生态特征的生产方式”①，由于相对艰苦、恶劣的自然环境让游牧民族很早就认识到大自然创造和毁灭的力量，从而产生了对自然的敬畏感。顺应自然、保护自然、与自然和谐共存遂转化为整个游牧社会的价值目标和统一意志，体现在他们的生产生活、图腾崇拜、习俗禁忌、道德法律及文学艺术等一切领域。另外，长期移动性生活使游牧民族对固定财产没有强烈的追逐欲望，对自然的馈赠也保持着低限度的需求，人们在与自然界相配合的节律中保持着相当程度的休闲状态，如此才能达到人与自然和谐共处和可持续性关系，它对我们今天的过度开发、采伐、毁灭性利用是最好的警示。“生态城市”如果不仅仅限于一种口号或浅层次理解，而是把这些游牧文化精华真正渗透到城市规划建设和人们的日常生活之中，海德格尔所说的“诗意栖居”的理想或许不再遥远。

当代城市文化中的游牧思想或许可以理解为当代人的原始记忆，它存在的理想状态应该如德勒兹所说，“这种原始记忆不再是过去的一个功能，而是将来的一个功能。它不是感性的记忆而是意志的记忆。它不是踪迹的记忆而是词语的记忆。这是企望的功能，献身于未来、记忆未来的功能”②。如此才接近文化的选择性目的，它存在是为了塑造自由和强有力的能动的人，能够憧憬未来的人。

---

① 吴团英：《略论草原文化研究的几个问题》，胡匡敬等主编《论草原文化·第二辑》，内蒙古教育出版社 2005 年版，第 6 页。

② ［法］吉尔·德勒兹：《文化的三个方面》，陈永国、尹晶主编《哲学的客体：德勒兹读本》，北京大学出版社 2010 年版，第 160 页。

结　语

蒙古族小说的当代意义

近年来少数族裔文学创作数量有很大提高，文学批评界也在呼吁中华多民族文学史观的重建，但少数族裔文学创作要真正融入主流文学创作并参与公共话语构建，还有很长的路要走。原因之一就是少数民族处于文化与地理的双重边缘，在还不能另立一个自我主体性中心的时刻，只能跟随主流文学亦步亦趋地前进，迟滞和模仿是难免的。文学创作如此，民族批评同样难以摆脱边缘位置、自我失语状态。批评话语滞后、缺乏系统的理论建构仍是民族文学批评的痼疾。就笔者所接触的蒙古族文学批评而言，大多是对作家创作概况的宏观描述或对个别作家作品串珠式的平面介绍，缺乏精深而又系统的建设性研究，这造成了笔者收集资料的困难。没有大量可以拿来借鉴的现成理论和固定话语，那就从最基础的文本细读和原始资料做起，实现对新时期蒙古族小说最基本的资料储备和研究框架的搭建。

新时期蒙古族小说创作的现状，从某个侧面映现了改革开放以来中国文化界的思潮涌动、洋洋大观，它在全球化时代的存在意义乃是地方性和民族性的呈现。它体现的是一种不同角度的生活体验，它的成功从根本上说就是极尽文学的文化再现魅力。在席卷全球的现代化进程中，文化已经越来越趋同，成为一种普世化、规范化、一体化存在。在这种背景下，蒙古族小说作为民族文化精神的载体，以文学想象方式复活了蒙古族文化和地方性知识，在保存和传承文化多样性和多元性方面具有不可或缺的意义。同时，蒙古族文学叙事中具有丰富的神话传说、民间故事、宗教信仰、图腾崇拜、谚语歌谣等民间叙事资源，这对具有精英色彩的主流文学也形成了对话和互补。在图像、影视、网络等新媒体的挤压下，中国文学的发展面临前所未有的挑战，少数族裔文学提供的新的叙述资源和表述方式显然对文学的整体突围意义重大。

目前学术界对新时期蒙古族小说的研究还比较初步，研究视角也较陈旧单一。研究者对其表现出的民族认同有一些论述，但又把它普遍化、模式化。研究实践中形成以大量文本事实来诠释蒙古族文化内涵的固定阐释路径。但实际上这种共识框限了研究者的视域，成为人们对一个问题进行多面向思考的迷障，并且是以长期以来忽略文本中大量丰富的细节和有效信息为代价。这种理论方法的缺陷是预设了单一族群的存在，并假设各个族群各自处在孤岛上互不关联。事实上，随着人口的流动和文化交流的频繁发生，所有民族的文化都是不断越界与混杂化的结果，这也是新的身份/认同与文化生产的动力机制。民族作家作为民族文化身份的代言人，他们对本民族文化的思考绝不是简单、一成不变的，而是多面向、动态、历史地看待这一问题。少数民族作家乌热尔图对民族文化本质化有过这样一个精辟的论述："任何一民族的生活都是一条流动的河流，无论创作者位于什么时空方位，他都要观察和思考一个运动着的生存现象，任何僵死的、固定的眼光都会给创作者带来不利的影响。所谓一个民族'初始的本真的生存状态'给人的感觉是一种文字上的假想，使人想到一条冰冻的河流。"[①] 新时期大多数蒙古族作家都以这样一

① 参见姚新勇《对当代民族文学批评的批评》，《文艺争鸣》2003年第5期。

种开放的心态来思考民族文化，实现了民族认同的多元化开阔视野和建设性重塑。

民族文化的现代性是在新时期文化现代化时代主潮启发下思考的一个问题，现代化本质上是一种革新和求变，它批判的是沿袭和因循，这是古老的游牧民族在现代化、全球化浪潮中改造历史传统的一个很好的契机，我们也看到了这种努力：很多小说推崇现代知识科技人才，赞扬新兴的商业意识，倡导新的生活观念，等等，显示了作家们对搏动的当代生活精神的感知和反应能力，以及用现代化来改造传统、重塑民族的当代文化形态的愿望。但是民族文化的现代性仍是一个期冀和理想，在文学文本中是一种未完成的形态。这受制于蒙古族短暂的现代化历史还没有提供足够的生活积累和叙事经验，也是创作主体对此思而不深的结果。

反驳这种创作倾向的文化寻根小说，在对现代性的全面反思和批判中突出了民族文化的独特性价值和意义，在游牧文明的发掘与重建道路上走得很远。蒙古族是个饱经沧桑、历经磨难、在严酷的历史锤炼中顽强传承下来的民族，在历史的舞台上曾经非常活跃，并且在13世纪以强大的势力横扫亚欧大陆，书写了辉煌的帝国神话，达到了游牧民族历史发展的巅峰，也向世界昭示了游牧民族及其游牧文化的强悍和神秘。祖先骄人的历史提供给后世文学取之不尽用之不竭的叙事资源和文化符码，新时期对民族传统和族性精神的挖掘与这种民族自信心与历史心性不可分割。但是那辉煌的背景也恰恰衬托了现实的失落，曾经牧歌荡漾的草原现在被现代化的汽车、摩托车、拖拉机、机器的轰鸣声所占领，商业、物质主义、效益至上的观念以摧枯拉朽之势攻破牧民们的心灵世界，曾经的“马背民族”容不下一匹骏马，因为它践踏了别人的草坪；曾经骄傲的牵驼人现在遭遇了失恋的痛苦，因为骆驼的节奏太慢了，等等，这些充满挫折体验的文本传达出作家的一种失落，失落背后是对民族文化行将消逝的危机感和对现代工业文化、发展主义的质疑。这引申出一系列与现代乡土文学具有同质性的话题，如原乡诗性、工业批判、自然崇拜，等等。但是族群认同与农业文明的怀念是否在同一个向度上，如果是，同构性在哪里，如果不是，区别何在，这些都是非常有意思的话题，本书限于时间和篇幅都无法深入展开讨论，相信这些话题对开辟族裔文学及主流文学研究空间都大有裨益。

本书最后一章借助跨族叙事探讨了蒙古族小说在族群关系叙事中表现出的民族认同倾向。中国是个多民族国家，多民族杂居分布的特征正在终结任何一个少数族群封闭停滞的生活状态，那种纯粹单一的民族文化也逐渐成为遥远的记忆。在民族学者的数据统计中，“少数民族占当地人口 10% 以上的有八个省（区）：内蒙古（15.5%）、贵州（26%）、云南（31.7%）、宁夏（31.9%）、广西（38.3%）、青海（39.4%）、新疆（59.6%）、西藏（95.1%），其中占一半以上的只有两个自治区。在这些地区，有些是汉族的大小聚居区和少数民族的聚居区马赛克式地穿插分布；有些是汉人占谷地，少数民族占山地；有些是汉人占集镇，少数民族占村寨；在少数民族的村寨里也常有杂居内在的汉户。所以要在县一级的区域里，除了西藏和新疆外，找到一个纯粹是少数民族的聚居区是很不容易的，即使在乡一级的区域里也不是常见的”①。尤其新中国的民族区域自治制度推动了地域民族化，多民族文化被镶嵌在不同的行政区域中，民族独特文化因子与地域空间文化、地理生态结构的交融也增强了民族文化的复杂性、多重交融性。蒙古族广泛分布在我国的北部边陲，地域横跨西北、华北、东北等不同地域，西北的藏族、回族，东北的满族、鄂温克族、鄂伦春族、达斡尔族，以及无所不在的汉族都与其杂居共处，因而蒙古族文化中渗透了不同地域文化及不同地域中他族文化的因子，呈现出区域性民族文化的融合特征。

① 宋蜀华、陈克进主编：《中国民族概论》，中央民族大学出版社 2001 年版，第 34 页。

跨族叙事一般突出的是民族文化融合主题，但蒙古族跨族叙事依然表现出强烈的民族认同倾向，借助各种族群关系突出了蒙古族的文化魅力。本书以蒙汉民族间的跨族叙事为典型案例展开分析，因为这类作品数量最大，这也足见作者对发展壮大的汉民族及其农耕文明的格外关注。两个民族悠久的文化交流与传播史为作者驰骋想象提供了阔大的舞台，族际通婚、民族互助、商贸往来等多种民间交流形式得到了文学表现。这些跨族叙事显然超越了20世纪五六十年代小说强调蒙汉团结的民族政治性和叙事话语的意识形态色彩，渗透了民族交往的情感和文化内涵，为新时期少数族裔文学提供了相对比较成熟的跨族叙事文本。

民族认同虽然是新时期蒙古族小说创作的一个基本思想倾向，但是这并非是清晰明确的单一发展方向，大多数情况下民族文化认同与现代性向往交错丛生、新旧交织。因为社会转型期文化／文学的自我更新并非一个平滑的直线发展模式，而是一个充满艰难痛苦、矛盾挣扎的过程，传统与现代、历史与未来、坚守与创新、理智与情感，种种矛盾汇集在一起。少数民族作家在这种历史冲突时刻处于首当其冲的位置，首先他们是本民族文化的嫡系传人，对本民族文化怀有深厚的民族情感，但作为知识分子，他们对中国现代化的历史要求也最为敏感，深知在一个普遍的社会转型期民族自我现代化是必由之路。这种时代历史冲突在他们身上也就常常表现为自我冲突，体现为一种认同焦虑。比如阿云嘎既有《大漠歌》那样充满悲剧内涵的歌咏传统之作，也有《吉尔嘎勒和他的叔叔》那样称赞民族追求科技进步的作品。郭雪波的《狼孩》中，一方面是对现代工业主义、工具理性的抗拒，另一方面是对科技改变现状的遐想；一方面是对传统宗教的神圣化书写，另一方面又把宗教定义为“迷信”。这种冲突还经常体现为一篇作品、一个人物的新旧混杂的特征，比如《指腹婚》中的都荣，既是封建传统婚姻观念的破坏者，但又没有体现出现代进步青年应有的思想特征。

这种矛盾的话语紧紧纠缠在一起，深刻呈现了民族作家自身文化结构的矛盾和脆弱性。而作者化解矛盾的方式往往也是诗性的，经常借助文学想象的翅膀，穿越种种时代障碍和现实困难，抵达理想的彼岸，繁难的现实过程被省略掉，作者的焦虑情绪得到暂时缓解。例如在生态小说中，作者面对生态恶化的严峻现实无法提出更好的解决方案，就寄希望于“清官”大刀阔斧、披荆斩棘、自上而下的治理，“生态旗长”的出现就是证明。在跨族叙事中，回避民族差异、对文化碰撞轻描淡写、结局报喜不报忧，等等，依然是我们经常会碰到的情况。它所回避的问题恰恰也是民族学者们在研究族群关系时探讨的重点，作品还不能呈现给我们这样一种有质感的社会重大问题，不是有意遮蔽就是以理想的大团圆结局代替复杂的现实。这也正印证了那句话：文学是以诗性方式对不完美现实的一种弥补，从文学表达中我们可以看到现实缺陷和人类的理想，这也恰恰是文学存在的意义之一。

那么蒙古族小说如何才能在种种负累中实现民族文化的自我更新呢，笔者认为首要的一点是摆脱封闭状态，与其他民族、地域不停地交流，而且这种交流不仅是互通有无，而应如艾略特所说，一是为了使自己复苏，二是使自己成为不朽，这更深一层的意思则需要几代人的付出，非一朝一夕所能完成。

参考文献

译著

［美］本尼迪克特·安德森：《想象的共同体：民族主义的起源与散布》，吴叡人译，上海人民出版社 2005 年版。

［英］安东尼·吉登斯、克里斯多弗·皮尔森：《现代性：吉登斯访谈录》，尹宏毅译，新华出版社 2000 年版。

［英］戴维·米勒：《论民族性》，刘曙辉译，译林出版社 2010 年版。

［美］包尔丹：《宗教的七种理论》，陶飞亚等译，上海古籍出版社 2005 年版。

［俄］巴赫金：《小说理论》，白春仁、晓河译，河北教育出版社 1998 年版。

［荷兰］米尼克·希珀、尹虎彬主编：《史诗与英雄》，广西师范大学出版社 2004 年版。

［捷克］米兰·昆德拉：《小说的艺术》，董强译，上海译文出版社 2004 年版。

中文著作

王明珂：《华夏边缘：历史记忆与族群认同》，社会科学文献出版社 2006 年版。

王明珂：《游牧者的抉择：面对汉帝国的北亚游牧部族》，广西师范大学出版社2008年版。

王明珂：《英雄祖先与弟兄民族：根基历史的文本与情境》，中华书局2009年版。

王明珂：《羌在汉藏之间》，中华书局2008年版。

张旭东：《全球化时代的文化认同：西方普遍主义话语的历史批判》，北京大学出版社2006年版。

万明钢主编：《多元文化视野：价值观与民族认同研究》，民族出版社2006年版。

艾凯：《世界范围内的反现代化思潮》，贵州人民出版社1991年版。

翟学伟、甘会斌、褚建芳编译：《全球化与民族认同》，南京大学出版社2009年版。

宋蜀华、陈克进主编：《中国民族概论》，中央民族大学出版社2001年版。

马戎：《民族社会学：社会学的族群关系研究》，北京大学出版社2004年版。

朋·乌恩：《蒙古族文化研究》，内蒙古教育出版社2007年版。

朋·乌恩：《蒙古族传统美德》，远方出版社2002年版。

白歌乐等：《蒙古族》，民族出版社1991年版。

郭雨桥：《蒙古通》，内蒙古科学技术出版社2007年版。

葛根高娃、乌云巴图：《蒙古民族的生态文化》，内蒙古教育出版社2004年版。

乌峰、包庆德主编：《蒙古族生态智慧论》，辽宁民族出版社2009年版。

孙懿：《从萨满教到喇嘛教》，中央民族大学出版社2002年版。

杨通进、高予远编：《现代文明的生态转向》，重庆出版社2007

年版。

刘正寅、扎洛、方素梅：《族际认知：文献中的他者》，社会科学文献出版社 2009 年版。

李友梅等：《中国社会生活的变迁》，中国大百科全书出版社 2008 年版。

王光东：《民间的意义》，吉林出版集团有限责任公司 2009 年版。

王光东等：《20 世纪中国文学与民间文化》，复旦大学出版社 2007 年版。

李鸿然：《中国当代少数民族文学史论》，云南教育出版社 2004 年版。

赵志忠：《民族文学论稿》，辽宁民族出版社 2005 年版。

汤晓青主编：《多元文化格局中的民族文学研究》，中国社会科学出版社 2010 年版。

丁守璞：《历史的足迹——论民族文学与文化》，四川民族出版社 1995 年版。

梁庭望、黄凤显：《中国少数民族文学》，山西教育出版社 2003 年版。

关纪新主编：《20 世纪中华各民族文学关系研究》，民族出版社 2006 年版。

关纪新、朝戈金：《多重选择的世界——当代少数民族作家文学的理论描述》，中央民族大学出版社 1995 年版。

谭桂林：《百年文学与宗教》，湖南教育出版社 2002 年版。

蔡毅、尹相如：《幻想的太阳：民族宗教与文学》，云南人民出版社 1992 年版。

毛巧晖：《20 世纪下半叶中国民间文艺学思想史论》，上海文化出版社 2010 年版。

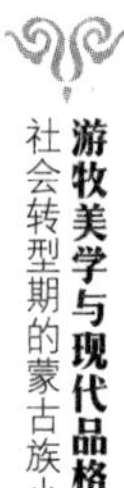

宋杰：《论当代文学的民间资源》，中国社会科学出版社 2010 年版。

户晓晖：《现代性与民间文学》，社会科学文献出版社 2004 年版。

蒲若茜：《族裔经验与文化想象：华裔美国小说典型母题研究》，中国社会科学出版社 2006 年版。

奎曾：《草原文化与草原文学》，内蒙古大学出版社 1997 年版。

托娅、彩娜：《内蒙古当代文学概观》，内蒙古大学出版社 1997 年版。

后 记

当代蒙古族文学及文化思想是近些年来我持续关注的研究课题，起初是地缘因素，后来在逐渐深入和体察中变成一种兴趣爱好和研究自觉，即使后来我离开出生和成长的民族地区辗转到外地求学和工作我也从没放弃过。我的研究也得到一些课题和基金的支持，这是经济补偿更是精神鼓励，使我坚持着做成了一个体系性的东西，最终以“新时期蒙古族小说的民族认同与文化思想”为题申请了2011年度国家社科基金项目，我借机把以前的思考和当时的想法汇聚在一起，设计了一个当时看来很宏大的研究框架。当时我正在攻读博士研究生，导师王光东先生的治学风格极其开放活跃，虽然他的研究领域和研究方法都与本课题有很大区别，但一些思路和兴趣点却是一致的，他的支持鼓励和点拨启发使我的研究在理论视野和论证思路上都获得极大拓展和精进。并且在他的鼓励下我的博士毕业论文也选择了相关题目，有充裕的时间坐在图书馆把我的思考变成文字，平时就是三点一线的生活，周末奔波于上海市图书馆，那种简单而又充实的生活一去不复返了，那是本书得以顺利完成的基础。

这本书实际上只是当初研究设想的一个开始，在研究中我渐渐发现蒙古族文化和文学的博大精深并非这样一本书能说清楚的，更不是坐在书斋和图书馆单靠资料、文本分析和沉潜的毅力就能完成，只有读过那些作品之后又亲自踏上草原，借助田野调查、文化考察、会议、旅游等各种活动走进他们的世界并感受他们生活的时候，我才能触摸到那些文字背后的温度和情感、那些想象下面的真实和厚度。正是这些贴着大地的行走改变了我很多最初基于理论推导和经验主义的预设结论，我试图按照他们的生活方式、他们的思考方式、他们的表达诉求和语义转换方式重新解读文本，在这个过程中我感觉进入了一个更幽深的历史隧道，所见所闻很可能都是超出我的经验和理解范围的族源神话传说、历史故事、神秘的原始宗教、图腾信仰、法律法规、社会习俗，等等，当那些新奇的东西逐渐在我的头脑中形成一个独特而完整的轮廓的时候，我似乎可以对特定时期的一种文学表达做出我的解释，我把这个过程称为是客位式到主位式的研究思维转换。我不是完全站在他们世界之外的旁观者和解说人，而是他们中的一员，是通过共鸣、同感在表达自我主体性，而非给他们代言，实际上我也不可能给他们代言。这也许是最好的研究角度，一种近乎痴迷的理性、一种有距离的身心投入，在这个为之付出了十年的研究项目中我有幸找到了这种最好的科研状态。

蒙古族是一个勤劳、坚韧而有创造性的民族，他们的文化和文学艺术给了我很多智慧的启发和滋养；蒙古族人民的美德也一直被传颂，我在研究过程中所接触的蒙古人、蒙古族研究者和作家确实也给我这种强烈的感受，有很多点点滴滴的事情汇聚成感动、感恩，更加激发了我对研究对象的热爱。所以这本书的出版不是这个研究课题的结束，而是一个新的开端。一些新的问题、困惑、疑点在研究过程中已经形成，只是由于时间问题没来得及展开。对那些还坚持用母语进行文学创作的作家来说难能可贵，而作为蒙古族后裔用汉语写作表达本民族诉求，这更是充满文化和情感纠结的一个有趣现象，我的研究侧重点也是源于这样看似正当又充满文化悖论的现象，这里面有无数话题可以深入开掘。尤其蒙古族小说创作还在继续，虽然在其他艺术形式挤压下它显得并不是那么显赫，但语言文字的表达形式仍然无可替代，并且它是其他艺术形式的基础，与喧嚣的民族电影、电视剧等艺术形式相比，它在文艺界的生存现状正如鲁迅笔下的“野草”，“根本不深，花叶不美，然而吸取露，吸取水，吸取陈死人的血和肉，各各夺取它的生存。当生存时，还是将遭践踏，将遭删刈，直至于死亡而朽腐”，那种杂沓丛生、顽强求生的状态自有一种朴野之美，它吸引着我一直要把这种研究持续下去，因为它是民族表达自我的一个通道、一个出口，我们不能对它的存在视而不见。

本书最终完成得到很多专家学者的支持和帮助，尤其在我博士论文开题和答辩的过程中得到王鸿生教授、张新颖教授、陈晓兰教授、宋炳辉教授的点评和提示，他们的思想都融入了本书的思考和写作中，在此表示衷心的感谢。非常遗憾的是我没有足够多的时间和精力完全把他们那些来自不同学科、不同领域的真知灼见完全消化掉，这也是一个遗憾。同时家人和朋友在我治学的道路上给予我情感和心理上的无穷动力，一路走来的风风雨雨、同甘共苦的生活点滴是这本不太完美的专著背后最精彩的故事，将永远储藏在思想和心灵深处。另外对本书的责任编辑郭晓鸿老师给予的辛勤劳动和无私付出，也一并表示诚挚的谢意。到目前为止这本书的写作持续了五年之久，如今要给它画上一个句号也是百感交集，我唯有坐下来静静地把岁月沉淀在心底，倾听窗外春风拂柳、花开吐蕊的声音，我知道那风是从草原来，还夹带着早春二月北方特有的清冽和力度……

丁　琪

2016 年 3 月 7 日于天津听风轩